LE SOLEIL D'OLYMPIE

Collection « Références » dirigée par
Claude AZIZA

L'« Entracte » a été imaginé par
Annie COLLOGNAT
avec la collaboration de
Catherine BOUTTIER

Jean SÉVERIN

Le soleil d'Olympie

POCKET
jeunesse

Loi n° 49-956 du 16 juillet 1949 sur les publications destinées
à la jeunesse : janvier 1998.

ISBN 2-266-07645-0

Pour Olivier,
l'ami des chevaux,
avec mon affection.

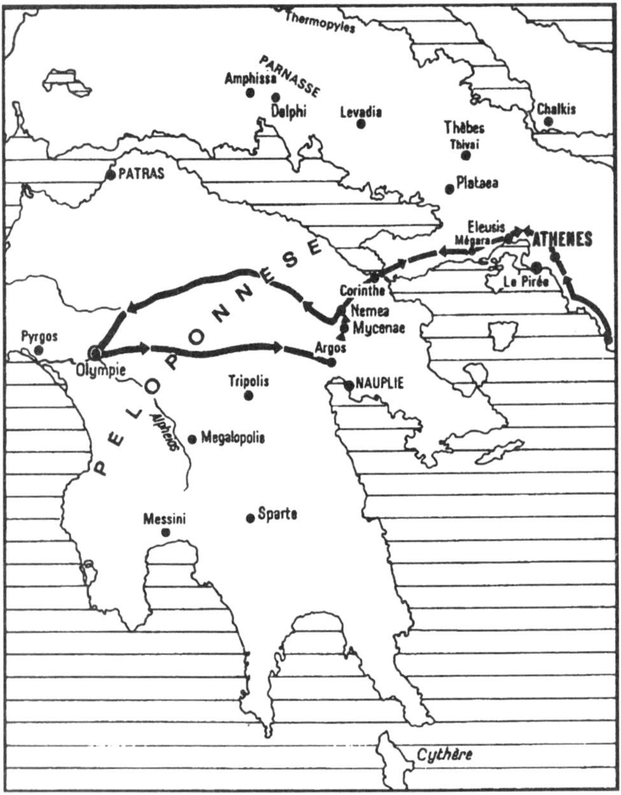
Thermopyles
PARNASSE
Amphissa
Delphi
Levadia
Thèbes
Thivai
Chalkis
PATRAS
Plataea
Eleusis
Mégara
ATHENES
Le Pirée
Corinthe
Nemea
Mycenae
Argos
Pyrgos
Olympie
NAUPLIE
Tripolis
PELOPONNESE
Alpheios
Megalopolis
Messini
Sparte
Cythère

I

LA GUERRE

Que les dieux nous protègent ! J'espérais contre tout espoir. L'événement a secoué la ville comme un coup de tonnerre. La guerre et le malheur frappent à nos portes.

Je rêvais à l'ombre des platanes, dans le gymnase où les athlètes se frottaient le corps d'huile avant de reprendre l'entraînement. Tous les hommes de Lachès étaient là, discoboles et lanceurs de javelot, coureurs de fond et de vitesse, spécialistes de la lutte, de la boxe et du pancrace.

J'admirais Jason, mon cousin, qui faisait jouer dans le soleil ses muscles prodigieux. Parfois, il prenait un bloc de granit plus lourd qu'une meule de moulin et, d'une seule détente, l'élevait au-dessus de sa tête et le projetait à dix pas.

Dans sa tunique rouge d'entraîneur, Lachès, le vieillard à la barbe grise, allait de groupe en groupe. Il tenait à la main le bâton fourchu qui indique sa qualité. Il fouettait les énergies, notait les défaillances de style, annonçait les luttes prochaines... Car les jeux d'Olympie étaient dans tous les cœurs. Depuis dix mois, malgré la situation politique troublée, les athlètes de la Grèce et des îles poursuivaient un entraînement forcené.

De jour en jour, nous attendions l'arrivée des messagers de l'Elide, les spondophores qui viendraient annoncer la trêve sacrée, l'ouverture des jeux au solstice d'été et le rassemblement des athlètes à Elis où ils poursuivraient leur préparation durant un mois avant de se livrer aux combats pacifiques du stade et de l'hippodrome.

Engourdi par la chaleur, j'écoutais distraitement Lachès. Je songeais au quadrige d'étalons blancs que mon père et Lysis, mon frère bien-aimé, entraînent au bord de la mer. Les yeux clos, j'entendais le galop d'Égine et de Léros, les chevaux de timon qui ont la vitesse des colombes.

C'est alors que la ville tout entière a hurlé soudain comme une bête blessée. Je me suis dressé d'un bond. Le cri se prolongeait, interminable, dominé par le hurlement des femmes. Loin, par-delà les remparts, montait une fumée noire. La peur m'a pris à la gorge et j'ai filé comme une flèche vers les murs.

Dès que j'atteignis le centre d'Athènes, je dus marcher au pas. Tandis que des sonneries de trompettes militaires retentissaient sur l'agora et l'Acropole, une foule énorme jaillissait des maisons et des venelles, roulait en torrent dans les rues étroites.

Des hoplites casqués, le bouclier rond sur l'épaule, s'ouvraient un chemin du plat de leur épée. Quelques cavaliers en tenue de guerre se dirigeaient vers les portes, et les chevaux affolés par la foule se cabraient et donnaient du poitrail dans cette mer humaine.

Serré de toutes parts, bousculé, les oreilles vibrantes de cris et de plaintes, j'étouffais. Quand je levais la tête, je voyais la fumée s'étendre dans le ciel, s'abandonner au vent de la mer qui la poussait au-dessus de la ville, plus haut que l'Acropole, plus haut que la statue d'Athéna, gardienne de la cité, dont les plaques d'or et d'ivoire reflétaient l'incendie.

Quand j'arrivai sur le rempart, j'eus un frisson d'horreur. A soixante stades (1) environ de la ville, aussi loin que portait mon regard, les blés et les oliviers flambaient; des torches monstrueuses montaient à l'endroit où se dressaient des villages et des fermes; des langues de feu couraient sur les collines et le flanc des montagnes.

Sparte, longtemps sur le pied de guerre dans l'isthme de Corinthe, venait de jeter ses loups sur l'Attique... C'était l'invasion, Athènes prise à la gorge, enfermée bientôt dans ses murs pour un ultime combat où elle jouerait sa vie.

Autour de moi, la foule ressemblait à ces chœurs des tragédies de Sophocle où l'on gémit sur le destin des hommes. Ce n'étaient, pour les femmes et les enfants, que plaintes, lamentations, cris stridents chaque fois que s'allumait un nouveau bûcher à l'horizon. Les hommes étaient plus graves. Les poings serrés, ils contemplaient le Malheur qui chevauchait à travers l'Attique dans sa robe de flammes. Ou bien, les mains levées vers le ciel, ils suppliaient les dieux de mettre fin à la tragédie. Mais le ciel était sourd à leur appel. Quels crimes secrets devrons-nous expier dans les jours à venir?

Échappant à la bousculade, je suivis le rempart jusqu'à la porte qui donne sur les Longs Murs. Tous les cent pas se dressait une tour occupée par des hoplites en armes. Alertés par les hérauts qui parcouraient la ville, les hommes libres arrivaient en tenue de guerre par vagues successives.

Je les admirais. Les épées et les lances, les cuirasses

(1) Le stade mesurait 192 mètres environ.

de métal et les boucliers de bronze étincelaient au soleil; le vent agitait la crinière des casques dont le nasal protégeait le visage durci des soldats. Deux stratèges les rangeaient en bataillons; leurs voix rauques, lourdement scandée, dominaient la rumeur angoissée de la ville.

Derrière eux se tenaient les archers brandissant leur arc à double courbure, les frondeurs portant dans un sac de cuir les balles de métal ou d'argile, les lanceurs de javelot, tous recrutés dans le rang des citoyens pauvres. Troupe légère, on les enverrait bientôt harceler dans la plaine la lourde infanterie de Sparte.

La porte qui donnait sur les Longs Murs du nord était traversée par un double courant. Les derniers réfugiés se dirigeaient vers la ville, hommes, femmes, enfants épuisés gardant encore dans les yeux le reflet des incendies, tandis que des cavaliers, montant leur bête à cru, descendaient au galop et se rangeaient en escadrons sous les murs.

Armés de javelines et d'une épée, portant la tunique courte, le bonnet de Thrace et le manteau fixé par une fibule sur l'épaule, comme ils étaient beaux et jeunes dans leur passion de combattre ! Et comme j'aurais aimé les suivre !

Mais plus encore que les cavaliers, j'admirais les chevaux venus de Béotie et de l'île d'Eubée, des bêtes de sang qui piaffaient d'impatience. Je rêvais à quatre chevaux blancs de Thessalie attelés à un char qui tourne sur l'hippodrome d'Olympie... Je rêvais à quatre chevaux blancs dans les pâturages de mon père, près du cap Sounion, à la couronne d'olivier, à la paix. Et des larmes me vinrent aux yeux.

Un long cri m'arracha à ma peine. Au sommet du rempart, un groupe d'hoplites, le bras tendu vers

Le Pirée, fixaient intensément la mer. Je bondis pour les rejoindre et le spectacle qui s'offrit à mes yeux me coupa le souffle.

Au-delà des Longs Murs qui tendaient sur la plaine leur cuirasse de rocs et de briques, Le Pirée semblait soulevé par une vie prodigieuse. Des sonneries de trompettes effeuillées par le vent frappaient mes oreilles, des salves d'acclamations explosaient. Soudain, je vis monter sur l'agora la fumée d'un sacrifice. Puis une escadre de trières jaillit comme un vol d'oiseaux des ports militaires de Munychie et de Zéa, et cingla vers le large.

Athènes, meurtrie par la ruée de Sparte, jetait toutes ses forces sur les chemins de la mer.

Je comptai soixante trières qui déployaient leur unique voile carrée pour forcer leur vitesse. Les yeux clos, j'imaginais chacun de ces royaumes flottants qui portaient le destin de la ville : la coque étroite et longue munie d'un éperon; la chiourme de 170 rameurs étagés sur trois rangs, les longues rames passant par les sabords creusés dans les flancs et battant la mer au même rythme, soulevant une poussière d'écume; le chef de chiourme réglant la nage avec l'assistance d'un joueur de flûte dont les notes acides donnaient la cadence; sur le pont, l'équipage, capitaine, officiers-pilotes, gabiers; des fantassins de marine et des archers qui bondiraient sur les navires ennemis en cas d'abordage. Plus de deux cents personnes lancées, pour le salut d'Athènes, au péril de Neptune...

Cette vision me redonna confiance, d'autant plus qu'un escadron de cavaliers s'éloignait au galop en direction d'Acharnes investi par l'ennemi, à cinquante stades de la ville. Je cherchai vainement, à l'horizon, les troupes de choc de Sparte, ces combattants inhumains possédés par la fureur de la guerre, mais je ne voyais que de nouveaux incendies.

Champ de blé après champ de blé, olivier après olivier, maison après maison, Sparte dressait contre Athènes un mur de feu. Les flammes se propageaient le long des pentes du Cithéron et une angoisse nouvelle m'envahit. Si l'ennemi tournait la ville par le nord, n'allait-il s'engouffrer dans la plaine qui s'étend jusqu'au cap Sounion? Que deviendraient alors mes parents, et Lysis? Que deviendrait la maison dressée parmi les vignes, les oliviers et les pâturages? et les chevaux blancs élevés avec amour pour les luttes d'Olympie?

Cette pensée me devint intolérable. Abandonnant le rempart, je revins sur mes pas à travers la ville. Sous un ciel souillé de fumées noires, l'Acropole était paisible. La statue colossale d'Athéna, tournée vers le large, semblait sourire.

Pourtant, je ne rencontrais que le trouble et le malheur. Depuis un mois, la population de la ville, qui atteignait 400 000 habitants avec les métèques et les esclaves, avait presque doublé. Depuis les frontières, le peuple des bourgs et des villages avait fui vers Athènes, et une foule immense campait à ciel ouvert dans l'enceinte des temples, sur les places et les pentes de l'Acropole; des files interminables de charrettes obstruaient les rues étroites. Sur l'agora, des troupeaux de génisses, de chèvres et de moutons assiégeaient les portiques, bousculaient les marchands, s'allongeaient au pied des statues des dieux.

Les paysans surtout me faisaient pitié. Quelques-uns avaient tout perdu dans l'aventure et gisaient épuisés sur les marches des ministères; d'autres avaient pu emporter de maigres richesses dans des couffins et des corbeilles. Les plus prévoyants avaient emmené jusqu'à la charpente de leur maison, en prévision de jours meilleurs.

Mais tous écoutaient avec désespoir les rumeurs de la guerre; je les voyais frémir chaque fois qu'un cri venu des remparts annonçait un nouvel incendie. On eût dit que les flammes leur brûlaient la peau. La plupart demandaient des armes. Je les comprenais. Moi aussi, malgré ma jeunesse, je rêvais de défendre ma patrie.

J'espérais rencontrer quelques compagnons sur l'agora, au portique méridional où ils écoutaient parfois les leçons de Socrate. Mais le portique était envahi par une foule de femmes et d'enfants auxquels des magistrats distribuaient quelques poissons secs, des olives et des galettes d'orge.

Dépassant le portique de Zeus, je revins vers le gymnase que je trouvai abandonné. Les sandales de Jason reposaient sur une pierre, près d'une fiole d'huile. J'errai un instant parmi les marbres et découvris derrière une colonne le vieillard Lachès. Assis, la tête entre les mains, il semblait dormir. Au bruit de mes pas, il se redressa et je vis des larmes dans ses yeux. Son bâton reposait à ses pieds, inutile. Je dis à voix basse : « La paix reviendra, Lachès, avec le soleil d'Olympie. » Il eut un triste sourire : « Les dieux t'écoutent, Philippe! » et il reprit son attitude pensive.

Tous, nous aimons Lachès comme un père. Il a sa légende. Jadis, il a remporté à Olympie les concours de lutte et de pancrace. Son visage martelé en garde les traces. Sa force était prodigieuse, servie par une souplesse qu'il a conservée et qui surprend chez un vieillard.

Couvert d'honneurs à la suite de ses victoires, ayant reçu comme tous les héros le droit de se nourrir gratuitement au prytanée, il a consacré sa vie à l'entraînement des athlètes qui affrontent les jeux d'Olympie, de Némée et de Delphes. Sa science est infaillible; il faut le voir dans le gymnase, son bâton à la main, corrigeant les styles, enseignant les prises, épuisant son troupeau d'hommes rudes... Pauvre Lachès, qui mettait tous ses espoirs en Jason!

Je l'abandonnai à ses pensées. J'avais hâte de rejoindre mon oncle Pison. Je retrouvai le climat étouffant de l'agora et des rues envahies par le peuple. Des troupes d'éphèbes montaient en chantant vers l'Acropole où ils seraient enrôlés. Partout, les boutiques étaient fermées. Marchands, teinturiers, fondeurs d'or, tisserands, ciseleurs, corroyeurs avaient revêtu la tenue de guerre et travaillaient à la consolidation des remparts et des Longs Murs.

Seules les armureries connaissaient une animation extraordinaire. Dans l'atelier de Képhalos, plus de cent esclaves martelaient des épées, des boucliers et des casques. Leur corps nu rougi par la flamme des forges, ils ressemblaient aux Cyclopes dans l'antre de Vulcain.

Dès que j'atteignis le quartier du Céramique, je me mis à courir à toutes jambes comme si j'avais l'ennemi à mes trousses. Tant j'avais hâte d'échapper à ces visions de guerre et de malheur ! J'écris ces lignes dans l'atelier de mon oncle Pison. Des esclaves travaillent au tour les jarres et les vases qu'on admire dans la Grèce entière et les îles; d'autres activent le four à l'aide d'un soufflet fait de peaux de chèvre; certains appliquent sur des amphores le vernis noir et le rouge violacé que la cuisson va mêler définitivement à l'argile.

Mon oncle est un sage. Quand la ville tremble et gémit comme un corps blessé, il dessine au flanc d'un vase une Victoire ailée qui couronne deux vainqueurs olympiques. L'un a les traits de Jason, mon cousin; l'autre a le visage de Lysis, mon frère. Derrière lui, les quatre chevaux blancs sont couverts d'écume. Parfois, mon oncle lève la tête, me regarde. « La guerre, dit-il, s'arrête aux portes d'Olympie. »

Et j'oublie un instant les incendies et la mort ; j'oublie notre maison menacée, près du cap Sounion qui tend sa langue de rocs et de garrigues sur la mer des Cyclades.

***

Rien n'a changé depuis hier. Nous sommes au plus épais du malheur.

Je m'inquiétais pour ma famille, mais un messager de mon père, Protée, est arrivé ce matin du cap Sounion. Alors que mon père et Lysis se disposaient à regagner Athènes où ils se mettraient à la disposition des généraux, un ordre de Périclès, le chef du gouvernement, leur a enjoint de poursuivre l'entraînement du quadrige. Comme l'espoir est puissant au cœur des hommes ! Périclès lui-même, qui a mis la ville en état de siège contre Sparte, songe encore à Olympie...

Protée m'apportait une lettre de mon père. Celui-ci m'interdit de le rejoindre au cap Sounion. La côte n'est pas sûre; des navires pirates ont été aperçus au large. Il estime que je dois rester chez mon oncle Pison et continuer à suivre les leçons de mon maître Charmide en attendant que les événements basculent.

Je souffre de cette décision. J'aurai bientôt dix-sept ans; je n'ai l'âge ni de la paix ni de la guerre. Du moins, j'aurais voulu partager le péril de ceux que j'aime et participer avec Lysis à l'entraînement du quadrige. Car j'ai au cœur, depuis mon enfance, l'amour des chevaux.

Protée, qui les soigne, m'a parlé de nos étalons. Ils ont fait des progrès prodigieux. L'attelage a trouvé son unité. Sa résistance surprend jusqu'à mon père qui a remporté, voilà vingt ans, à Olympie, la couronne d'olivier. Égine, le cheval de timon, est devenu le maître du quadrige qu'il lance comme un chef d'armée.

Protée nous a quittés à midi. Je l'ai vu partir avec peine. Je maudis cette guerre qui livre ma patrie aux flammes et à la ruine. Après une longue trêve de trente ans entre Athènes et Sparte, le ciel s'est couvert de nuages noirs. Chaque ville forgeait des armes, recrutait des alliés, multipliait les ambassades vers les îles...

Les tentatives de dernière heure ont échoué et les dieux donnaient de funestes présages, alors que les troupes de Sparte campaient déjà dans l'isthme de Corinthe. La haine, maintenant, brûle la Grèce entière. Chaque ville est devenue un nœud de vipères.

*
**

Aujourd'hui, l'atelier est vide. Pison, mon oncle, a revêtu sa tenue de guerre. L'assemblée a convoqué tous les hommes du quartier du Céramique pour former un bataillon qui campe à vingt stades des remparts, sur une crête, et doit intervenir si l'avance ennemie se précise.

Pour l'instant, les Lacédémoniens continuent à mettre l'Attique à feu et à sang, mais restent éloignés des murs. Le peuple gronde contre Périclès qui a placé tous ses espoirs sur la mer et se refuse à jouer le destin d'Athènes dans un combat d'infanterie et de cavaliers.

Jason, mon cousin, est absent lui aussi, et je m'inquiète. Les stratèges l'ont désigné pour une mission dangereuse où sa force, sa bravoure feront merveille. Avec un groupe d'élite dont il a le commandement, il doit se jeter dans Acharnes investi par l'ennemi, étudier les moyens de défense et revenir, si les dieux le veulent, faire son rapport aux stratèges.

Je reste seul à la maison avec les femmes et les esclaves après une journée anxieuse. J'ai fait le tour des remparts où les guetteurs et les hoplites attendent sur le pied de guerre. Tandis que les navires d'Athènes vont porter le malheur sur les côtes de Laconie et de Messénie, les foyers d'incendie s'étendent vers le nord et l'est, mais la route du cap Sounion est libre encore... Je voyais arriver des troupeaux de moutons destinés au ravitaillement de la ville, des convois de chariots amenant le plomb argentifère des mines du Laurion. Et je guettais en vain deux cavaliers et un char de voyage...

Sur l'ordre de Périclès, mon père refuse la protection des murs d'Athènes. Avec Lysis, j'imagine qu'il se rend souvent au cap Sounion devant la statue de Poséidon, dieu de la mer, qui a donné le cheval à la Grèce aux premiers temps du monde. Je devine sa prière. Par certaines nuits de lune, la crête des vagues ressemble à la crinière de nos chevaux blancs quand ils galopent sur le rivage. Mon père et Lysis, depuis des mois, ne vivent que pour Olympie... Ils m'ont communiqué leur passion et leur enthousiasme.

Est-ce un présage heureux? A l'aube, avant son départ, mon oncle a déposé sur la table le vase dont il dessinait hier avec amour les personnages. Je l'ai trouvé à mon réveil. Le feu de la cuisson a épuré les lignes, avivé les couleurs qui chantent. Les ailes de la Victoire se déploient pour l'envol; le visage de Jason et celui de Lysis se détachent avec un relief extraordinaire sur le fond rouge. On dirait un ciel d'été qui flambe autour d'une couronne d'olivier.

Je m'abandonne à mes songes pour étouffer mon inquiétude, mais la réalité est plus puissante que mes rêves; elle m'apporte la plainte des femmes dans le gynécée, les voix de la guerre qui hurlent sur la cité, mêlées au piétinement des réfugiés qui cherchent un asile. Que vais-je devenir?

Ce soir, j'ai rencontré mon maître, Charmide le sophiste, près du portique des Hermès. J'aime Charmide, qui m'enseigne l'éloquence et me prépare à la vie publique. A soixante-dix ans, il est plus sec qu'un figuier mort; il a un visage décharné qui semble travaillé par le sel et le vent, mais je ne puis soutenir son regard qui voit au-delà des apparences.

Ami de Socrate et de Platon, Charmide croit aux seules vertus de la sagesse. Quelle que soit la saison, il marche pieds nus, vêtu d'une tunique et d'un manteau de laine grossière qui dégage l'épaule et le bras droit, et il enseigne sur les places, dans les palestres et sous les portiques le mépris des passions. Il se nourrit, à ses heures, de quelques olives et d'un peu de fromage de chèvre; il dort là où le destin a guidé ses pas. Beaucoup l'admirent et le suivent. D'autres, plus nombreux, le méprisent et l'insultent parce qu'il préfère à la puissance et aux grandeurs humaines la leçon de l'oracle de Delphes : « Connais-toi toi même... »

C'est la parole qu'il m'a répétée ce soir alors que je déplorais ma jeunesse qui m'empêche de combattre. Une ombre de tristesse voilait son sourire quand il a répondu, martelant chaque mot de son bâton : « Philippe, l'ennemi n'est pas seulement aux portes de la ville; il est en toi; il s'appelle la vanité et l'orgueil. Attends d'être un homme pour affronter les devoirs du citoyen. Qui es-tu, Philippe? »

Il m'a quitté sur cette parole, et depuis, la question de Charmide me hante. Est-ce pour lui répondre que j'écris ces lignes?

Je m'appelle Philippe, fils de Nicias, Athénien. J'ai 16 ans. Ma famille, depuis des générations, habite l'Attique. Comme son revenu annuel dépasse la valeur de 250 hectolitres de blé, elle tient le premier rang dans la cité. J'ai parmi mes ancêtres des généraux, des stratèges, des archontes, des chefs religieux. A ce titre, dès mes 18 ans, je ferai partie des jeunes gens nobles, ces Cavaliers dont Phidias sculpte actuellement le défilé sur la frise du Parthénon.

Mon père Nicias est armateur; il lance sur la mer des vaisseaux marchands qui transportent vers tous les ports de la Méditerranée le vin et l'huile de l'Attique, et ramènent dans leurs flancs le bois de Cappadoce, la laine et les parfums de Milet, le blé d'Égypte, de Sicile et du Pont-Euxin. Aux périodes troublées, il arme deux navires de guerre dont il paie les rameurs, l'équipage et les soldats embarqués.

Mon père, comme tout Athénien libre, étouffe dans la ville et préfère les joies du gentilhomme campagnard. Au moindre loisir, il gagne son domaine, près du cap Sounion, où il élève des moutons, des porcs et des bœufs. Quel beau domaine! Il s'étend sur un grand vol d'oiseau jusqu'au pied des collines pelées qui embaument le myrte et le thym; les prairies alternent avec les vignes, les vergers avec les champs d'oliviers; la stridence des cigales se mêle au bourdonnement des abeilles. Et la mer est proche où l'on pêche le thon et la sardine.

Pour mon père, le cœur du domaine n'est pas la maison, mais l'hippodrome dont il a dessiné les plans et que nos esclaves ont tracé dans la garrigue pierreuse qui s'étend au bord de la mer. C'est là que, voilà vingt ans, il a préparé sa victoire olympique à la course des quadriges. C'est là qu'il entraîne nos chevaux blancs de Thessalie. Et Lysis tient les rênes, et le char vole dans la carrière, et nos chevaux, la bouche pleine d'écume, de poussière et de sang, poursuivent l'ombre d'une couronne d'olivier...

Quand je rejoins mon père et ma mère, ce spectacle me bouleverse ; je vis l'entraînement avec mon cœur et mes muscles dans une sorte d'ivresse. Je suis en même temps Lysis, et le char, et les chevaux. Les claquements du fouet, le martèlement des sabots dans l'arène, les cris de mon frère résonnent à mes oreilles comme un hymne triomphal.

Mon père sourit et tire mes longs cheveux qui flottent sur mes épaules. « Un jour, Philippe, dit-il, tu prendras la place de Lysis, mais il faut mériter cet honneur. »

Est-ce pour m'en rendre digne qu'il a veillé avec tant d'amour sur mon éducation ?

Ma mère et ma nourrice ont enchanté mon plus jeune âge par les contes et les fables. C'est elles qui m'ont appris dans le gynécée l'histoire d'Athènes, les légendes des héros, la puissance des dieux du ciel et des enfers.

Quand j'atteignis sept ans, mon père m'enleva aux femmes pour me confier à un vieil esclave, Cimon, mon pédagogue, chargé de m'enseigner les bonnes manières, fût-ce à coups de verges, et de me conduire dès l'aube chez le maître d'école.

En hiver, même s'il neigeait plus dru que far.
je partais avec lui sans manteau pour m'endurcir con... le froid. Cimon portait les tablettes de cire, le stylet, les livres. Chez le maître d'école, je retrouvais des camarades; nous prenions place sur des tabourets sans dossier. Pour apprendre à lire, nous chantions les lettres de l'alphabet, puis les syllabes, pendant des mois.

Un jour, enfin, la lecture nous révélait ses mystères et notre maître nous enseignait alors l'écriture. Sur les tablettes de bois enduites de cire ou sur les feuilles de papyrus, nous reproduisions les caractères avec la pointe du stylet; nous goûtions le suc des mots, la courbe des phrases faites pour le cœur et les lèvres. Nous avions l'impression de découvrir le monde.

Dès que nous savions lire et écrire, nous apprenions par cœur les vers des grands poètes. C'est ainsi que je puis réciter de mémoire plusieurs chants de l'*Iliade* et de l'*Odyssée*. Homère était notre maître à vivre. Hector et Priam, Achille et Ulysse, les héros de la guerre de Troie, m'ont enseigné l'honneur et le courage, les devoirs envers les parents et la cité, la peine des hommes et la gloire des dieux, la vie mystérieuse de la terre et des eaux.

Nous passions notre vie d'écolier dans une harmonie orchestrée par la musique et la danse, car la musique est la langue des dieux; j'ai appris à jouer de la cithare et de la flûte. Lors des fêtes religieuses, j'ai chanté des hymnes avec mes camarades devant les statues de Zeus et d'Athéna, et nos danses dessinaient des guirlandes gracieuses sur le parvis des temples.

Mais mon éducation n'aurait pas été complète si, dès l'âge de dix ans, mon père ne m'avait confié au pédotribe qui dirige la palestre située près du jardin d'Akademos et placée sous la protection d'Hermès, dieu des gymnases. J'y vais chaque jour, emportant l'éponge pour les ablutions, le flacon d'huile et l'étrille de bronze. La palestre est à ciel ouvert, entourée de murs. Dans un angle se dressent les vestiaires où nous nous déshabillons, les salles de repos, les bains. Une fois nus et le corps assoupli par l'huile, nous entrons dans l'arène et la musique du hautbois accompagne et soutient nos efforts.

Après les exercices d'assouplissement, nous pratiquons tous les sports : la course de vitesse et la course de fond; le saut en longueur avec l'aide des haltères que nous tenons dans la paume de la main et qui prolongent notre bond; le lancer du disque de pierre ou de bronze; le lancer du javelot; la boxe, pour laquelle nous entourons nos mains de lanières de cuir; la lutte, enfin, que j'aime avec fureur.

Nous sortons des combats fourbus et joyeux. Avant de courir au bain, nous décapons avec l'étrille de bronze notre peau couverte d'un enduit de poussière et d'huile. C'est ainsi que l'on devient un homme et que l'on mérite, à seize ans, de recevoir l'enseignement de Charmide sous les portiques d'Athènes...

Saurai-je appliquer ses leçons et aborder sans orgueil la vie politique et militaire? Je rêve parfois, comme Périclès, de courber les foules sous l'éloquence de ma voix et de couvrir l'Acropole d'une moisson de temples. Je rêve de tuer la guerre et la mort qui rôdent autour des remparts, de semer la joie parmi les hommes. C'est pourquoi, à l'heure même où les dieux semblent détourner leur regard de la ville, et où Jason est en péril de mort, je ne puis chasser de ma pensée les quatre chevaux blancs de Thessalie qui tournent sans fin, crinière au vent, près de la mer sacrée, et sont les messagers de la paix.

Une journée épuisante. Hélas! la paix s'éloigne. Il faudrait un miracle ou un prodige...

Jason est rentré cette nuit à quatre heures du matin. J'ai bondi de ma couche quand j'ai entendu claquer la porte de la maison. Il m'est apparu, gigantesque, dans le clair de lune qui étoilait son bouclier et sa cuirasse.

J'ai allumé une lampe à huile et son aspect m'a effrayé. Jason était ivre de fatigue. Sous le casque, son visage émacié ruisselait de sueur; ses yeux étaient pleins de ténèbres. J'ai poussé un cri en apercevant à la naissance du cou une plaie vive. Il m'a rassuré : la pointe d'une lance ennemie avait glissé sur son épaule sans atteindre la gorge.

« Ce fut terrible, dit-il. J'avais six compagnons avec moi. Nous avions des chevaux. Nous sommes partis par la montagne en faisant un long détour. Nous avons attendu la nuit à vingt stades d'Acharnes, derrière une muraille de rocs; des patrouilles ennemies erraient dans le voisinage. Le hennissement d'un cheval, la chute d'un glaive sur un bouclier nous auraient perdus.

« Le spectacle que nous avions sous les yeux serrait le cœur. Acharnes était investie; les Spartiates dressaient leurs tentes hors de portée de flèches; de lourds bataillons s'entraînaient dans la plaine. Autour de la ville, le pays n'était que cendres, comme après le passage d'une nuée de sauterelles ; moissons brûlées, fermes incendiées, maisons détruites jusqu'aux fondations; des troupes d'ennemis coupaient les vignes et leur fureur n'épargnait même pas les arbres; on apercevait des oliviers sciés à mi-hauteur par champs entiers. C'est la ruine et le malheur, Philippe, pour une génération.

« J'avais espéré une nuit d'encre pour nous permettre d'avancer à cheval jusqu'aux abords de la ville; mais les dieux voulaient éprouver notre courage; une lune éblouissante se levait sur la plaine; nous partîmes à pied, nous plaquant au sol à la moindre alerte. La nuit était vivante, pleine de cris et d'appels; nous respirions la puanteur des bêtes égorgées; un escadron de cavaliers passa si près de nous que j'aperçus les visages durcis sous le casque.

« A l'approche des lignes ennemies, nous tînmes un conseil de guerre. Les Spartiates, redoutant une sortie des gens d'Acharnes, ne formaient pas une ligne continue. Ils avaient échelonné des postes en profondeur, après avoir dressé des tours de bois tenues par des guetteurs; des patrouilles croisaient dans l'intervalle. Elles comprenaient une dizaine d'hommes portant des armes légères. Le bois poli des arcs scintillait sous la lune.

« Nous ne pouvions passer en force; il fallait semer le désordre dans les rangs ennemis et profiter du tumulte pour gagner Acharnes. Cette mission me revint. Un campement lacédémonien se dressait à deux stades sur notre gauche; on entendait dans la nuit des chevaux qui s'ébrouaient. Je rampai, pouce après pouce, et vis grandir les tentes en peau de chèvre. Un chien se mit à aboyer quelque part; une sentinelle apparut, l'épée à la main. Elle me tournait le dos.

« J'avançai comme un reptile. A dix pas du campement, je m'arrêtai derrière les tentes et retins mon souffle. Les chevaux s'agitaient et tiraient sur leur longe; la sentinelle, inquiète, guettait un péril inconnu. Prenant une pierre, je la jetai violemment derrière moi. Le guetteur bondit. Quand il m'aperçut, c'était trop tard. Me dressant d'un bond, je le frappai d'un coup de poing à la tempe et son cri lui resta dans la gorge.

« Je courus jusqu'aux chevaux. Ce fut un jeu de les détacher. Je les piquai de la pointe de mon poignard et ils s'enfuirent affolés dans toutes les directions. On s'agitait sous les tentes; des ordres brefs claquaient ; des glaives heurtaient des cuirasses. Je m'élançai à toutes jambes vers Acharnes; mes compagnons m'avaient rejoint. J'entendais avec ravissement monter la fièvre dans les lignes ennemies. Croyant à une attaque de la cavalerie athénienne, les Spartiates cherchaient un ennemi invisible.

« Profitant de la surprise, nous franchîmes la première ligne comme la foudre. Une volée de flèches mourut sur nos pas sans nous atteindre. Il nous restait deux stades à franchir quand nous tombâmes sur un groupe d'ennemis armés de lances et de glaives. Je hurlai à mes compagnons de forcer la vitesse et nous entrâmes comme une cognée dans la foule.

« Le choc fut effroyable. Tu ne peux savoir, Philippe, l'intensité de ces combats nocturnes où chaque homme joue sa vie. Imagine les souffles confondus, l'éclair des épées, le martèlement des boucliers et ces cris sauvages qui montent sur la mêlée ! J'ai connu un moment atroce. L'un de mes compagnons était tombé. Le mur de poitrines, devant nous, résistait. Derrière, j'entendais la rumeur des ennemis qui venaient en renfort.

« Pourtant, nous sommes passés. Avec mes amis, j'ai secoué la meute dont les glaives dessinaient un cercle de feu. Nos boucliers frappaient les visages, trouaient les rangs serrés. La route, enfin, s'est trouvée libre. Un long galop, le sifflement des flèches qui nous poursuivaient, et les portes d'Acharnes s'ouvraient à notre approche et se refermaient au nez de l'ennemi !

« J'ai rempli ma mission. J'ai dénombré les troupes, inspecté les remparts, fait le compte des réserves de vivres. Mes pensées étaient sombres. Acharnes me semblait incapable de soutenir le poids d'un siège; les défenses des remparts voleraient en éclats au premier choc. D'autre part, la faim régnerait bientôt sur un peuple de fantômes.

« Je n'avais plus qu'à repartir avec mes compagnons et transmettre ces nouvelles à Périclès. J'ai vécu la nuit la plus longue de ma vie, Philippe. Tandis que les troupes d'Acharnes tentaient une sortie de diversion, nous descendions les remparts par une échelle de corde et prenions la direction de la montagne où nous espérions retrouver nos chevaux. Quelle course ! Nous n'avions pas fait cinq stades que les périls se multipliaient.

« Ce fut d'abord un groupe de fantassins qui faisaient une ronde. Là, je perdis dans la mêlée un autre de mes compagnons. Nous pûmes nous creuser un passage, mais la poursuite était lancée; le troupeau grossissait derrière nous. Ce fut ensuite un peloton de cavaliers lancés au galop et décochant des volées de javelines qui se tordaient sur nos boucliers. Nous formions un bloc compact; nous n'avions qu'une seule pensée : courir sans fin, nous battre, atteindre la montagne frangée de lune. Elle signifiait pour nous le salut. Je le croyais, du moins.

« Ce fut une autre aventure. Les ennemis avaient découvert nos chevaux et nous attendaient. Nous fûmes encerclés comme des loups; le mur de lances et d'épées se refermait lentement; les flèches et les javelines pleuvaient. Je n'aurais pas donné une drachme de notre vie. Est-ce le désespoir qui nous a sauvés ? Ou l'amour de notre patrie ?

« J'ai crié à mes compagnons de simuler une attaque en direction de la plaine ; le front qui protégeait la montagne s'est dégarni. Revenant sur nos pas à toute allure, nous avons creusé une brèche. Les pentes s'offraient à nous, vertigineuses ; nos pieds glissaient sur le roc ; les ronces nous déchiraient. Notre cœur battait à se rompre dans le vertige de la fuite. Les ennemis nous suivaient comme des chiens sauvages.

« Nous avons couru pendant une heure avant de lâcher la meute. Nous sommes redescendus dans la plaine où un escadron de cavaliers athéniens nous a recueillis à bout de forces. Mes compagnons sont couverts de blessures. Vois mon bouclier déformé par les javelines et la pointe des lances !

« Je viens de réveiller Périclès pour lui transmettre les résultats de ma mission. Il m'a écouté sans un mot. Tu le connais. Il semble que le malheur n'ait aucune prise sur lui. Il croit passionnément au salut d'Athènes.

« Quand je l'ai quitté, un sourire lui a éclairé le visage. Il m'a regardé longuement et m'a dit :

— Jason, quel beau vainqueur tu ferais à Olympie ! »

***

Aujourd'hui réunion du peuple. Nous sommes partis à l'aube. La foule des citoyens se pressait déjà dans les rues, secouée par de profondes convulsions de colère ou d'angoisse. Beaucoup d'hommes venaient des remparts. Ils n'avaient pas besoin, ce matin, d'être rabattus sur la Pnyx par les esclaves publics qui barrent les rues au moyen d'une corde enduite de peinture rouge. Cette foule meurtrie par la guerre espérait trouver une revanche dans les combats de la parole.

Quand nous sommes arrivés, l'oriflamme indiquant la séance claquait dans le vent au sommet de la colline. J'ai admiré le spectacle : d'abord tout un peuple libre, plus de 40 000 personnes, rangé par les archers scythes sur une immense esplanade circulaire, puis la tribune des harangues taillée dans le roc; au-delà les sièges des huissiers et les loges à gradins où s'installaient les présidents de l'assemblée.

Quand je tournais la tête, j'apercevais l'Acropole poudrée de rose par le premier soleil.

L'assemblée a commencé par le sacrifice d'un porc. Avec le sang de la victime, les prêtres ont tracé autour du peuple un cercle sacré pendant que le héraut, de sa voix de bronze, invoquait les dieux et lançait des malédictions contre celui qui essaierait de tromper la cité.

C'est également le héraut qui a proclamé le sujet de l'assemblée : la guerre contre Sparte et ses alliés. Aussitôt, ce fut le délire parmi le peuple. A la question rituelle : « Qui demande la parole? » plus de cent hommes ont bondi vers la tribune avec une telle passion que les archers scythes ont dû intervenir pour ramener un semblant d'ordre. On eût dit une émeute.

Pendant trois heures, les orateurs se sont succédé, chacun ayant sur la tête la couronne de myrte qui le rendait inviolable. Tous menaient des attaques furieuses, tous demandaient que les hoplites et les cavaliers attaquent immédiatement les troupes de Sparte, que le destin de la guerre fût scellé dans un seul combat. Il y avait des adversaires de Périclès dont la fureur convulsait le visage; il y avait des paysans de l'Attique qui avaient perdu tous leurs biens et qui, déchirant leurs vêtements, évoquaient les maisons en flammes, les récoltes détruites, leur famille condamnée à la mort; il y avait également toute cette lie — dénonciateurs publics, usuriers, trafiquants — qui grouille durant les époques troublées.

Je regardais Périclès pendant que coulait ce fleuve de haine. Assis sur une marche de pierre au pied de la tribune aux harangues, l'homme restait impassible et grave; pas une seule fois je n'ai remarqué un mouvement de colère ou de révolte; il semblait ne pas voir la foule ni l'entendre; son regard était fixé sur l'Acropole dont le soleil sculptait les statues des dieux aux couleurs violentes; parfois aussi, il contemplait la mer lointaine sur laquelle voguait, toutes voiles au vent, le salut d'Athènes.

Quand il prit la parole, il s'éleva un tel tumulte que les ennemis durent l'entendre au fond de la plaine. Mais telle est la puissance de la volonté de l'homme ! Devant la meute, Périclès ne pliait point; sa voix ne tremblait pas; elle entrait comme une cognée dans cette foule brûlante; elle disait la justice et la raison. Elle modelait les événements et les hommes.

Périclès se confondait avec le destin de la ville. Je ne l'ai jamais admiré davantage qu'en ces heures lourdes où il domptait par son éloquence tout un peuple rassemblé qui avait des réflexes de grand fauve.

Malgré le malheur, la famine et la ruine, Périclès répétait que l'élan de Sparte se briserait sur les remparts; qu'un combat en rase campagne contre l'infanterie ennemie plus dure qu'un fer de lance détruirait pour un siècle la puissance de la ville; qu'il fallait jouer avec le temps et faire confiance à la flotte qui ravageait les côtes du Péloponnèse; que Sparte, frappée au cœur, coupée de ses bases de ravitaillement, abandonnerait l'Attique en désordre, telle la vague qui reflue vers la mer... Alors la gloire d'Athènes illuminerait le monde.

Peu à peu, la foule perdait de sa violence. La flamme longtemps attisée retombait. Quelques cris fusèrent encore, vite étouffés, puis la voix de Périclès déroula ses périodes sur un abîme de silence. Jason, près de moi, souriait. Quand le héraut annonça le vote à main levée, les acclamations frappèrent la nue comme un coup de poing. La partie était gagnée. O ma patrie !

C'est alors que se produisit un événement extraordinaire, comme si les dieux intervenaient dans la lutte. La foule commençait à descendre vers l'agora; la chaleur était étouffante, le soleil brûlait comme un torrent de lave dans un ciel sans nuage. Deux éclairs jaillirent soudain à l'orient, traversèrent le ciel dans une mer de flammes, se perdirent dans la direction du Péloponnèse tandis que le grondement du tonnerre ébranlait la terre.

Le peuple entier se jeta à même le sol, la tête entre les mains, rempli d'une terreur sacrée. « Prodige ! Prodige ! » hurlait-on. Et Jason pensif murmurait à mon oreille : « Les dieux ont parlé, Philippe. » Je ne comprenais pas, mais plus tard il m'entraîna au sommet de la colline d'où l'on domine la plaine et la mer.

Son bras tendu indiquait la direction des éclairs et je poussai un cri de joie. Au-delà de l'isthme de Corinthe, beaucoup plus loin que mon regard ne pouvait porter, s'étendaient l'Arcadie et l'Élide. Et le feu du ciel s'était consumé au-dessus du stade et de l'hippodrome d'Olympie.

Nous redescendîmes de la Pnyx plus légers, portés par cet espoir qui subsiste en nous dans la détresse générale. Sur l'agora, Jason m'abandonna pour aller prendre quelque repos. La foule était encore terrifiée par l'intervention divine. Beaucoup de gens, le bras levé, priaient devant le temple de Zeus, le dieu qui rassemble les nuées et lance le tonnerre. D'autres, les bras baissés vers la terre, suppliaient les divinités infernales de ne pas ajouter au malheur. Les mages et les devins interprétaient les signes du ciel, guettaient le vol des oiseaux et le frémissement des platanes. Redoutant ces prophètes de malheur, je m'écartai rapidement et pris le chemin de l'Acropole.

A mesure que je m'élevais, la ville s'étendait devant moi, inquiète et blessée dans sa robe de pierres où étouffaient plusieurs centaines de milliers d'hommes et de femmes. Je croyais trouver le silence sur l'Acropole, mais la colline sacrée gardait une animation prodigieuse. Les architectes, sous la direction de Phidias, étaient penchés sur le plan des Propylées ; les tailleurs de pierre sciaient des blocs monstrueux ; d'autres polissaient le marbre des colonnes veinées de rose qui ont la chaleur de la vie. Des sculpteurs, à grands coups de ciseau, taillaient dans le marbre du Pentélique le visage d'un Apollon et d'un Hermès.

La guerre n'avait pas suspendu les travaux de la paix. Si Athènes est devenue un haut lieu de la civilisation, ne le doit-elle pas à cette floraison de temples et d'autels, de colonnes et de statues que le génie de Phidias fait jaillir sur l'Acropole ?

Je m'arrêtai longtemps devant la statue d'Athéna, gardienne de la cité. C'est elle que j'étais venu supplier parce qu'elle incarne la sagesse et la pitié, qu'elle a donné aux hommes l'olivier, symbole de la paix. Je la contemplais, main gauche appuyée sur un bouclier, une victoire ailée dans la main droite, hiératique et lointaine dans ses vêtements de feuille d'or et son corps d'ivoire. Les pierres précieuses de ses yeux — émeraude et rubis — étincelaient dans le soleil.

Un chant m'arracha à ma contemplation. Une troupe d'éphèbes se dirigeait vers le temple de la déesse Aglaure, au nord de l'Acropole. Je les suivis. Des prêtres et des magistrats les accueillirent, leur remirent un bouclier rond et une lance. Et tous, la main étendue sur l'autel, prêtèrent le serment qui les liait à la patrie :

« Je ne déshonorerai pas les armes que je porte; je n'abandonnerai pas mon camarade de combat; je lutterai pour la défense des sanctuaires et de l'état, et je transmettrai à la postérité une patrie non amoindrie, mais plus grande et plus puissante. J'obéirai aux magistrats et aux lois établies. J'honorerai les cultes de mes pères. Je prends à témoin les divinités : Aglaure, Arès et Athéna, Zeus, Héraclès, les Bornes de la patrie, les Blés, les Orges, les Vignes, les Oliviers, les Figuiers. »

Je répétais avec eux, à mi-voix, les paroles sacrées. Je songeais avec tristesse qu'ils seraient demain sur les remparts et les Longs Murs — promis à quelles épreuves? — et qu'une année coulerait encore dans le sablier du Temps avant que je ne puisse les rejoindre.

Et je songeais à cet autre serment que l'on prête à Olympie devant la Grèce rassemblée, tandis que fument les sacrifices et que les trompettes appellent sur la ligne de départ des quadriges plus rapides que le vent du sud.

II

LA TRÊVE SACRÉE

Je n'avais plus le courage d'écrire. La guerre dure depuis deux mois et menace de ne jamais finir. Nous vivons dans l'angoisse.

Malgré les raids des cavaliers athéniens, Acharnes est tombée après une résistance furieuse. Une fois de plus, nous avons vu les flammes s'élever et de noires fumées souiller le ciel. On ne compte plus les morts ni les blessés. De sinistres cortèges, précédés de pleureuses et de joueuses de flûte, traversent la ville en direction des cimetières.

Jason, enfermé dans Acharnes, a repoussé une meute d'ennemis avant de s'échapper par les montagnes. Il raconte son aventure simplement en nettoyant ses armes. J'admire ses mains qui semblent taillées dans un bloc de chêne, ses épaules qui supporteraient le fronton d'un temple. Connaît-il les limites de sa force?

La famine menace Athènes; les rations de froment et d'huile ont été diminuées de moitié; les fruits ont disparu des marchés. On abat les bêtes amenées des campagnes et que l'on ne peut nourrir, faute de foin, mais la viande est hors de prix. Tout le ravitaillement de la ville dépend désormais de la mer.

Il suffirait d'une tempête pour nous condamner à la mort lente.

Pendant ce temps, la flotte de guerre ravage les côtes du Péloponnèse. Je descends parfois jusqu'au Pirée quand on annonce l'arrivée des galères rapides, la *Paralos*, la *Salaminienne*, qui apportent des nouvelles des fronts de guerre. J'écoute les marins qui descendent sur le port, les mains ensanglantées, les épaules meurtries par les rames. J'attends une victoire qui casserait les reins de Sparte, mais mon espoir est toujours déçu. La Grèce entière flambe comme une torche, la haine ravage les cœurs. Et les dieux attendent, silencieux.

Lysis, mon frère, est passé à la maison comme la foudre. Il repartait au galop pour le cap Sounion après avoir donné à Périclès des nouvelles de l'entraînement du quadrige. Je l'ai supplié de m'emmener. Il a refusé, prétextant le péril des chemins où patrouillent les avant-gardes de Sparte.

Il m'a parlé de mon père qui ne renonce pas au laurier d'Olympie, de ma mère qui file la laine dans le gynécée comme si le monde n'avait pas un grain de folie. Je l'ai questionné sur nos étalons blancs de Thessalie. Il paraît qu'ils font l'admiration des connaisseurs et qu'ils tournent sur l'hippodrome avec un synchronisme admirable.

Détail qui me bouleverse : quand Lysis prononce mon nom devant eux, ils hennissent en secouant leur crinière. Les chevaux ont souvent plus d'amitié que les hommes.

***

Je parlais hier du silence des dieux; ils semblaient avoir déserté le ciel; la fumée des sacrifices ne les rejoignait plus; nos vœux et nos prières butaient sur le vide. A certaines heures, les dieux fuient le spectacle de la comédie humaine. Cette guerre fratricide entre Sparte et Athènes, cette folie des hommes acharnés à semer le malheur les blessent et les irritent.

Quelque chose a changé. Je ne suis qu'un adolescent, mais j'ai le sens du mystère; mon âme s'ouvre à la vie secrète des êtres et des choses. Depuis ce matin, j'ai l'impression que les dieux sont revenus sur la terre. Je ne les retrouve pas seulement dans les temples et les sanctuaires où des foules immenses se pressent devant leurs statues; ils vivent autour de moi, en moi.

Les sons et les voix de la ville ont une densité particulière, une vibration qui les prolonge et les jette dans l'éternel. La nature est pleine de présences cachées; le frémissement des arbres, le murmure des fontaines sont lourds d'événements; le vol des colombes tourne sans fin au-dessus de l'Acropole; la mer, au loin, n'est qu'un immense sourire, et chaque vague ourlée d'écume est un collier de perles. Les rayons du soleil réchauffent les cœurs autant que les corps. Et c'est Zeus, père du soleil, qui règne sur Olympie...

Ai-je le droit de m'abandonner au trouble que je ressens ? Plusieurs fois aujourd'hui, j'ai gagné le rempart devant lequel l'infanterie, l'arme au pied, attend l'assaut d'un ennemi qui se confond à l'horizon avec la terre brûlée. Mais je n'écoute pas l'aboiement rauque des ordres donnés par les capitaines ni le piétinement de troupeau de la foule qui colporte les derniers oracles annonciateurs de catastrophes. J'attends...

Quoi? Je ne sais trop. Un prodige, peut-être. Ou la venue d'un dieu qui déboucherait de la plaine sur un cheval blanc dans un éblouissement de lumière.

Je coucherai cette nuit sur le rempart.

***

Io ! Evohé ! La joie m'étouffe. Ce soir, j'aurai rejoint mon père et ma mère. Je veux être le premier à leur annoncer la nouvelle.

Je dormais encore, enveloppé dans mon manteau, quand une sonnerie triomphale a résonné dans la plaine. Je me suis levé d'un bond. C'était le matin profond. La nuit enveloppait encore la ville, mais il y avait comme un frisson de lumière à l'orient. On eût dit que le chant des trompettes allumait le soleil.

Au pied des remparts, l'alarme a sonné, répercutée par les guetteurs dans tous les quartiers de la ville. Les hoplites se jetaient sur leurs armes, croyant à une attaque; les cavaliers bondissaient sur leur monture. Moi, je savais déjà. Une voix en moi criait la paix, la joie.

Le ciel a blanchi; l'aube s'est déployée comme une écharpe sur l'Attique et j'ai vu s'avancer au fond de la plaine, dans la stridence des trompettes, non pas les cohortes cuirassées de Sparte, mais une ambassade pacifique et bruissante d'oriflammes.

La foule qui se précipitait vers les remparts a hurlé autour de moi : « Olympie ! Olympie ! » un hymne de reconnaissance est monté vers Zeus. Nous recevions les messagers de l'Élide chargés d'annoncer à toutes les cités grecques l'ouverture des jeux d'Olympie et de proclamer la trêve sacrée.

Ainsi mon cœur ne m'avait pas trompé. Alors que les ennemis se tenaient à la gorge et que la haine semait la mort et l'incendie, les dieux enfin parlaient, les armes tombaient des mains des combattants, le grand silence de la paix allait régner sur la Grèce entière pendant deux mois.

Étrange destin que celui des jeux panhelléniques devant lesquels la guerre arrête ses torches et ses épées ! Ils sont avant tout une fête religieuse qui revient tous les quatre ans au plus fort de l'été. Ceux d'Olympie sont voués à Zeus et organisés par les Eléens. Les concours et les courses rassemblent une foule immense. Olympie devient le cœur de la Grèce et des îles. Une victoire entraîne des honneurs exceptionnels. Je songeais à la joie de mon père et de Lysis. Nous prendrions bientôt le chemin de l'Élide avec nos quatre chevaux blancs de Thessalie.

Les cavaliers s'étaient élancés dans la plaine à la rencontre de l'ambassade qui approchait au galop. On ouvrait les portes de la ville et le peuple se précipitait comme un torrent. Aux trompettes des hérauts répondaient les cris et les acclamations. Très loin s'élevait un nuage de poussière. Les troupes de Sparte, abandonnant la terre conquise, s'éloignaient vers l'isthme de Corinthe. On ne résiste pas aux dieux. Zeus sait foudroyer les parjures.

Je n'ai pas attendu l'entrée solennelle de l'ambassade ni la proclamation de la trêve sacrée sur l'Acropole, devant le temple de Zeus.

J'en savais assez. Les jeux auront lieu dans soixante jours, à la pleine lune du mois Apollonios. En raison de la guerre qui a retardé l'envoi des spondophores dans la Grèce entière et les îles, le rassemblement des athlètes à Élis, où ils s'entraînaient encore pendant un mois, est supprimé; ils devront gagner directement Olympie où leur inscription, faite une année à l'avance, sera vérifiée par les hellanodices, les magistrats de l'Élide responsables des jeux.

J'ai gagné la maison du Céramique à toutes jambes. Sur mon chemin, j'ai rencontré Charmide; sa joie était grave. Je lui ai demandé s'il viendrait à Olympie. Il m'a tiré l'oreille : « Peut-être, petit homme, peut-être... La route est si longue; il faut la mériter. » Ses yeux clairs fixaient l'avenir. Que voyait-il?

Je pars. Mon oncle Pison m'a prêté un cheval. Jason n'est pas atteint par le délire qui soulève la ville. Il va rejoindre Lachès au gymnase et reprendre l'entraînement. Lui aussi rêve à Olympie. Quand je le regarde, aussi droit qu'un cyprès, drapant le péplos sur son corps de bronze où roulent des muscles plus durs que des câbles de marine, j'ai la tête pleine de victoires.

*
**

J'ai failli crever mon cheval, mais qu'importe ! Après des heures de galop, j'ai retrouvé mon père et ma mère; je suis dans ma maison blottie parmi les oliviers et les vignes. Comment pourrais-je trouver le sommeil? La lune joue sur la mer dont la respiration émeut le rivage. La mèche de ma lampe à huile grésille et charbonne; sa lueur éclaire la tablette de cire où mon stylet trace ces lignes, mais je lève souvent la tête, j'écoute...

La maison et le domaine me parlent une langue familière. Le murmure d'un platane, l'aboiement d'un chien, le glissement sur le sable du pied nu d'un esclave me racontent une longue histoire tissée de souvenirs. Et quand le sabot d'un cheval heurte un bat-flanc dans l'écurie, je suis sûr d'avoir échappé à la guerre et retrouvé la patrie de mon cœur.

Comme ils sont beaux, les retours, quand on apporte la paix ! Dès que j'eus franchi les champs d'oliviers, j'aperçus dans la poussière dorée du couchant notre maison de briques crues, le bâtiment des esclaves, les étables et la bergerie. Puis mon père au milieu des esclaves sous les platanes, distribuant les tâches du lendemain, et ma mère en longue tunique de lin serrée à la taille par une ceinture, et Lysis en tunique courte, gardant à terre le balancement de ceux qui passent leur vie sur un char.

Un dernier temps de galop à travers le flot de laine d'un troupeau de moutons, et je bondissais de mon cheval en annonçant la trêve sacrée ! Tous levaient les mains vers le ciel pour remercier les dieux, la paix allumait une flamme de joie dans les regards, et je redevins un enfant dans les bras de mon père et de ma mère.

Ma première visite fut pour les chevaux. Ils avaient reconnu ma voix. La tête tournée vers la porte de l'écurie, ils m'attendaient et le claquement de leurs sabots trahissait leur impatience. Je les ai caressés, j'ai appuyé mon front sur leur robe blanche, je leur ai dit que la paix était revenue et que nous partirions bientôt pour Olympie.

Je jurerais qu'ils comprenaient mes paroles. Ils ont henni tous les quatre, un long frisson a ridé leur échine. Mon père et Lysis souriaient pour dissimuler leur émotion, mais les jeux occupaient toutes nos pensées.

Après un repas de galettes d'orge, de lentilles et de poisson, pendant lequel je donnai des nouvelles d'Athènes, nous avons passé la veillée sur le seuil. La nuit était brûlante, traversée d'éclairs : une nuit où les dieux cinglent à travers le ciel, vers quels rivages? Autour de nous, les servantes cardaient des flocons de laine en les étirant et en les serrant fortement sur leur jambe nue; ma mère, ensuite, en chargeait sa quenouille et filait. Nous gardions le silence. Chez nous, les mots sont inutiles; l'accord est si profond que nos âmes se rejoignent naturellement dès que nous sommes ensemble.

J'ai tressailli quand le roulement d'un char de voyage a résonné sur le sol pierreux. Ma mère a levé la tête avec un sourire; elle a dit : « Chloé » et s'est remise à l'ouvrage. Intrigué, je guettais la nuit où retentissaient les sonnailles des mulets. Chloé, pour moi, n'était qu'une cousine lointaine qui habitait avec ses parents dans l'île d'Hydra, face aux côtes du Péloponnèse. Je ne l'avais rencontrée qu'une fois, voilà six ans, à Athènes; elle avait mon âge et me déplaisait souverainement; elle avait l'ironie facile et ses plaisanteries me hérissaient la peau. Nous étions comme de jeunes chiens qui ne songent qu'à mordre.

Ma mère reprit :

— Comme l'île d'Hydra était menacée d'invasion par la flotte de Sparte, ses parents nous l'ont envoyée voilà un mois; elle a embarqué sur un vaisseau de charge qui transportait une cargaison de légumes pour les esclaves des mines du Laurion.

Le même sourire a fleuri ses lèvres.

— Elle a beaucoup changé, tu sais; elle vient de passer la journée chez une amie, à quelques stades. J'espère que tu l'accueilleras gentiment.

Je me retins pour ne pas crier mon ennui. La venue de Chloé jetait une ombre sur mon retour. Je devrais vivre avec une jeune fille de seize ans qui avait l'art de se rendre insupportable.

Le char approchait et je le vouais à toutes les divinités infernales. Pût la terre l'engloutir ! Le cocher l'arrêta à quelques pas de nous, une servante descendit la première et soudain — je rougis de l'écrire —, j'eus un choc au cœur.

Dans le clair de lune qui poudrait ses cheveux blonds, c'était une nymphe de la mer qui apparaissait à mes yeux; la fine tunique de lin à petits plis emprisonnait un corps léger et gracieux; le châle agrafé en écharpe sur l'épaule gauche ajoutait à l'harmonie de cette apparition; je distinguais mal les traits du visage, mais la démarche de Chloé était exquise. Elle marchait comme on danse.

Elle m'avait reconnu aussitôt. Elle vint à moi, s'inclina sans lever les yeux et une note d'émotion tremblait dans sa voix.

— Je t'ai reconnu aussitôt, Philippe, et je suis heureuse de te voir.

Je cherchai vainement des paroles aimables. Malgré les leçons d'éloquence de mon maître Charmide, un dieu malin glaçait les mots sur mes lèvres. Chloé attendit un instant, mais j'étais incapable de rompre un silence qui me faisait mal et elle alla s'asseoir auprès de ma mère. Elle ne tourna pas la tête une seule fois dans ma direction.

Plus tard, sur un geste de mon père, les femmes regagnèrent le gynécée. Chloé passa devant moi sans un regard; un parfum de santal flottait dans son sillage. La vision de ses cheveux blonds noués en grappe sur son cou me poursuit encore.

Je restai seul avec mon père et Lysis. La nuit était vivante; un feu de joie flambait au bord de la mer près du cap Sounion. D'autres, à tous les horizons, jetaient de hautes flammes vers les dieux; nous entendions des chants lointains. La nouvelle de la paix s'était répandue comme un feu de broussailles. La pensée d'Olympie remplissait tous les cœurs et

Lysis, la tête levée, les yeux pleins d'étoiles, tirait sur des rênes invisibles.

— Père, dit-il, quand partirons-nous?

— Plus tard, Lysis; nous devons poursuivre l'entraînement.

Mon père est un homme austère qui parle peu, mais la passion le brûle à l'intérieur. Qu'il s'agisse de la politique, de ses navires ou de son domaine, il va toujours jusqu'au bout de son effort. Que de fois n'a-t-il pas affronté les périls de la mer ou ceux, plus redoutables, des assemblées ! Il restait lucide et grave au plus fort de la mêlée, avec un sens extraordinaire de la manœuvre à accomplir, du discours qui éteindrait les flambées de colère du peuple.

Seuls les jeux d'Olympie en font un autre homme plus tendu que la corde d'un arc, plus enthousiaste qu'un danseur sacré possédé par son dieu. Non que l'orgueil le mène, mais il a le sentiment de défendre l'honneur de sa patrie.

— Il ne faut pas, dit-il, rejoindre trop tôt Olympie. Cent mille personnes se pressent autour du sanctuaire de Zeus. La bousculade et le tumulte sont mauvais pour les hommes et les chevaux. Jadis, j'ai failli perdre la couronne d'olivier pour une faute de ce genre. Mon attelage, quatre juments de Thrace à la robe brune, était si énervé que j'ai heurté la borne au premier tour.

Il ferma les yeux quelques secondes pour revivre ses souvenirs; des galops anciens résonnaient dans sa mémoire.

— Rassure-toi, reprit-il. Nous arriverons assez tôt pour que nos chevaux prennent la mesure de l'hippodrome. Tu les connais; ils ont le cœur agile et se plient rapidement aux circonstances. On dirait parfois qu'ils devinent nos pensées. Cet après-midi, quand je t'ai crié d'accélérer l'allure, ils ont bondi avant même que tu ne fasses claquer ton fouet. Et pourtant, tu es le meilleur cocher du monde.

Lysis baissa la tête; la nuit m'empêchait de voir sa rougeur, mais je le sentais bouleversé par cet hommage si rare sur les lèvres de mon père.

— Philippe, dit-il, me dépassera un jour. Les chevaux l'aiment plus que moi.

Je rougis à mon tour. Les paroles de Lysis lançaient une arche de feu vers l'avenir.

— Il ne suffit pas d'aimer, dit mon père. Ce n'est pas un attelage de moutons que tu conduiras à Olympie. Les chevaux respectent la force, la volonté qui les dirige. Crois-tu que tu les mèneras à la victoire avec une poignée d'avoine et des pains de miel? Philippe ignore encore les longues patiences, les luttes et les risques. Écoutez...

Les chevaux remuaient dans leur box. L'un d'eux, Égine — mon père leur avait donné le nom des îles grecques où relâchaient ses navires — martelait le sol de terre battue. Nous les sentions proches de nous et cette pensée nous était douce.

— Oui, les luttes et les risques, reprit mon père. En ce moment même, des milliers de concurrents se préparent pour Olympie. Les lutteurs, comme Jason, éprouvent leurs muscles; les athlètes du pancrace affrontent des coups qui tueraient un bœuf et vont jusqu'à l'extrême limite de la souffrance; les lanceurs répètent sans fin leur mouvement pour allonger la trajectoire du disque et du javelot; les coureurs de vitesse fendent le vent comme des proues de navires; les coureurs de fond, lèvres sèches, poitrine brûlante, égrènent stade après stade à s'en faire éclater le cœur. Et cinquante quadriges, dans la Grèce entière, foulent le sable des hippodromes;

les chevaux halètent, les mains des cochers se durcissent sur les rênes. Pensez-vous que la victoire puisse récompenser des âmes molles? Il faut s'être vaincu soi-même pour mériter de vaincre à Olympie.

— Cinquante quadriges? répéta Lysis.

— Le laurier qui récompense la course de chars apporte un honneur incomparable au cocher, au propriétaire des chevaux, à leur ville. Toutes les cités grecques se disputent cet honneur. Je sais par un messager de Périclès, qui encourage nos efforts, que la Thessalie prépare cinq quadriges, l'Étolie, trois, l'Arcadie, quatre, l'Élide, trois, et que les tyrans de Sicile viendront en force. Nous ne serons pas les seuls à défendre la gloire d'Athènes. Pour ne citer qu'Alcibiade, il a fait venir de Thrace l'an dernier vingt-cinq chevaux admirables et lancera sur l'hippodrome au moins cinq quadriges... Du moins, prions les dieux que les épreuves se déroulent dans la justice et que les concurrents respectent le serment qu'ils auront prêté devant la statue de Zeus dans l'enceinte du sanctuaire.

— Que craignez-vous, père? dis-je.

— Rien de précis, mais des bruits étranges circulent à travers la Grèce et les îles. Le capitaine d'un navire marchand qui a fait escale hier au cap Sounion me disait avoir appris à Chio que certains équipages de Laconie et de Messénie s'opposeraient par tous les moyens à une victoire d'Athènes. Ce sont peut-être des mensonges pour jeter le trouble dans les âmes, mais la guerre a semé tant de haine à travers les pays, et les plaies ne sont pas cicatrisées ! Pourquoi Sparte ne s'efforcerait-elle pas de regagner à Olympie les avantages qu'elle a perdus avec la trêve sacrée?

J'éprouvais une vague souffrance devant la folie des hommes, bien qu'une part de moi-même refusât d'ajouter foi à ces rumeurs. Si pure était la nuit, si bienveillants les dieux qui nous offraient la paix.

— La route sera longue jusqu'à Olympie..., murmura mon père.

Il reprenait les mots de Charmide qui m'avaient inquiété. Quand il se leva pour gagner sa couche, je fis de même avec Lysis, mais auparavant je rendis une dernière visite à nos chevaux. Leurs yeux brillaient dans l'ombre de l'écurie. Ils posèrent tour à tour leur tête sur mon épaule. Ils étaient pacifiques, fraternels. Et je leur murmurais des mots d'espoir.

III

LES CHEVAUX DU QUADRIGE

J'étais debout dès l'aube, les muscles noués par ma longue course de la veille, mais mon père et Lysis m'avaient précédé. Et nos chevaux également qui avaient déjà mangé leur avoine et le foin sec que mon père fait venir pour eux des pâturages de Béotie.

Malgré le vent de mer chargé de sel et d'iode, une journée torride s'annonçait. Une équipe d'esclaves s'éloignait pour soigner les vignes ou couper le blé à la faucille; d'autres se dirigeaient vers l'hippodrome pour égaliser le sable. Théramène, le berger, sa besace au côté, emmenait les moutons et les chèvres vers les collines. Quelques servantes, avec de grands rires, partaient à la fontaine où elles feraient la lessive. Je ne vis ni ma mère ni Chloé.

Les chevaux étaient rangés sous le platane, près de l'autel domestique où nous offrons aux dieux de la terre des libations de vin, de miel et de lait. Protée, le palefrenier, les brossait et leur passait l'étrille, avant de tresser en torsades la longue crinière et la queue. Ils piaffaient d'impatience et encensaient, entourés d'une volée d'abeilles surgie de nos ruches.

Mon père et Lysis leur examinaient la bouche meur-

par le frein de métal à la suite d'un entraînement forcené. Quand mon père m'annonça qu'il attendrait le soir pour les atteler, je fus déçu. Je voudrais brûler les jours qui me séparent d'Olympie.

Mais puisque je dois vivre en leur compagnie l'aventure la plus exaltante de mon existence, pourquoi n'essaierais-je pas de peindre leur caractère, de noter leurs réactions au plus vif de la course et pendant le repos? Après tout, nos chevaux de Thessalie sont pour nous des amis.

Ils s'appellent Égine, Léros, Skyros et Milo. Quatre étalons du sang le plus pur.

En apparence, ils sont frères : même robe blanche, même feu, même courage; un œil peu exercé les confond volontiers; leur association dans l'attelage a développé chez eux des réflexes communs; ils possèdent si parfaitement le rythme de la course et la science des virages qu'on dirait une seule bête fabuleuse.

Mais leur nature est très différente.

Égine est le chef indiscuté. Il possède sur ses compagnons un mystérieux pouvoir. Au pâturage, ils se groupent autour de lui ou bien le suivent à distance respectueuse. Viennent-ils à notre rencontre? Égine prend la tête, plus fier qu'un roi d'Orient accompagné de sa suite. Nul n'oserait avant lui boire à la source et humer le couffin d'avoine. D'ailleurs, si l'on manifeste à Léros ou à Milo une attention particulière, Égine semble blessé dans son honneur et ses prérogatives; il lance alors une série de coups de pied à la lune ou pique un temps de galop loin des hommes stupides.

C'est lui qui, attelé au char à droite du timon, imprime à la course son allure infernale. Ses démarrages sont foudroyants. Le char jaillit, tel l'éclair, sur la ligne de départ. Dès lors, Égine devient une bête sacrée. Inutile de l'exciter, il fonce comme un forcené; le sable vole sous ses sabots, il prépare le virage avec une science infaillible. Jamais, dût-il tomber mort, le cœur éclaté, il n'arrêtera son effort avant l'ordre de Lysis.

Quand le char suspend son élan, Égine tremble longtemps; ses flancs sont creusés par une profonde houle; la sueur ruisselle sur tout son corps. Et ses yeux noyés de brume gardent la nostalgie des grands espaces.

Près de lui, dont il est séparé par le timon, Léros. Égine est la passion. Léros, un monument de calme. La grêle, le tonnerre, la foudre même de Zeus, tous les signes que le ciel nous envoie et qui mettent ses compagnons en transes, ne sauraient l'émouvoir. A peine lève-t-il la tête avec une moue de souveraine indifférence !

Léros est un sage qui mériterait de finir ses jours sous un portique d'Athènes en compagnie des philosophes. Il regarde passer le flot de la comédie humaine sans s'y mêler. Il se nourrit de peu, n'a pas de passions brûlantes, mais garde une profonde tendresse, bien cachée, pour les enfants et les ânes. Et je crois qu'il sourit parfois dans sa barbe devant notre enthousiasme. Léros est mon ami.

La course lancée, il ne marque pas le rythme à coups violents d'encolure, comme Égine; il reste maître de son souffle et de son cœur. Mais quelle solidité, quelle puissance, quelle harmonie ! Il apporte à Égine, lancé en avant comme une flèche par le grain de folie de son orgueil, cette mesure qui contribue à la victoire.

La course terminée, il reste paisible comme s'il sortait d'un bain dans la mer. Il se régale de quelques brins d'herbe, les yeux clos, en mâchant de lentes pensées.

Skyros et Milo sont les deux chevaux de volée, les « galériens »; ils ont une souplesse extraordinaire et le coup de rein brutal des coureurs de vitesse. Avec eux, le rôle de Lysis est plus grand. C'est l'homme qui, de ses longues rênes, commande les manœuvres, modère ou enflamme, évite les obstacles. Mon père, qui les aime entre tous, appelle Skyros l'Obéissance et Milo, la Joie.

Skyros semble né avec un sablier dans la tête. Est-on en retard de quelques secondes pour ouvrir les portes de l'écurie? Il nous rappelle à notre devoir par un hennissement prolongé. Le départ pour l'hippodrome se fait-il attendre? Il bat du sabot et encense. Protée, le palefrenier, a-t-il oublié la ration d'avoine? Skyros le rejoint au galop et le pousse vers les magasins avec d'aimables bourrades. Nous rions et Skyros s'attriste. Pour lui, les jours, les heures et les saisons sont autant de choses sacrées qu'il faut respecter à l'égal des dieux. Et si nous veillons trop tard sur le seuil de la maison, c'est encore Skyros qui, d'un interminable bâillement, nous signale que la nuit est faite pour le sommeil.

Skyros est toujours à la pointe du combat. Ayant le sens du temps et de l'espace, il joue dans l'attelage un rôle éminent. C'est lui qui, sur les sollicitations de Lysis, amorce et conduit les virages autour des bornes, cette manœuvre difficile entre toutes. Le galop se ralentit, se transforme en longues et souples battues auxquelles la violence d'Égine se plie mal, mais le char reste dans son orbite au lieu de se déporter, et le galop peut reprendre aussitôt. Skyros fixe déjà la prochaine borne qu'il abordera sans vertige.

Milo est le poète de l'attelage et fait notre joie.

Il aime les fleurs, les arbres, les nuages. Souvent nous le voyons, transformé en sa propre statue, rêver devant la mer ou les collines. L'appelle-t-on? Il semble alors s'éveiller d'un long sommeil et promène sur les choses et les êtres un regard ébloui. Quand Protée joue de la flûte sous les platanes, aux heures torrides où les abeilles elles-mêmes font la sieste, Milo accourt au galop et dodeline de la tête avec une élégance de danseur.

Aux accents guerriers, il préfère les mélodies à la douceur de miel. Si Protée lance les accords d'*Amour, amour invincible*, l'air qui fleurit les plus jolies lèvres de l'Attique, Milo monte au septième ciel des chevaux.

Pourtant, il aime plus encore le martèlement des sabots du quadrige sur le sable de l'hippodrome. La course lancée, Milo devient une bête inspirée, plus souple que les autres, capable d'initiatives et d'accélérations fulgurantes, soucieuse en même temps, comme tout bon acteur, de s'offrir en spectacle. Milo a du génie. Je l'imagine dans la compétition d'Olympie, tenant la droite du quadrige, exposé à la rencontre brutale des autres équipages, aux coups de fouet des cochers, aux blessures provoquées par la roue des chars. Saura-t-il alors éviter en grand virtuose les périls que tissent les hommes et le destin? Cette pensée m'inquiète.

J'ai d'autres soucis qui tourmentent également mon père; il ne les exprime pas, mais je les devine à sa moue quand il contemple nos chevaux. Que deviendrions-nous si l'un d'eux se blessait ou tombait malade? Sans doute pouvons-nous en atteler deux autres, des bais de Thrace, mais ils n'ont ni la même ardeur ni le même sens de l'équipage.

A chaque heure du jour, je me tourne vers le cap

Sounion où se dresse le temple de Poséidon. Je prie le dieu au trident de veiller sur nos pâturages et de rendre la route d'Olympie plus douce qu'une mer d'huile où chantent les sirènes.

⁂

Mon père m'a surpris penché sur ces tablettes de cire où je note au fil des heures mes pensées et les événements de ma vie. « Philippe, m'a-t-il demandé, deviendras-tu poète ou philosophe à l'école de Charmide? Nous prépares-tu une tragédie pour les concours dramatiques d'Athènes ou quelque poème épique que tu déclameras devant la foule d'Olympie ? »

Comme je lui avouais ma démangeaison d'écrire, il a ajouté avec un sourire : « Jadis, c'est Pindare qui a chanté ma victoire à Olympie; une foule de jeunes gens et de jeunes filles a chanté son poème alors qu'Athènes me faisait une réception triomphale. Eh bien, je te confie aujourd'hui la mission de raconter l'aventure que nous entreprenons. Tu seras l'historien des jeux avant d'en être, un jour, l'acteur. Mais respecte la vérité, Philippe. Tu rêves trop. »

Il est vrai qu'il m'arrive de rêver, et mon père n'approuverait pas certaines de mes pensées. Mes sentiments tournent plus vite que le vent. Hier soir, j'étais furieux d'apprendre la présence de Chloé dans notre maison. Aujourd'hui, je m'irrite parce qu'elle ignore ma présence ou me fuit. Pour un peu, j'aurais de la peine.

Mais de quoi vais-je me plaindre? Je lui ai montré si clairement mon ennui qu'elle doit voir en moi un rustre, l'un de ces jeunes gens qui bousculent et insultent les femmes, la nuit, dans les rues d'Athènes.

Et pourtant, dans mon cœur, à côté des chevaux, il y a une petite place que je pourrais donner à Chloé.

Tout ce matin, elle est restée avec ma mère à la maison, près des servantes qui préparaient des confitures de figue et de framboise. Ma mère m'ayant appelé pour les goûter, j'abandonnai les chiens avec lesquels je menais une partie endiablée et la rejoignis dans la grande salle. J'étais hors d'haleine; à la suite d'une chute, j'avais les jambes et les cuisses rabotées par les pierres de la cour. Bref, je me présentais en triste équipage.

Mon premier regard ne fut pas pour ma mère ni pour les confitures dont l'odeur embaumait la maison. Je ne vis que Chloé dont une servante peignait les cheveux blonds qui ruisselaient sur ses épaules comme un flot de miel. Elle ne répondit à mon salut que par un bref signe de tête et, souverainement indifférente, continua de se contempler dans son miroir.

Est-ce le dépit? Malgré la lumière violente qui régnait dans la salle, je la trouvai plus exquise encore que la veille. Chloé ne ressemble pas aux jeunes filles que j'ai approchées à Athènes. Ses cheveux blonds surprennent dans notre pays de soleil; elle a des yeux bleus où s'allume souvent une petite flamme d'ironie, des joues plus lisses qu'un grain de raisin. Son visage doré par le vent de la mer a des grâces fragiles, mais le nez droit, les lèvres pleines dont je ne connais pas encore le sourire indiquent la volonté et l'amour de la vie.

Elle portait un bracelet à chaque poignet, et aux chevilles un anneau d'or représentant un serpent lové sur lui-même.

Cette vision m'éblouit au point que j'en oubliai de goûter les confitures. Quand je m'éloignai, le rire moqueur de Chloé me rejoignit et me perça comme une flèche.

Je la revis quelques instants avant le déjeuner. Elle allait à la fontaine chercher une amphore d'eau fraîche. Pour se protéger du soleil, elle avait noué autour de ses cheveux un carré de soie rouge, comme les marins en rapportent parfois de Smyrne. Milo, toujours galant, se précipitait vers elle et lui faisait un brin d'escorte.

Quand elle revint, l'amphore en équilibre sur la tête, j'allai à sa rencontre et lui proposai de l'aider. Elle se détourna sans répondre. Peut-être attendait-elle un mot d'excuse? Elle avait ralenti son pas et marqué un temps d'arrêt avant de franchir le seuil. Mais je restais cloué sur place par des racines invisibles. Je suis plus timide que je ne pensais.

Pendant le repas, Chloé manifesta la même indifférence calculée à mon égard, alors qu'elle soutenait avec Lysis une conversation émaillée de rires et de plaisanteries. Toutes grâces dehors, elle brillait de mille feux pour m'éblouir. Elle y parvint avec un tel succès que le ragoût de lièvre et le fromage de chèvre me sont restés dans la gorge.

Maintenant, un air de flûte s'élève dans le gynécée. C'est encore Chloé qui me poursuit. Les notes acides tremblent, scintillent un moment dans la pénombre de ma chambre et s'enfoncent en moi comme des épines. J'éprouve une vague souffrance à la pensée que je ne verrai plus Chloé jusqu'à la nuit.

Les femmes, dans notre pays, veillent sur la maison et n'ont pas coutume de se mêler aux hommes. A Athènes, ma mère ne sort jamais sans une servante qui la précède; elle ne quitte le foyer que pour les fêtes religieuses et, parfois, les concours de tragédie. A la campagne, mon père la laisserait volontiers se promener dans le domaine ou rendre visite à des amies, mais elle en use peu et vit repliée, plus active qu'une abeille dans sa ruche. L'habitude, au fil des ans, a tissé des liens que ma mère ne peut rompre.

Chloé, formée par la vie libre des îles, aura-t-elle plus d'audace? Je...

*
* *

Des aboiements furieux m'ont interrompu et je me suis précipité hors de ma chambre. Nos molosses hurlaient à quelques stades de la maison, près de la mer. Mon père et Lysis couraient déjà. Au prix d'un effort terrible que n'aurait pas désavoué un concurrent olympique, je les ai rejoints et nous avons vu un navire qui s'éloignait à force de rames en soulevant une gerbe d'écume. Deux hommes se tenaient sur la poupe. Un autre, qui se tordait de douleur, était allongé à leurs pieds. Nous ne pouvions distinguer leurs traits.

Dans la prairie, nos chevaux semblaient paisibles, sauf Égine, mais Protée, sa barbe blanche en bataille, lançait une série de malédictions contre le navire; ses bras tournaient comme des ailes de moulin.

Entre deux accès de fureur, il nous a raconté son histoire. Il sommeillait sous un pin dans la prairie; les molosses goûtaient l'ombre à ses côtés; les chevaux, plus loin, s'ébrouaient dans le soleil. Quand les molosses ont grondé, il a levé la tête. Un navire à huit rameurs venait d'accoster sur le rivage; deux hommes jeunes en descendaient et se précipitaient en courant vers les chevaux.

Les molosses ont bondi — ce sont des bêtes énormes dont les crocs déchireraient un bouclier de cuir —, les hommes ont rebroussé chemin et fui à toutes jambes. L'un des molosses, Ioulis, a rejoint le moins rapide à l'extrême bord du rivage et l'a mordu cruellement à la cuisse alors qu'il embarquait. Aussitôt le navire a repris la mer...

Nous l'apercevions qui cinglait vers le large, emportant sa cargaison de haine.

— Ce n'est pas un navire d'Athènes, dit calmement mon père. Nous le retrouverons, ainsi que son équipage. Il s'agit de pirates voleurs de chevaux, je pense. Nous monterons la garde jour et nuit avant notre départ.

Il avait d'autres pensées en tête, mais préféra garder le silence et s'éloigna, les épaules voûtées, avec Lysis. Moi, je restai immobile jusqu'au moment où le navire disparut à l'horizon.

Un peu plus tard, je sus qu'il ne s'agissait point de pirates voleurs de chevaux, mais de meurtriers qui nous barraient la route d'Olympie. Dans l'herbe rase, près du rivage, je découvris une javeline dont la pointe triangulaire de bronze pouvait provoquer d'affreuses blessures. On a voulu tuer l'un de nos chevaux pour rompre l'unité du quadrige.

Qui donc est assez lâche ou impie? Après tant de ruines et de flammes, quel homme a pu souiller la trêve sacrée par un crime?

Oui, je veillerai, moi aussi, jusqu'à l'aurore, car les nuits sont plus chargées de périls que les jours. Mais je regrette l'absence de Jason, dont les poings valent une armée.

*
**

Mes craintes s'estompent. Le domaine, cette nuit, est mieux défendu qu'une place forte. Dix esclaves fidèles, armés de frondes et de javelots, montent la garde au bord de la mer sous le commandement de Protée. D'autres parcourent le domaine ou veillent au pied des collines. Mon père s'est fait dresser un lit de sangles dans l'écurie et attend, une épée nue à son chevet. Les bêtes sont calmes. Seul Égine a des accès d'impatience et peine à trouver le repos.

Lysis dort. L'entraînement l'a épuisé et mon père lui a interdit de prendre la garde au cours de la nuit. L'épreuve d'Olympie, si dure pour les nerfs, exigera des forces intactes.

Comment n'aurais-je pas confiance? J'ai vu tourner le quadrige dans l'hippodrome et c'est merveilleux. Saurais-je trouver des mots assez justes pour décrire un spectacle qui me bouleverse?

Six heures du soir. Le ciel de plomb s'attiédit. Un vent plus frais vient de la mer et balaie l'hippodrome. La piste est d'un ovale parfait. Mon père lui a donné les mêmes proportions qu'à Olympie, afin que les chevaux s'habituent à la distance. Les deux bornes de granit enfoncées profondément dans le sol indiquent les courbes. Sur chacune d'elles, un sculpteur a taillé les traits de Poséidon et d'Apollon. Les dieux protègent les virages.

Le char se trouve dans la stalle de départ. C'est un char d'entraînement, plus lourd que celui que nous utiliserons à Olympie. Je caresse le bois de chêne poli par la sueur de Lysis, les deux roues agiles dont les rayons s'effaceront tout à l'heure dans le poudroiement de la vitesse.

Lysis et mon père sont là, près des harnais qui reposent dans l'herbe. Lysis est nerveux, passionné, comme avant chaque départ. Il porte sa tenue d'aurige; un bandeau retient ses cheveux bouclés qui moussent sur son front. Sa tunique de lin, serrée à la taille par une ceinture, épouse étroitement son corps et laisse nus ses bras et ses cuisses; ses mains et ses doigts remuent sans cesse; il prépare ses muscles aux manœuvres subtiles qu'exigent les rênes.

Lysis a vingt-deux ans. Comme moi, il a un culte pour les chevaux. Il est beau, d'une beauté grave et harmonieuse. Ses yeux brûlent d'un feu noir; son visage aigu semble taillé pour la course. Si Jason représente la force, Lysis incarne la souplesse, et la grâce d'un merveilleux équilibre.

Protée amène les chevaux qui s'impatientent. Seul Léros garde le pas tranquille d'un philosophe. Égine tire si fort sur la longe que Protée roule dans la poussière et invoque le dieu protecteur des palefreniers. Milo, à son habitude, contemple les nuages.

Nous les harnachons. Dès qu'ils sentent le poids de la bride et du mors, les chevaux ne se possèdent plus et Protée doit tendre la corde qui ferme la stalle de départ. Nous attelons d'abord Égine et Léros, les chevaux de flèche, qui ont reçu le collier de gorge et la sangle, en arrière du garrot, sur laquelle nous fixons le joug relié au timon par de souples attaches de cuir.

Skyros et Milo, les chevaux de volée, ne portent qu'un collier de gorge auquel nous attachons un trait dont l'extrémité est fixée à la caisse du char. Lysis agrafe lui-même les rênes sur la boucle du mors dont l'action de tenaille est si douloureuse que la moindre pression amène le sang.

Il reste à relier les chevaux mors à mors par de fines lanières de cuir. Tout est prêt.

Un nuage de poussière monte du sol que martèlent les sabots. Skyros, d'un bref balancement de la tête, semble mesurer le temps. Égine et Léros, les reins creusés, le souffle rauque, ne sont qu'une masse furieuse de muscles prête à bondir. Milo abandonne lentement ses rêves, me regarde une dernière fois en plissant les paupières, sa façon de sourire, et, les yeux clos, se recueille avant l'envol.

C'est le moment où Lysis bondit sur le char dont la caisse étroite, reposant à même le moyeu, s'anime. Il contemple une seconde ses chevaux, autant de flèches qui vibrent sur la ligne de départ. Il fait passer autour de sa taille les rênes de Skyros et de Léros, qu'il tient dans sa main droite, ainsi que le fouet; sa main gauche, tendue en avant, serre les rênes d'Égine et de Milo.

Il assure ses pieds nus sur la planche de bois, penche légèrement la tête pour attaquer l'espace. Le voilà prisonnier de l'attelage, pour le meilleur et pour le pire. Dans la lumière qui s'adoucit, les rênes se tendent, les poitrails se gonflent, le timon gémit, les dos se contractent sous le joug. On dirait Poséidon sortant de la mer sur son quadrige.

Un cri. Mon père a donné le signal. Orphée lâche la corde que mordait Égine avec fureur. C'est l'envol. L'entraînement a commencé.

Les chevaux démarrent si violemment que le char s'enlève du sol. Égine a donné un coup de rein prodigieux que Léros accompagne. Lysis n'a même pas vacillé; de la mèche de son fouet, il caresse l'encolure de Milo qui prend aussitôt la cadence. En cinq battues, les bêtes ont trouvé leur rythme infernal et foncent vers la borne qui se rapproche, devient monstrueuse. Mon regard se confond avec le bloc de granit.

Un appel de Lysis : « Skyros ! » Il tire sur les rênes, la battue du cheval s'allonge, je vois le roulis de ses flancs; le virage est amorcé avec la précision d'un potier qui façonne la courbe d'une amphore; les bêtes luttent contre la force qui les projette à l'extérieur, la bouche d'Égine crache déjà un flot d'écume, l'essieu passe si près de la borne que j'étouffe un cri, mais le char est passé. « Égine ! » hurle Lysis, et le rythme à nouveau se précipite, la joie illumine le regard de mon père.

Maintenant Lysis ralentit sur plusieurs tours; les rênes flottent sur la croupe des chevaux. Il les guide à la voix, développant cette vie mystérieuse de l'attelage qui vient de l'unité de l'effort, du rythme d'un même souffle. La voix de Lysis reste calme; c'est un chant plus qu'une succession d'ordres. Cette voix m'enivre : elle commande la nature entière, les sons, les odeurs des corps qui fument, le soleil qui penche sur la mer.

Quelques instants de repos. Un nuage de vapeur monte du naseau des bêtes; dans le creux de ma main, je leur offre un peu d'avoine. Seul Léros refuse par principe. Milo croque l'avoine avec des mines gourmandes, Égine la broie comme une meule de moulin. Est-ce lui que visait le meurtrier? La tête appuyée à son encolure, j'écoute le battement précipité d'une artère. Je dis doucement : « Égine ! Égine ! » et il me répond par un coup de langue sur mon épaule nue. Lysis n'est pas descendu du char. Les deux mains posées sur le rebord, il écoute mon père qui critique une manœuvre, insiste sur le jeu subtil des rênes. Orphée lisse sa barbe poussiéreuse.

J'ai près de moi tout ce que j'aime au monde, et pourtant ma pensée franchit le domaine, va plus loin que l'Attique, vole vers Olympie. C'est un trait de ma nature : je souhaite vivre mille existences. Cette fête de la Grèce qui se prépare, je voudrais en connaître toutes les heures. J'imagine déjà la foule de badauds, de pèlerins et d'athlètes qui se presse sur les chemins; j'imagine les sacrifices sanglants aux dieux dans tous les temples, les villes orgueilleuses tendues vers la victoire.

— Philippe !

Mon père me fait signe de m'écarter. Un claquement de langue de Lysis et le quadrige repart, s'arrête avant la borne, repart encore. Il s'agit d'atteindre au démarrage cette poussée unanime qui arrache le char à la pesanteur. Mais Milo rêve toujours un peu pendant les premières battues et Égine doit supporter le plus lourd de l'effort. Après quelques essais, Milo se met à l'unisson, les chevaux avancent sur la même ligne, avec la même tension des muscles. Quel autre équipage aurait cette harmonie ?

Maintenant, mon père fait travailler les virages à Lysis. Une course est à l'image de la vie; elle doit se plier aux circonstances. Devant la meute de ses adversaires, ou leurs ruses, il faudra que Lysis vire parfois très sec, parfois très large. Sur l'ordre de mon père, il brise brutalement la cadence des chevaux, le char se déporte à l'extérieur à la vitesse de la balle d'une fronde. Égine et Léros s'arc-boutent, Milo ralentit, change de pas, donne un coup de reins terrible. Le char, à nouveau, file droit. Lysis a accompagné le mouvement, ses traits se crispent une seconde, puis il se rétablit, semble lié aux rênes qui tirent sur le mors. Un filet de sang coule de la bouche des chevaux.

Nouveau temps de repos. Les bêtes reprennent leur souffle. Protée égrène quelques notes de sa flûte qui s'envolent sur l'hippodrome comme un essaim d'abeilles. Le couchant allume sur la mer des feux d'émeraude et de saphir. Les moutons, de retour des collines, bêlent devant la bergerie; une fumée monte au-dessus du toit de la maison, s'effiloche au vent de mer : les servantes préparent le repas du soir. C'est l'heure où les dieux viennent visiter la terre.

C'est l'heure aussi où Lysis repart une dernière fois pour un essai à grande vitesse. Et soudain, je crois mourir de plaisir. Mon père, d'un geste, m'indique le char. Je bondis auprès de Lysis. Nous partons; je cède à l'ivresse du mouvement furieux qui m'emporte. Alors que Lysis se tient debout sans effort, je tangue dans la houle de la vitesse, les deux mains crispées sur les épaules de mon frère; le paysage de terre et de mer se jette sur nous à folle allure, le vent s'empare de mes cheveux qui flottent dans mon sillage. Je ne savais pas que l'on pût connaître de telles joies sur la terre.

Quand le char s'arrête, Lysis m'aide à descendre. Mes oreilles bourdonnent, je tangue comme un homme ivre. Mon père s'approche; son sourire reste grave quand il m'attire contre lui.

— Hier soir, petit homme, je t'estimais trop jeune pour prendre les rênes, mais ta passion mérite une récompense. Demain, je te permettrai un essai, si du moins les chevaux y consentent. Qu'attends-tu pour le leur demander?

Je m'approche. Ils émergent, ruisselants, de leur fatigue; leur regard embrumé s'enflamme. Égine et Skyros m'envoient une bourrade amicale, Milo esquisse un pas de danse, Léros se contente de secouer sa crinière. Le bonheur me donne des ailes.

Lysis et mon père s'éloignent vers la maison; je reste près des chevaux avec Orphée qui les conduit à la fontaine. J'ai besoin de leur présence, de cette chaleur qu'ils mettent dans ma vie. Avec eux, je me penche sur l'eau claire qui reflète l'écharpe d'un long nuage poudré de rose; l'étoile noire que Milo porte sur le front danse parmi les vaguelettes.

Quand je relève la tête, la surprise me cloue au sol. Chloé se tient de l'autre côté de la fontaine, sous un pin. Elle me regarde intensément, d'un sourire glisse sur ses lèvres; elle me l; grappe de raisin et fuit.

Ses pas résonnent encore dans ma tête. Aurais-je trouvé une amie?

⁂

C'est étrange. Les chiens n'ont pas hurlé. Nous avons connu une nuit paisible. Nul vaisseau n'est venu de la mer pour jeter sur la côte son équipage de pirates ou d'assassins. Les esclaves qui veillaient au pied des collines n'ont décelé aucune présence humaine.

Et pourtant il y avait dans le domaine, cette nuit, quelqu'un qui nous veut du mal. A l'aube, mon père a découvert une inscription sur l'une des bornes de l'hippodrome. Je l'ai lue après lui : « Lysis ne vaincra pas à l'Olympie. » On a utilisé le vermillon qu'on met au flanc des vases. On dirait du sang.

Un esclave? Mais la plupart appartiennent à mon père depuis longtemps; il a éprouvé leur fidélité et ne leur fait aucune violence. Qui cherche à semer le malheur? Pour détourner ce mauvais présage, mon père a offert un sacrifice à Zeus, dieu d'Olympie. Il a immolé un porc sur l'autel domestique, les viandes se sont consumées dans les flammes. L'odeur de la chair brûlée me poursuit, tandis que de lourdes nuées planent au loin sur le cap Sounion.

Protée et Lysis ne quittent plus les chevaux. Égine est nerveux et s'ébroue avec violence dans la prairie. Milo, lui-même, si gai d'habitude, a le regard tragique. Est-ce seulement l'orage qui menace?

IV

CHLOÉ

L'orage n'a pas éclaté ; les chevaux sont plus calmes, mais l'un de nos esclaves, Proclès, s'est enfui. Il faisait partie de l'équipe qui surveillait le bord de mer. Tout s'éclaire, en apparence, mais le mystère reste entier.

Voilà six mois, mon père avait engagé Proclès qui travaillait auparavant aux mines du Laurion. Il lui avait confié le soin des vergers. L'homme était taciturne et dur à l'ouvrage, étrange parfois dans ses manières. Depuis quelque temps, il aidait Protée au pansage des chevaux. Il semblait les aimer, bien qu'Égine et Skyros eussent parfois des mouvements d'humeur à son égard.

Proclès était l'un de nos rares esclaves qui sussent écrire. Comment expliquer son geste ? Je me demande s'il n'avait pas reçu des ordres cruels — il est si facile de blesser un cheval pour la vie ! — et s'il n'a pas hésité à la dernière seconde... Est-ce la peur ou le remords qui l'a poussé à fuir ?

Quelle trame se noue dans l'ombre ? Mon père garde le silence et Lysis hausse les épaules. Leur sérénité me rassure.

Je suis emporté dans un tel tourbillon d'événements

et de passions que je touche de la main le proche avenir.

Nous partons dans vingt jours pour Olympie. C'est décidé. Nous voyagerons par petites étapes pour ne pas fatiguer les chevaux. D'abord, en suivant le rivage, Athènes et Corinthe, puis Mycènes et les montagnes de l'Arcadie. Plusieurs chariots tirés par des mulets nous suivront. L'un emportera les harnais et le char; un autre, le foin et l'avoine; un troisième, nos provisions de bouche.

Ma mère s'active avec les servantes; les couffins de pois chiches, de lentilles et d'oignons, les jarres d'olives, les paniers de poissons secs et de salaisons, les sacs de figues et de noix, les amphores de vin résiné nous attendent dans la réserve.

Nous ne voyagerons pas seuls. Un vaisseau a fait escale à midi sur le rivage en face de l'hippodrome. Alertés, nous nous précipitions déjà, précédés des molosses qui hurlaient, quand mon père a poussé un cri de joie. Il reconnaissait le navire à sa voile triangulaire d'étoffe rouge, à sa proue ornée d'une tête de lion.

Des hommes en descendaient qui, après avoir levé les mains vers le ciel pour remercier les dieux d'un heureux voyage, nous adressaient de grands gestes d'amitié. Tout en courant, mon père me citait des noms qui me faisaient battre le cœur, Orphée, le joueur de cithare, Tellis, le lutteur, Bakis, le coureur de vitesse, Ménippe, le lanceur de javelot. Tous venaient de l'île d'Andros pour participer aux jeux d'Olympie et nous demandaient l'hospitalité. Tous étaient des amis de mon père qui les avait connus lors de ses nombreux voyages.

L'hôte, en Grèce, est sacré; ce sont les dieux qui le protègent; chacun lui ouvre son cœur et sa maison. J'ai passé en leur compagnie des heures éblouies. Protée a tué un mouton en leur honneur, l'a fait rôtir en plein vent à la broche. Nous avons déjeuné sous les platanes, et la cithare d'Orphée orchestrait nos chants et nos rires.

J'avais oublié Proclès. Jamais je n'avais songé aussi intensément à la paix, à la trêve sacrée qui rassemble tous les hommes libres dans un esprit fraternel. Je regardais Tellis, plus lourd que Jason, avec ses mains d'étrangleur et son corps taillé à la hache dans le vieux chêne; Bakis aux muscles déliés, au visage de dieu marin; Ménippe, ses javelots à ses pieds, roulant des épaules prodigieuses; nous dévorions les viandes à belles dents, le jus nous coulait sur le menton, nos mains étaient poisseuses de graisse. Et les coupes de vin circulaient à la ronde, déliant les langues, allumant en nous des flammes qui brûlaient jusqu'à l'âme.

Ma mère et Chloé, debout, nous servaient. Les femmes ne mangent pas avec les hommes quand les dieux nous envoient un hôte. Chloé était exquise. La cithare d'Orphée éveillait en elle je ne sais quelle frénésie de la danse. Chacun de ses gestes prenait une grâce ailée. Le bruit clair des bracelets, à ses chevilles, accompagnait ses pas; et son regard prenait une douceur émouvante.

Quand Orphée, à la fin du repas, chanta les vers d'Homère qui racontent les jeux funèbres donnés par Achille à la mort de Patrocle, dans l'*Iliade*, nos yeux étaient pleins de larmes; nous connaissions ces vers par cœur depuis l'enfance, et pourtant la voix d'Orphée les transfigurait. Nous descendions au plus profond passé de la Grèce, mais ce passé revivait en nous puisqu'il allait nous conduire à Olympie.

La voix d'Orphée se tut. Les hommes s'allongèrent

sous les platanes à même le sol et dormirent. Les abeilles tissaient des rondes sur leur sommeil. Ma mère et Chloé regagnèrent le gynécée. Moi-même, malgré l'épreuve qui m'attend, j'étais incapable de trouver le repos. Je rejoignis les chevaux dans l'ombre chaude de l'écurie. Un tel enthousiasme m'habitait que je leur fis un discours en trois points sur la gloire des quadriges. Charmide en eût battu des mains.

Ils m'écoutaient, éberlués. Léros, en vrai philosophe qui déteste l'éloquence, précipitait mes périodes en me bousculant dans la mangeoire. Égine et Skyros bayaient aux corneilles à s'en décrocher la mâchoire. Seul Milo, un brin de paille à la bouche, plus grave que le spectateur d'une tragédie au théâtre, se régalait du suc des mots sonores et des phrases cadencées.

Un rire éclatant salua ma péroraison et je rougis jusqu'à la racine des cheveux. Chloé, entrée dans l'écurie sur la pointe des pieds, n'avait pas perdu une miette de mon délire. Dégrisé, je tombais des nues.

— Philippe, dit-elle, j'espère que tu disputeras le prix d'éloquence aux Panathénées. On ne te comprend pas toujours, mais le mouvement et le geste sont admirables.

Sa voix gardait un soupçon d'ironie, mais le sombre regard fleuri d'étoiles était très doux. Elle s'approcha et caressa l'encolure de Milo dont la peau se ridait sous la caresse. De lourds anneaux d'or pendaient à ses oreilles; elle avait changé de tunique; une large ceinture rouge se détachait sur la blancheur éblouissante du lin.

— Ce soir, dit-elle, je te regarderai conduire le char. Les chevaux t'aiment, Philippe, et tu les comprends. Quand tu montes Égine dans la prairie, tu fais corps avec la bête. Je sais que tu connaît même bonheur avec le quadrige.

Ses compliments me touchaient au plus vif de l'âme. La voix de Chloé prit une soudaine gravité:

— J'ai surpris un mot de ton père à Orphée. Il évoquait cette épée toujours suspendue sur le destin des hommes; il parlait d'un nouvel aurige qui pût remplacer Lysis, s'il lui arrivait malheur. C'est en toi, Philippe, qu'il place son espoir.

— Les dieux écartent le malheur !

— Connaît-on leur volonté?

— Seul Lysis peut remporter la victoire à Olympie. Et je suis trop jeune.

Elle repoussa une mèche blonde qui tombait sur son front et me regarda intensément :

— Philippe, connais-tu ta richesse?

Nous avions le même âge, seize ans, mais elle connaissait mieux que moi le mystère des cœurs. Elle ressemblait aux sources profondes qui, après un long voyage sous la terre, offrent aux passants le lisse miroir de leur fraîcheur. Soudain effarouchée, elle m'entraîna dans la cour et nous fîmes quelques pas sous le grand soleil.

— Chez nous, dit-elle, dans l'île d'Hydra, j'ai toujours vécu libre. Je montais à cheval, j'allais à la chasse avec les hommes. L'Attique a d'autres coutumes, hélas ! Pourquoi les femmes et les jeunes filles n'ont-elles pas le droit d'assister aux concours d'Olympie, alors qu'elles peuvent entendre les poètes et les acteurs tragiques? J'ai rêvé de vous accompagner là-bas avec ta mère; il reste deux places — je les ai mesurées — dans le chariot qui emmène les provisions de bouche. La route est longue et vous serez nombreux. Deux femmes seraient bien utiles à l'étape. Les repas, les soins aux malades... Cela t'ennuierait ?

Mon regard, je l'espère, avait assez d'éloquence. Elle avait ce sourire qui m'éblouit et tarit les mots sur mes lèvres. Je l'admirais de jeter en pleine lumière ce que je cache dans le secret de mon cœur. Elle reprit :

— Le soir de ta venue, Philippe, tu m'as bien mal reçue et j'en ai souffert. J'avais une telle joie de te retrouver ! Avais-tu gardé un si mauvais souvenir de l'enfant qui se défendait avec ses ongles ? Ou craignais-tu que la présence d'une jeune fille ne trouble l'harmonie du domaine ? Suis-je si laide, ou si vile ?

Je lui pris la main ; je crois bien qu'une larme tremblait à mes cils. Sa main était chaude et douce.

— De toute façon, dit-elle, je te permets de me préférer les chevaux... Ami, Philippe ?

— Ami, pour toujours.

Elle s'enfuit et j'allai me jeter dans la mer. Je pris à témoin les vagues, les nuages et les sirènes de mon amitié pour Chloé. Les dieux me portaient sans doute, car j'allais plus vite que les dauphins, j'aurais pu nager jusqu'à l'île de Crète...

Quand je revins, nos amis d'Andros étaient possédés par la fureur sacrée d'Olympie. La cithare d'Orphée grondait sous le plectre ; elle emprisonnait dans ses cordes les clameurs de la foule, le roulement des chars et la chanson du vent dans les oliviers.

Tellis, d'un coup de rein, soulevait une enclume du poids d'une génisse, la brandissait à bout de bras et la projetait à dix pieds avec de grands rires de cyclope. Ou bien, du plat des deux mains, il faisait voler en éclats des planches de chêne vert d'une épaisseur de cinq doigts et des empilades de briques.

Ou bien il nouait ses bras autour d'un platane et l'ébranlait jusque dans ses racines. Cela fait, il plantait ses dents qui ressemblent à des crocs dans un gigot de mouton et le dévorait comme un fauve. Il m'éblouissait.

Plus loin, Bakis, plus nu qu'un poisson, étudiait ses départs. Penché en avant jusqu'à la rupture d'équilibre, il semblait écouter une voix intérieure ; un frisson parcourait les muscles de ses jambes et de ses cuisses. Il bondissait soudain et trouvait sa pleine vitesse en trois foulées. Il s'arrêtait lentement, maîtrisant son souffle, puis recommençait sans fin, attentif au mouvement de balancier des bras, au roulis des épaules, avant de gagner le rivage où il éprouverait sa résistance en courant longuement dans la mer.

Plus loin encore, au pied des collines, Ménippe s'entraînait au lancer du javelot. Pendant le repas, j'avais joué avec ses javelots sans pointe, de la hauteur d'un homme et de la grosseur d'un doigt, munis en leur milieu d'un propulseur, un lacet de cuir qui s'enroulait de la tige et se terminait par une boucle où j'introduisais l'index et le majeur de ma main droite.

Ménippe ne prenait presque pas d'élan. Quatre pas rapides, une détente prodigieuse du bras et des épaules, et le javelot accéléré par le propulseur montait au-dessus des vignes en tournant sur lui-même, creusait le ciel dans un vol rectiligne qui me paraissait interminable, et se fichait enfin dans la terre rouge, à six cents pieds de son point de départ. On eût dit un héron lancé dans l'espace par la tempête.

Tant d'efforts et de peines et de risques pour une couronne d'olivier !

Je me souviens d'un mot d'Orphée à la fin du repas.

Le chant de la cithare nous habitait encore et j'étais sous le charme. Il avait posé sur moi son regard étrange où passent des reflets d'algue : « Tu m'admires, Philippe, et pourtant je n'ai jamais remporté le prix de la cithare aux jeux de Delphes. Mais souviens-toi : l'essentiel n'est pas de vaincre, c'est de combattre. Les dieux font le reste. »

Ces paroles me poursuivent tandis que j'écris ces lignes. L'heure approche. Protée sort les chevaux de l'écurie. Je les entends qui hennissent. Est-ce moi qu'ils appellent ? Je tremble de crainte et de désir.

*
**

Les chevaux m'ont reconnu. Avant que je n'aie parlé, ils savaient que Lysis ne tenait plus les rênes. Mes mains manquaient de force et de souplesse. J'étais nerveux, contracté. Mes pieds ne trouvaient pas leur assise sur les planches du char. Dans la stalle de départ, les chevaux marquaient une hésitation; je n'entendais pas la rumeur d'orage de leur souffle, leurs flancs n'étaient pas creusés comme d'habitude, je ne voyais pas sur les croupes ce durcissement des muscles qui annonce la plénitude de l'effort. Égine, qui porte la foudre à chaque départ, restait trop paisible.

Seul Milo semblait ravi d'une nouvelle aventure.

Je laissais flotter les rênes. Au signal de mon père, ils sont partis au petit trot — en promenade — sur la même ligne; leurs sabots tombaient en cadence, les roues crissaient sur le sable, la ligne droite m'a paru plus longue que la route d'Olympie. Ils ont pris un virage très large et très lent. Égine, ô prodige ! s'est énervé contre Milo qui allongeait son galop, le char a tangué et j'ai dû appuyer ma main gauche sur le montant pour ne pas perdre l'équilibre.

Après le tournant, j'ai donné un coup sec sur les rênes et crié : « Égine ! Égine ! » comme fait Lysis. Ma voix était rauque et cassée. L'étalon a légèrement accéléré l'allure, les autres ont pris son rythme; la ligne droite poudroyait sous les feux du couchant, mon corps absorbait les vibrations du char; je n'ai pas vacillé d'un pouce pendant le virage.

Comme je tirais sur les rênes pour arrêter les chevaux, mon père m'a fait signe de continuer. Nous avons poursuivi au trot sur trois tours; j'entrais dans la course avec mon cœur et mes muscles; j'arrivais à discerner les bruits, les odeurs de poussière et de sueur, la vie mystérieuse qui anime l'attelage dans son élan; les rênes me devenaient familières, elles vivaient entre mes doigts; j'apprenais les mouvements imperceptibles qui donnaient des ordres à Skyros et Milo, excitaient Égine et Léros.

Mais les chevaux me conduisaient plus encore que je ne les guidais; c'est là que j'ai admiré mon père et Lysis. L'entraînement avait été conduit avec une telle perfection que les chevaux réagissaient d'eux-mêmes à chaque instant de la course.

Nos hôtes d'Andros avaient rejoint mon père près de la stalle de départ; des notes lumineuses s'envolaient de la cithare d'Orphée. A chaque passage, je guettais le visage de mon père. Lentement, la joie l'éclairait. Lysis s'était placé devant la première borne, là où les roues ont creusé de profondes ornières. Et là-bas, dans la prairie, Chloé s'avançait, blonde et blanche, à petits pas.

Au quatrième tour, mon père m'a lancé le fouet et crié : « Va ! c'est toi qui commandes, désormais. » J'ai fait tourner le fouet au-dessus de ma tête, la longue lanière a sifflé et s'est abattue sur la croupe d'Égine et de Léros qui ont bondi. Aussitôt, l'attelage a pris son allure de course. Quel dieu me soutenait ? J'ai gardé l'équilibre, mes mains n'ont pas lâché les rênes, un nuage de sable m'a frappé au visage sans que je ferme les yeux.

J'étais brusquement un autre homme. Il ne s'agissait plus de passion ni d'enthousiasme. Seul l'orgueil me soutenait, et la volonté d'accomplir une tâche dans laquelle je jetais toute ma vie. Je crois bien avoir gagné la confiance des chevaux pendant cette ligne droite que nous avons parcourue dans le temps d'un éclair. Ils vibraient sous les rênes comme une trière sous l'orage.

La borne se rapprochait déjà; elle emplissait mon regard, devenait un mur de granit sur lequel les chevaux allaient s'écraser; la peur montait en moi, plus froide que la mort, et serrait ses griffes autour de mon cœur. Je suais d'angoisse.

Alors, pour me vaincre, j'ai tout joué sur un coup de dés. Comme Skyros ralentissait pour préparer le virage et s'écartait de la corde, je l'ai cinglé d'un violent coup de fouet ; la mèche a claqué sur les naseaux. J'ai entendu le hurlement de Lysis : « Philippe ! Philippe ! » Skyros s'est rabattu à la corde en précipitant sa vitesse. Jamais l'attelage n'avait couru aussi vite.

Je ne sais comment nous avons passé le virage; le char a caressé la borne en allumant une étincelle, mes jambes ont fléchi, j'ai failli m'écrouler; j'étais lancé comme la pierre d'une fronde, un grand vide se creusait dans ma poitrine, je perdais le souffle. Quand je me suis redressé, les chevaux vacillaient sous l'effort, les traits gémissaient. J'ai crié : « Égine !

Milo ! » La ligne droite s'ouvrait devant nous ; j'avais tué la peur.

Nous avons fait deux fois le tour de l'hippodrome au même rythme; je me sentais étrangement calme; c'est peut-être mon enfance que j'abandonnais sur le sable de la piste, dans le ressac de la course. Je ne rêvais plus; je mesurais les distances et les risques; je soumettais le quadrige à ma loi; par une seule pression sur les rênes, je transmettais ma volonté et la force. Les bornes n'étaient plus des géants monstrueux sortis de l'abîme pour m'écraser, mais de simples blocs de granit avec lesquels jouait la roue gauche de l'attelage.

Quand j'arrêtai les chevaux devant mon père, il était livide. Il m'attira contre lui, ses mains pétrirent mes épaules tandis que la cithare d'Orphée lançait des notes triomphales. Lysis survenait à son tour, me tendait les bras, mais je m'écroulai d'un seul bloc, à bout de forces, en pleurant à chaudes larmes. Mes nerfs épuisés prenaient leur revanche. Ce fut Chloé qui m'aida à me relever; elle essuya la poussière et la sueur sur mon visage.

— J'ai eu très peur, Philippe, mais je suis fière de toi.

Sa voix avait une étrange langueur. A nouveau, je m'habituais à la terre, au soleil, comme si j'avais plongé dans une eau trop profonde. Lysis m'écarta de Chloé :

— Qu'attends-tu pour caresser les chevaux? Ils t'attendent.

Après les avoir dételés, Protée les appelait pour les conduire à la fontaine, mais ils ne bougeaient pas. Rangés sur la même ligne, ruisselant de sueur et d'écume, ils me regardaient. Je me suis avancé. Égine a tendu sa tête vers mes mains avec un frisson de l'échine; ils ont fait cercle autour de moi, je respirais leur souffle et je lisais mon pouvoir dans leurs yeux.

Oui, je suis devenu un homme.

⁂

Une nuit paisible. Nous avons monté la garde à tour de rôle. Mon père m'a éveillé peu après minuit et nous avons passé de longues heures sur le rivage et au pied des collines. Il ne s'est rien passé. Orphée, qui dort à même le sol dans les vignes, se réveillait entre deux sommes et les notes de la cithare accompagnaient la ronde des étoiles et les jeux de la lune sur la mer. Égine, parfois, hennissait.

Peu avant l'aube, les dieux ont parlé. Je contemplais, au loin, sur ma droite, le temple de Poséidon posé sur le roc du cap Sounion; sa masse se détachait sur le velours de la nuit. Soudain, une poussière de feu a illuminé les colonnes et le fronton. Était-ce une étoile filante qui s'abîmait dans la mer? Ou le regard d'un dieu venu parmi les hommes?

— La journée sera belle, dit mon père à mi-voix.

En effet, la poussière de feu était un signe du ciel. Jason est arrivé peu après le soleil. Nous buvions le lait, mangions le fromage de nos chèvres avec nos amis d'Andros quand il s'est présenté sur le seuil, encore haletant de sa longue course. Derrière lui, son cheval épuisé boitait bas. Avec des cris de joie, nous nous sommes levés pour l'accueillir. Il se tenait devant nous, gigantesque, les yeux pleins d'inquiétude.

Voilà bien Jason, et son cœur ! Ayant appris à Athènes les menaces qui planent sur le quadrige, il avait bondi à cheval et venait nous prêter main-forte. Nous l'avons rassuré et son rire a empli la maison, éveillant jusqu'à Protée plus sourd qu'une meule de moulin.

Il a partagé notre repas sous les yeux effarés de ma mère et de Chloé. Quel appétit, par Hercule ! Le spectacle qu'il offrait avec Tellis et Ménippe était prodigieux; les fromages défilaient en rangs d'oignons; une jarre d'olives est morte sur le champ de bataille; un couffin de poissons fumés a rendu l'âme. Ils auraient dévoré un bœuf avec les cornes et les os !

Tout en mangeant, Jason nous donnait les dernières nouvelles d'Athènes. Il parlait de la paix et de la trêve sacrée, des paysans qui avaient regagné les campagnes sous la protection des dieux, et bâtissaient une nouvelle demeure, plantaient des arbres, jetaient le souffle de la vie sur une terre brûlée... Il évoquait surtout les jeux et la flambée d'enthousiasme qu'ils suscitaient dans la Grèce entière. On avait vu des Athéniens et des Spartiates, sur le champ de bataille, échanger le serment d'Olympie et chanter un hymne à Zeus.

Jason dénombrait les concurrents des épreuves de vitesse, du pentathle, de la lutte et du pancrace; il citait les cinq quadriges que le tyran de Sicile venait d'inscrire — et j'en frémissais : les équipages de Sicile comptent le plus grand nombre de victoires aux jeux panhelléniques. Il avait vu tourner, sur un hippodrome aux portes d'Athènes, les cinq quadriges d'Alcibiade. La résistance des chevaux, leur précision l'avaient surpris...

Nous l'écoutions avec passion. Les yeux clos, je respirais l'odeur des chevaux; mes mains se crispaient sur des rênes invisibles.

Jason ne regagnera pas Athènes. La présence de Tellis et de Ménippe l'a décidé. Il poursuivra sa préparation à la maison et nous ferons route ensemble. Au passage, nous prendrons le vieillard Lachès, son entraîneur.

Jason et Tellis n'ont pas perdu de temps. Les moutons venaient juste de quitter leur enclos pour les collines qu'ils s'empoignaient déjà à l'ombre des platanes. Que ne suis-je Homère pour célébrer ce choc interminable où la ruse et la souplesse de Jason s'opposaient à la force de taureau de Tellis ! Que de fois n'ai-je pas vu Tellis s'élancer et ne frapper que le vide de ses mains nues, mais leur regard les unissait déjà dans la lutte.

Ils se rapprochèrent davantage; les mains glissaient sur les corps mouillés de sueur. Quand ils s'étreignirent, ils restèrent de longues minutes immobiles; les muscles se durcissaient, les reins s'arquaient, les doigts se plantaient dans la chair, les pieds semblaient s'enfoncer dans la terre pour y chercher des racines.

Puis Jason, lentement, très lentement, se mit à plier sous la violence sauvage de Tellis. Et je voyais notre ami d'Andros vainqueur quand Jason entraînait soudain Tellis dans sa chute, se retournait à la dernière seconde et maintenait Tellis écrasé au sol, tout palpitant, la bave aux lèvres.

Ils se relevèrent couverts de poussière, le visage déformé par l'effort. Dès qu'ils eurent retrouvé leur souffle, ils se précipitèrent l'un contre l'autre avec des hurlements de dresseur de fauves. Jason, avec une souplesse d'anguille, échappait toujours à la prise qui semblait le clouer au sol.

Chacun d'eux ensuite affronta Ménippe qui pliait sous l'orage. Puis ils s'attaquèrent aux génisses de la prairie. Plantés devant la bête, les mains rivées aux cornes, ils lui faisaient perdre l'équilibre par une brusque détente, et les génisses tombaient comme des quilles. Le bouvier s'arrachait la barbe et les sourcils. Je vis l'heure où, conjuguant leurs efforts, ils allaient déraciner les platanes ou emporter notre maison sur leurs épaules, mais un dieu malin leur conseilla de piquer une tête dans la mer et ils partirent au galop. Leurs corps fumaient sous le soleil.

Maintenant encore, ils s'ébrouent dans la vague, soulevant de telles gerbes d'écume qu'on dirait un banc de thons échoué près du rivage.

⁂

Protée est bègue et il radote un peu, à son âge ! C'est pourquoi il casse les oreilles de nos chevaux qui entendent pour la millième fois le récit de son existence. Mais c'est un palefrenier admirable. Il a un visage étrange, tout en plaies et bosses, d'où se détache un nez plus pointu que le fer d'une lance. Une abeille, je ne sais pourquoi, voltige toujours autour de ses lèvres sèches et se prend parfois dans les rêts de sa barbe blanche. Protée vit, mange, dort, rêve avec ses chevaux dont il connaît sur le bout du doigt l'humeur, les goûts et la généalogie. Par exemple, il m'enseigne que Milo descend en droite ligne du cheval d'Achille et qu'Égine avait de lointains ancêtres dans les écuries d'Hercule. Pour un peu, il les ferait descendre des dieux !

La passion de Protée, après les chevaux, ce sont les plantes médicinales. Il monterait en cueillir sur le sommet de l'Olympe ou sur la lune. Chaque fois qu'il revient des collines, il en ramène une lourde brassée qu'il met à sécher sur une claie ; plus tard, il en remplit d'énormes marmites, verse un peu d'eau qu'il va puiser à une source lointaine vouée aux nymphes près des mines du Laurion, met le tout à bouillir sur un feu en plein air et contemple le sombre breuvage qu'il distille ensuite pour obtenir des baumes miraculeux.

Protée soigne les chevaux aussi bien que les moutons et les hommes, mais il a pour l'attelage une gamme étonnante d'onguents qui dissipent la fatigue après l'effort ou préparent les muscles aux longues envolées de la course.

Je l'ai surpris, avant l'entraînement, qui massait les attaches des genoux d'Égine et de Milo avec une poudre noire d'une odeur tellement abominable que les mouches fuyaient horrifiées de l'écurie. En même temps, pour les égayer sans doute, il leur racontait sa capture par les pirates, voilà cinquante ans, au large de la Crète. Égine, qui aurait pu déclamer cette histoire trop connue, frémissait d'impatience, mais Milo, grand amateur d'aventures, hennissait aux moments pathétiques avec un grand rire de cheval.

Sont-ce les philtres de Protée? L'entraînement du quadrige a atteint avec Lysis des sommets inconnus. On eût dit qu'un dieu, au-dessus des nuées, guidait l'attelage et le contraignait à se dépasser lui-même. Les manœuvres devenaient merveilleusement faciles; les bornes et la roue du char semblaient aimantées. Lysis, par chacun de ses gestes, créait de la vitesse et de l'harmonie. Une telle puissance se dégageait des chevaux qu'ils auraient pu s'envoler ou galoper sur la mer, comme les bêtes sacrées de Poséidon.

J'ai vu rouler des larmes de joie dans les yeux de mon père. Et Jason, touché par l'enthousiasme, faisait à notre avantage des comparaisons avec les quadriges d'Alcibiade.

J'ai succédé à Lysis avec terreur. Du moins je n'ai pas échoué. Je n'avais pas la grâce ailée de Lysis ni son merveilleux équilibre qui résiste aux accélérations et aux virages, mais un dieu me soutenait, moi aussi, et les chevaux qui m'ont adopté faisaient le reste. Je crois bien que nous aurions galopé toute la nuit sous les étoiles si mon père n'avait donné le signal du repos.

La maison s'endort à l'heure où je trace ces lignes. La cithare d'Orphée dans les vignes lance encore des notes épuisées et proches du sommeil. Il est grand temps de me jeter sur ma couche.

*
**

Je l'avais deviné au sourire de mon père et de ma mère, mais c'est Chloé qui m'a annoncé la bonne nouvelle. Les femmes libres de la maison et une servante nous accompagneront sur la route d'Olympie. Mon père a mis à leur disposition un char léger de voyage tiré par des mules, qui suivra le gros de la troupe. Elles veilleront sur les repas, à l'étape, et sur notre campement quand nous aurons atteint Olympie.

Chloé est heureuse. Et ma joie est parfaite. Nous nous sommes promenés tous les deux dans le verger avant l'entraînement du quadrige. La mer miroitait entre les branches. Nous avons suivi longtemps des yeux un navire qui cinglait vers le large, puis Chloé a rompu le silence :

— Philippe, un navire d'Hydra a relâché au cap Sounion après la trêve sacrée. Te demandes-tu parfois pourquoi je n'ai pas essayé de rejoindre mes parents?

Une bouffée de vent a éveillé les cigales qui dorment dans les pins au bord du verger. Sans attendre ma réponse, elle a poursuivi.

— Je les aime beaucoup, tu le sais, ainsi que mes frères. Pourtant, j'aurais été désespérée de partir. Il ne s'agit pas seulement des jeux; ils ne me passionnent que dans la mesure où vous y défendez l'honneur de la ville et de notre famille. Mais ta maison est chaude et accueillante. Et je vis près de toi, Philippe... Ton amitié m'est plus douce qu'un rayon de miel.

O Charmide, que ne m'as-tu enseigné les mots qui traduisent les surprises du cœur ! Je restai muet, une fois de plus, à mon grand déplaisir, mais Chloé n'en fut point blessée.

— Philippe, dit-elle, ton silence me plaît beaucoup. J'espère cependant que tu seras plus bavard avec Égine. Écoute ! Protée attelle les chevaux.

Elle posa un doigt sur mes lèvres et s'enfuit. Sa voix chante encore en moi, plus mélodieuse que la cithare d'Orphée.

*
**

Les jours ont coulé, féconds et joyeux. Je ne tiens plus en place. Nous partons demain, bien avant l'aube. Tout est prêt. Les chariots bâchés attendent dans la cour; les chevaux et les mules piaffent dans l'écurie.

Nous avons interrogé les dieux. Mon père a offert à Zeus le sacrifice d'un veau sur l'autel rustique à l'ombre des platanes. Nous avons d'abord aspergé la bête d'eau froide et elle a frissonné : Zeus acceptait le sacrifice. Mon père lui a entouré la tête de bandelettes de laine blanche et lui a tranché la gorge tandis que nous levions les mains vers le ciel. A ce moment Jason et Tellis ont éternué, présage favorable.

Lysis a écorché le veau, l'a éventré et en a sorti le foie que nous avons examiné. Les lobes et la veine porte étaient parfaits, mais la vésicule biliaire offrait une tache brune qui nous a inquiétés. Nous avons prié Zeus de conjurer les risques.

Lysis a jeté la bête sur le foyer brûlant de l'autel. Nous avons respiré l'odeur de chair brûlée, de graisse crépitante. Je songeais aux vers d'Homère qui chantent les dieux, se régalant la bouche grande ouverte, au-dessus des nuées de la fumée des sacrifices. Nous avons étudié les flammes; elles montaient si droites et si claires qu'elles apaisaient notre inquiétude. Puis un souffle de vent les a brassées, en a fait un tourbillon d'étincelles qui volaient en tout sens...

Les dieux annoncent le meilleur et le pire sans éclairer les voies du destin ni celles d'Olympie. Mais quel homme est le maître de l'avenir?

Nous avons fêté notre départ avec tous nos amis du voisinage, paysans ou pêcheurs. Ma mère a offert des galettes de froment et des figues; ils ont levé en notre honneur des coupes innombrables d'un vin cuit que mon père faisait circuler dans des outres en peau de chèvre. Nos esclaves étaient présents. A la campagne, ils participent aux joies et aux peines de la famille. Dans le soir qui tombait, nous étions plus de cent vingt personnes sous les platanes.

Une fois les cœurs échauffés, des chants ont éclaté, les danses ont noué leurs guirlandes dans l'ombre douce. Au milieu de la ronde se tenait un groupe immobile et grave, déjà loin de nous, lancé dans le temps et l'espace vers Olympie. Il y avait Lysis, la tête penchée, les yeux mi-clos, écoutant je ne sais quel galop au fond de sa mémoire; Jason dont les cheveux bouclés se prêteraient si bien à la couronne d'olivier; Tellis dont la respiration puissante soulevait la poitrine couverte d'une forêt de poils noirs; Bakis perdu dans un rêve de vitesse; Ménippe qui serrait un disque de pierre dans sa main droite crispée.

Orphée, près d'eux, semblait dormir.

Protée avait allumé des torches et la lueur des flammes dansait sur les chairs brunes, éveillait dans les yeux de furtives étoiles.

Quand Orphée, soudain, a plaqué un accord sur la cithare, la nuit est devenue vivante; dans le silence tombé comme une pierre, nous avons cru entendre le passage d'un dieu au ras du ciel. Quelques notes encore, et la voix d'Orphée s'élevait, créait un monde qui jaillissait de la nuit.

Devant nous se dressaient les remparts d'une ville assiégée. Une foule immense s'y pressait, des soldats armés de frondes ou de longues lances, des femmes qui hurlaient et déchiraient leurs vêtements, des grappes d'enfants plantant leurs ongles dans le pisé des murs.

Plus loin, la mer et des centaines de navires tirés sur le rivage. Devant la mer, une ville de tentes et de baraques aux couleurs violentes, des bataillons de guerriers vêtus de bronze; les Grecs à l'assaut de Troie.

Deux hommes étaient lancés dans une course éperdue autour de la ville, jouant le sort de leur patrie sur un coup de dés. Les dieux eux-mêmes attendaient, interrogeant les gouffres noirs du destin.

Après un premier choc, Hector avait plié devant Achille et fuyait, la peur en croupe, une odeur de cendre et de mort dans la bouche. Et Andromaque, son épouse, debout sur le rempart, songeait avec désespoir aux jours hideux de la servitude.

La course se précipitait encore, mais Hector faiblissait, Achille gagnait sur lui à chaque foulée. Un dernier choc, l'éclair des épées, une plaie béante à la poitrine d'où ruisselle un sang qui fume, le héros qui roule sur le sol et se tord sous les griffes du malheur, un casque scintillant à la longue crinière qui s'immobilise enfin dans la poussière...

Chloé, près de moi, était secouée de frissons. Je pleurais comme un enfant. Orphée chantait la vie et la mort, la victoire et la défaite. Et toujours le courage et l'honneur : toute la leçon d'Olympie.

V

DÉPART POUR OLYMPIE

Athènes. Nous campons depuis hier soir sous les murs de la ville.

Pour ne pas fatiguer les chevaux que la chaleur énerve, nous avançons par petites étapes. Nous partons dans la nuit et faisons halte dès que le soleil embrase la terre. Nous repartons en fin d'après-midi et faisons trois longues heures de route. Un messager délégué par mon père nous précède et choisit l'emplacement du camp. Tandis que les femmes préparent le repas à la lueur des torches, nous dressons les tentes qui abriteront notre sommeil.

A tour de rôle, nous veillons sur les chevaux rangés devant la tente de mon père. Léros et Milo s'accommodent merveilleusement du voyage. L'un, en cheval philosophe, observe la nature et les mœurs. L'autre, en poète, se perd dans la contemplation des nuages et des oiseaux. Mais Égine et Skyros ne sont pas des voyageurs faciles. Impatients des lauriers d'Olympie, ils s'irritent du moindre retard. La foule leur déplaît, et les cris. Leur œil noir étincelle dès qu'un concours de peuple s'élance vers nous. Saurai-je leur enseigner la patience, moi qui voudrais brûler les étapes?

Jusqu'ici, notre route fut facile, malgré les sombres

pressentiments qui m'assiègent. Nous avons suivi le bord de la mer et le spectacle que nous offrons est merveilleux.

En tête de la colonne avance Protée sur un mulet. Plus grave qu'un grand prêtre de Zeus, il règle l'allure; sa barbe blanche de dieu marin coule sur sa poitrine; il a une telle majesté que les gens se prosternent à son passage, croyant voir une divinité sortie tout droit des antiques légendes.

Suivent trois chariots lourdement chargés de foin et d'avoine, tirés par des attelages de mules dont les sonnailles égaient le voyage. Mon père, Lysis, Jason et moi-même chevauchons des roussins d'Arcadie, de bonnes bêtes un peu lourdes et d'un sang vulgaire, mais d'une sobriété toute spartiate.

Chacun de nous tient par la longe l'un des pur-sang du quadrige. Le sort m'a échu Léros que j'aime entre tous : il possède la sagesse de mon maître Charmide. Derrière nous vient un chariot de ravitaillement; le prodigieux appétit de Jason et de nos hôtes d'Andros nous a fait doubler les jarres d'huile, les amphores de vin, les couffins de légumes secs et de cochonnailles.

Le char de voyage qui porte ma mère, Chloé et la servante achève le défilé des voitures, mais nos amis d'Andros, à dos d'âne ou de mulet, se tiennent à l'arrière-garde, et la cithare d'Orphée, toujours vibrante, chante comme un cœur éperdu.

Sur les chemins pierreux où les sabots des chevaux allument des étincelles, un long nuage de poussière nous accompagne. Les gens accourent des fermes et des villages pour jouir du spectacle. Les pêcheurs qui lancent leurs filets à quelque distance du rivage ne pèsent plus sur les rames. Des cris montent, des supplications aux dieux; les étalons du quadrige déchaînent l'enthousiasme. On bénit mon père, et Lysis; le nom sacré d'Olympie éveille l'espoir de l'olivier.

Nous ne sommes pas seuls sur la route poudreuse. Des milliers d'hommes ont entrepris le pèlerinage d'Olympie. La plupart marchent à pied, appuyés sur des bâtons; ils portent la besace et la gourde au côté; ils campent à la belle étoile sous les pins et les oliviers; leurs éclats de voix retentissent une partie de la nuit. Partout règne une atmosphère de fête. C'est la trêve sacrée, l'enthousiasme des esprits et des cœurs. La paix fleurit tous les regards.

Athènes elle-même a la fièvre olympique. Meurtrie par la guerre, la ville quitte ses voiles de deuil et ne songe plus qu'aux jeux. Le nom d'Olympie est sur toutes les lèvres. Des devins, aux carrefours, interprètent le vol des oiseaux et les signes du ciel. Poètes et rhapsodes chantent sur les places des hymnes de Pindare; des orateurs publics, sous les portiques de l'agora, exaltent la Grèce, mère des hommes et des héros; la fumée des sacrifices couronne l'Acropole; le bourdonnement des prières entoure les statues des dieux.

Les esclaves nus des armureries ne martèlent plus les cuirasses, les épées et la pointe des lances, mais les roues des chars et les disques de bronze; les cordonniers préparent des rênes et des harnais; les potiers ne dessinent plus au flanc des vases des scènes de guerre; ils évoquent le geste sublime du lanceur de javelot et du coureur de vitesse, la frénésie de la lutte et l'élan des quadriges. Les gymnases et les palestres sont pleins d'athlètes qui durcissent leur courage et leurs muscles. La ville entière est rassemblée comme une grande famille par la passion d'Olympie.

Je viens de vivre une journée épuisante qui me laisse ébloui.

A l'aube, abandonnant les étalons à la garde de nos amis d'Andros, j'ai gagné avec mon père et Lysis notre maison bâtie sur la pente de l'Acropole. Ma mère et Chloé nous avaient précédés, car les femmes ne doivent pas marcher dans la rue avec les hommes. Sur l'autel familial, nous avons offert aux dieux une libation de vin et de lait pour qu'ils bénissent notre voyage.

J'étais heureux de retrouver ma maison et de la voir avec les yeux de Chloé. Ma cousine était grave; je ne sais quel rêve la hantait. Il m'était doux de parcourir en sa compagnie l'appartement des femmes, témoin de nos jeux et de nos colères d'enfants.

Je l'ai conduite sur la terrasse de la maison d'où l'on domine la ville. Nous entendions les voix et la rumeur d'Athènes. Elles montaient si haut et si fort que Chloé murmura — ce furent ses seules paroles — : « On dirait un chant de victoire. » Et je levai les mains vers le ciel pour que les dieux en acceptent l'augure.

Quittant les femmes qui préparaient des vêtements, nous avons gagné l'atelier de mon oncle Pison où une foule d'esclaves sortait des fours une collection de vases et d'amphores. Jason était là, un peu voûté pour ne pas heurter sa tête au plafond, transportant comme un plat de fèves d'énormes sacs d'argile qui auraient accablé un mulet.

Quand nous sommes arrivés, les esclaves ont entonné la dernière chanson à la mode en l'honneur de Lysis : « Je vois sur ton front la couronne d'olivier sauvage.» Et nous avons passé une heure dans la chaude amitié de mon oncle. Celui-ci achève une commande d'amphores destinée à une colonie grecque du Pont-

Euxin, puis il nous rejoindra à son tour à Olympie.

Le char du quadrige nous attendait chez les charpentiers qui l'ont assemblé avec amour. Quelle splendeur ! Voilà trois ans déjà que mon père, de passage en Thessalie, avait choisi le hêtre pourpre qui lui fournirait ses planches. Abattu devant lui, débité sur place, ramené à Athènes, le bois avait vieilli, était devenu une merveille de légèreté et de force.

J'ai caressé le char qui avait le poli, le velouté d'une joue d'enfant. Immobile dans l'atelier, il semblait animé d'une vie secrète comme s'il aspirait déjà aux grands espaces de l'hippodrome. Un sculpteur sur bois a représenté sur la caisse le quadrige de Poséidon qui jaillit de la mer dans une gerbe d'écume. Heureux présage !

Nous l'avons essayé dans la soirée sur l'un des hippodromes d'Athènes, situé près des Longs Murs, où venaient de tourner pour un dernier entraînement les pur-sang d'Alcibiade, ces bai-brun de Thrace dont Jason nous avait parlé. Plus léger que l'ancien, gardant un équilibre prodigieux dans toutes les évolutions, le char a fait l'admiration de Lysis et de mon père. Égine lui-même, qui s'irrite du moindre changement, se trouvait en état de grâce.

Les bai-brun d'Alcibiade sont des bêtes admirables; son premier quadrige surtout dévore l'espace et vire avec une précision qui coupe le souffle; il est conduit par un cocher, Phèdre, qui a l'âge de Lysis, le même feu noir dans les prunelles, la même aisance souveraine. Mais je demeure aussi confiant. C'était pour nous l'épreuve de vérité et nous l'avons franchie.

Une foule immense assistait à ce dernier entraînement. Avant le départ du quadrige, j'ai entendu des quolibets, remarqué bien des sourires qui me faisaient mal. Le peuple d'Athènes a la critique facile.

On accordait peu de confiance à un attelage qui n'avait participé à aucun des grands jeux de la Grèce. Alcibiade lui-même, qui connaît et estime mon père, avait une moue dédaigneuse quand Protée fixait les rênes.

Tout a changé dès les premières foulées. Le silence est tombé sur l'hippodrome. Le démarrage brutal d'Égine et de Léros, l'envol prodigieux de Skyros et Milo captivaient les regards. Avant la première borne, Athènes était conquise.

J'ai suivi l'entraînement du quadrige sur le visage d'Alcibiade; j'ai lu tour à tour l'admiration et l'envie; je crois que nos étalons se surpassaient. Ce terrain inconnu fouettait leur audace. Jamais Milo, sans doute passionné par les rangées de spectateurs, n'avait viré avec cette grâce ailée et puissante; jamais Égine n'avait exercé une telle domination sur l'attelage.

C'était pur et beau comme un chant d'Homère !

Sur l'ordre de mon père, j'ai succédé à Lysis. Non, je n'ai pas déçu son espoir. Je ne crains plus la foule ni les risques. Ils m'excitent, désormais, ils me contraignent à puiser au plus profond de moi-même le courage de les vaincre. Je m'étais confié à la Grande Athéna de l'Acropole dont la statue m'apparaissait, gigantesque, dans le tourbillon de la course. Pour la première fois, je me suis senti l'égal des chevaux. Et leur maître.

Une seule ombre au tableau, qui me tourmente. J'avais arrêté l'attelage. Alcibiade félicitait mon père du bout des lèvres; la foule hurlait; je descendais du char, suffoqué par la poussière, étourdi par le roulis du char qui ressemble à celui d'un vaisseau par grosse mer, quand j'aperçus derrière une rangée de spectateurs le visage de Proclès, notre esclave. Il y avait une haine atroce dans ses yeux.

J'ai appelé Lysis; nous nous sommes enfoncés dans la pâte humaine qui bordait la lice et nous avons couru à perdre haleine; mais Proclès avait pris de l'avance et s'était confondu dans le peuple immense qui campe sous les remparts avant de repartir à l'aube vers Olympie.

J'écris ces lignes sous ma tente dont les pans sont relevés. Lysis et Jason, près de moi, dorment déjà sur un lit de paille; la torche qui m'éclaire jette ses dernières lueurs. Nos chariots forment une enceinte au milieu de laquelle se tiennent les chevaux, les mules et les mulets sous la surveillance de Protée. Les chevaux s'ébrouent; le hennissement d'Égine déchire la nuit, les sabots de Milo frappent le sol sur un rythme barbare.

Dans la tente des femmes, j'entends Chloé qui se retourne sur sa couche. La cithare d'Orphée égrène des notes lentes et nostalgiques. Quand je dresse la tête, Athènes m'apparaît dorée par le clair de lune. Les statues des dieux, le fronton des temples semblent suspendus au ras du ciel.

Tout est paisible et pourtant je ne puis trouver le repos. Le visage de Proclès me poursuit, son regard me hante. Qui l'a lancé à nos trousses? Quelle occasion guette-t-il? Et quels périls nous attendent dans les jours qui viennent?

*
**

Nous avons atteint ce soir les frontières de l'Attique. J'ai le cœur lourd.

Notre étape fut plus longue que d'habitude. Nous voulions échapper au spectacle de désolation, à cette odeur de cendre et de fumée qui nous prenait à la gorge. La guerre a laissé là ses plaies et ses cicatrices. Les guerriers de Sparte ont reflué vers leur patrie en ne laissant que la terre brûlée.

Partout où s'étend le regard, on ne voit que des fermes incendiées, des oliviers et des vignes coupés à la hauteur du sol, des champs ravagés par le feu; on respire la pourriture du bétail égorgé. Jamais les oiseaux de proie n'ont connu pareil festin.

Les paysans qui s'étaient réfugiés à Athènes lors de l'invasion n'ont pas désespéré sous les coups du malheur. Ils plantent, labourent et sèment avec une patience de fourmis; ils bâtissent leurs pauvres maisons écroulées d'où émergent des morceaux de poutres calcinées, mais ils ont un regard hébété. Les enfants eux-mêmes ne jouent plus parmi les ruines. Nous avons traversé un pays muet.

J'ai connu un moment de révolte au cours de cette journée. J'avais horreur de la guerre qui sème la ruine et le deuil, de la folie des hommes qui se prennent à la gorge au lieu de s'aimer. Pourquoi se battre si nous parlons la même langue, si nous vénérons les mêmes dieux, alors que le barbare est à nos portes?

Je l'ai dit à mon père qui chevauchait à mon côté; il a une telle expérience de la vie publique et des ambassades que je redoutais l'une de ces remarques cinglantes qui me percent comme une flèche, mais il n'a marqué aucune surprise. Il a hoché la tête, et son regard qui me brûle et me rassure à la fois avait une étrange douceur.

— Pour s'aimer, Philippe, il faut se connaître et s'affronter dans des œuvres pacifiques. C'est la leçon d'Olympie. Demain, nous dépasserons sur la route les foules qui descendent de Béotie, de Doride et de Thessalie. Nul n'aura pour toi le regard d'un ennemi, car nous allons à la fête religieuse d'une Grèce rassemblée. Quand le galop des chevaux ne résonnera plus sur l'hippodrome, quand la fumée du dernier sacrifice se sera dissipée dans le ciel, la guerre reprendra peut-être, mais c'est à la jeunesse qu'il appartiendra un jour de faire une seule patrie de cette poussière d'États, de rendre éternelle la trêve sacrée...

Il tira sur la longe d'Égine énervé par une nuée de mouches et reprit :

— En attendant, il faut garder les yeux ouverts, car la haine ravage encore le cœur des hommes. Le quadrige est menacé. Athènes blessée par les troupes de Sparte a besoin d'une victoire. Une seule couronne d'olivier sur le front de Lysis ferait oublier tous les arbres morts.

Il ne parla plus, mais ses paroles me poursuivirent jusqu'au soir. J'étais sombre. Nous dépassions des colonnes de voyageurs en marche vers Olympie et je scrutais les visages comme s'ils pouvaient me livrer le secret des âmes. Je savais que Proclès se trouvait dans cette foule, guettant l'heure et l'occasion... Un nuage de poussière montait sur le chemin comme un présage funèbre.

J'ai dû mes seules joies à Chloé. Quand je tournais la tête, je l'apercevais dans le char de voyage entre la servante et ma mère qui tenait les rênes. Une ombrelle la protégeait du soleil. Son sourire avait la fraîcheur de l'aube.

Pour camper, nous nous sommes éloignés du chemin afin d'épargner à nos chevaux la poussière et le bruit. Je veille avec Jason et Tellis. J'écoute la nuit. Le clair de lune est si brillant que l'on devine au loin le sommet du Cithéron. Souvent je m'approche des chevaux et j'appuie ma tête au creux de leur épaule, là où l'on sent battre une artère.

Je leur parle des longues envolées sur le sable de l'hippodrome et ils frémissent.

Jason et Tellis, face à face, essaient des prises et des esquives, se confient les mille secrets de la lutte. Leur présence énorme me rassure, et pourtant je suis troublé par le frémissement des pins, la course d'une bête nocturne, le vol d'une chouette...

Je redoute la nuit et ses pièges.

*
* *

Deux flèches. L'une a percé la toile de la tente où dorment Chloé et ma mère, et s'est plantée sur le coffre aux vêtements. Sa pointe triangulaire a déchiré l'écharpe de laine de ma cousine.

L'autre est tombée à deux pouces d'Égine.

Ces flèches ressemblent à celles qu'utilisaient les archers de Sparte.

L'événement s'est produit quelque temps avant l'aube. Mon père, Lysis et Protée avaient pris la garde à leur tour. La nuit était lumineuse et calme. Une heure plus tôt, mon père avait bien entendu le pas de deux chevaux dans le voisinage, mais il ne s'était pas inquiété. Les campagnes, actuellement, sont remplies de voyageurs nocturnes. D'autre part, Ioulis, le molosse qui nous accompagnait, ne donnait plus aucun signe d'alarme après avoir aboyé deux fois avec rage.

Notre camp était adossé à une colline pierreuse dont le sommet reflétait le clair de lune. C'est l'énervement d'Égine et de Milo qui a d'abord ému mon père. Puis une pierre, une autre ont roulé sur l'autre versant de la colline et Skyros a henni avec fureur.

Lysis a éveillé Jason et nos hôtes d'Andros; ils ont pris chacun une lance fichée dans le sol, se sont déployés en demi-cercle et ont commencé à gravir la pente au pas de course, tandis que Ménippe, javelot en main, faisait le tour de la colline pour encercler l'ennemi.

Tout, alors, s'est passé en un clin d'œil. Alerté par le bruit, je venais de rejoindre mon père qui se tenait devant la tente des femmes. Deux silhouettes se sont détachées sur le sommet de la colline, j'ai vu luire le bois d'un arc, deux flèches ont sifflé au-dessus de nos têtes.

Nous avons crié, Jason et ses amis ont forcé l'allure, mais les autres dévalaient déjà la pente opposée. Quelques instants plus tard résonnait le galop de deux chevaux, puis un hurlement. J'ai tremblé pour Ménippe dont j'avais cru reconnaître la voix.

En réalité, c'est l'un des assaillants qu'a frappé le javelot. Cette arme de concours, sans la pointe de bronze utilisée à la guerre, est terrible quand elle est maniée par Ménippe, et le propulseur lui donne la force d'un bélier. Ménippe arrivait hors d'haleine derrière la colline quand les deux bandits fuyaient au galop. Il a visé au jugé les silhouettes penchées sur l'encolure des chevaux, le javelot a troué la nuit et frappé l'homme de gauche qui s'est affaissé en hurlant. L'autre l'a soutenu et l'ombre les a engloutis.

Lysis et Jason ont enfourché un bai-brun et sont partis à leur poursuite, mais leur quête a été vaine. Ils sont revenus désespérés avec l'aube. Jason écumait de colère. Je voyais ses muscles rouler sous la tunique de lin.

Aux premiers rayons du soleil, nous avons escaladé la colline et découvert le cadavre de Ioulis.

Il tenait encore entre ses crocs un morceau de viande. Un poison foudroyant l'a abattu sans qu'il puisse nous avertir du péril. Le meurtre est signé. Ioulis, si méfiant d'habitude, s'est approché d'un homme qu'il connaissait : Proclès.

Au sommet de la colline, j'ai trouvé une flèche tombée d'un carquois. Mon père l'a examinée longuement et la tristesse noyait son regard. Je distinguais sur l'empennage une marque représentant vaguement un fouet. Quels souvenirs éveillait-elle dans l'esprit de mon père? Il a gardé son secret.

Nous venons de prendre le repas du matin. Les hommes plient les tentes, chargent les chariots, attellent les mulets et les mules. La cithare d'Orphée repose silencieusement sur le sol. Les chevaux du quadrige, si impatients aux premières heures du jour, semblent las et tristes. Milo ne vient pas chercher au creux de mes mains un peu d'avoine. Notre étape vers Corinthe sera bien longue s'il faut porter le poids de l'inquiétude et attendre sans pouvoir agir. Je voudrais posséder l'optimisme de Jason et Tellis qui rêvent de rencontrer Proclès à visage découvert...

Je m'angoisse surtout pour ma mère et Chloé. La flèche est tombée si près d'elles ! En apparence, elles sont paisibles. Chloé fredonne à mi-voix une chanson des îles; ses cheveux blonds flottent sur ses épaules. Elle m'a dit tout à l'heure :

— Philippe, le bonheur se mérite. Il faut beaucoup d'épreuves pour atteindre la victoire.

Ses yeux étaient pleins d'étoiles. Que les dieux l'entendent !

⁂

Corinthe. Comme Athènes est loin déjà après deux jours de voyage ! Nous avons fait de brèves étapes pour ne pas fatiguer les chevaux qui poursuivront demain leur entraînement sur l'hippodrome, près du sanctuaire de Poséidon où se déroulent tous les quatre ans les jeux Isthmiques.

Notre campement est installé à deux stades des murs de la ville. Autour de nous, une mer de tentes, un peuple innombrable. C'est déjà la fête. Devins et artisans, marchands et bateleurs, sophistes et rhéteurs se disputent la clientèle; les voix montent, s'échauffent; vingt cithares répondent à celle d'Orphée, et la musique acide des flûtes se mêle au concert...

J'attends la nuit avec une certaine angoisse, et pourtant j'ai repris confiance. Est-ce le calme de mon père, l'assurance de Jason et de nos amis d'Andros, ou la joie de Chloé qui déteignent sur moi? Je m'abandonne aux dieux et aux Parques qui filent le destin des hommes.

Tout me surprend, tout m'étourdit dans notre aventure.

Le voyage, d'abord. Aujourd'hui, nous avons atteint la route qui descend vers le Péloponnèse à travers l'isthme de Corinthe. Voilà quelques jours encore, c'était un pays ennemi, mais la trêve sacrée bouleverse les esprits et les cœurs. Nous sommes frères.

J'en ai vu un exemple étonnant. Comme nous traversions un village de l'Isthme, Jason a rencontré un guerrier de Sparte qu'il avait affronté sous les murs d'Acharnes dans un de ces combats d'homme à homme où l'on joue sa vie sur un coup de dés. Il lui avait percé l'épaule avec son glaive et Philistide — tel est son nom — n'avait pu suivre ses camarades qui regagnaient la Laconie. En l'apercevant, Jason a bondi de son cheval. Ils se sont étreints. La haine, la guerre avaient disparu de leur regard. Seule subsistait l'amitié des combattants qui ont éprouvé leur courage et déposé les armes.

Comme tout jeune homme grec, j'aime les paysages marins. Ici, sur cette étroite langue de terre qu'assiègent le golfe de Corinthe et le golfe d'Égine, on a l'impression de marcher sur les flots dans un miroitement éternel de soleil.

J'ai vu le *diolcos*, cette voie dallée creusée de deux rainures parallèles sur lesquelles roulent d'énormes châssis qui portent des vaisseaux d'un golfe à l'autre. A notre passage, un attelage de mulets tirait une galère et son équipage. Nous nous sommes salués à grands cris. J'ai vu monter à l'horizon la muraille cyclopéenne de l'Acrocorinthe, et j'ai raconté à Chloé la légende de l'homme qui s'était construit des ailes, se jetait dans le vide et volait comme un oiseau.

Mais j'aime surtout la foule parce qu'elle symbolise le rassemblement d'Olympie autour de la statue de Zeus, l'unité de la Grèce. Elle coule comme un fleuve par tous les chemins; elle descend des montagnes du Pinde et du Parnasse, vient des lointains pays du Nord aux frontières desquels veillent les barbares. J'étudie les mœurs, les langues, les vêtements à mesure que nous dépassons ces colonnes interminables qu'impressionnent le spectacle de nos étalons, la carrure de Jason et Tellis, la souplesse de Bakis et de Ménippe, le visage de jeune dieu de Lysis.

Nous avons parfois des surprises merveilleuses qui me donnent un avant-goût d'Olympie. Car tous les athlètes aussi et les quadriges sont sur les routes.

Alcibiade nous suit avec ses attelages. Son escorte, à la différence de la nôtre, éclate de luxe; des esclaves armés de fouets creusent un passage dans la foule; de jeunes cavaliers, lance au poing, protègent les chariots et les chevaux; les harnais de ses étalons sont couverts de plaques d'or. Alcibiade, tel un roi, trône sur un char incrusté d'ivoire.

Je déteste cet orgueil et ce luxe : ils offensent les dieux.

Nous avons rencontré deux équipages de Thessalie dont mon père connaît le propriétaire, Timothée. Nous avons fait un bout de chemin ensemble. Ils campent ce soir, à deux stades de nous, près de la fontaine Pirène où nous allons puiser l'eau. Les chevaux noirs ont l'œil vif, le poil luisant des bêtes en forme; leur résistance doit être prodigieuse. Plus hauts que les nôtres, et plus lourds, on les croirait dépourvus de nerfs tellement ils acceptent avec indifférence la marée humaine qui déferle. Demain, sur l'hippodrome, ils affronteront nos chevaux dans une longue séance d'entraînement. Et l'impatience me dévore...

Mais nous voyons surtout des athlètes et des rhapsodes. La halte de midi, sous les pins au bord de la mer, m'a valu une série d'émotions que je n'oublierai jamais. Jason et nos amis d'Andros avaient donné rendez-vous à tous les coureurs, lutteurs, lanceurs qu'ils rencontraient au long du chemin. Notre campement évoquait l'agora d'une ville à l'heure du marché.

Tandis que la servante activait le feu sous une marmite qui aurait contenu un veau — l'appétit de ces mastodontes me surprend chaque jour davantage ! — chacun s'entraînait avec l'adversaire de son choix. Trente hommes nus allaient jusqu'à la limite de leurs forces devant une foule qui grossissait, devenait une armée dont les cris emplissaient la mer voisine.

Les athlètes du pancrace s'étouffaient dans l'étreinte de leurs bras refermés comme des pinces sur des corps noueux; ou bien, se dégageant par un coup au ventre, ils se frappaient à toute volée et les collines pierreuses renvoyaient l'écho de leurs manchettes; le sang giclait des lèvres éclatées jusqu'à ce que l'athlète palpitant fût étendu au sol, les bras en croix, écrasé par le poids de son adversaire qui le relevait alors avec les gestes patients et doux d'un médecin.

Les boxeurs, la main recouverte par le gant de cuir semé de plaques de métal, cherchaient les points douloureux de leur adversaire au cours de batailles de titans. Chaque coup portait; les crânes résonnaient comme des enclumes sous le choc monstrueux; des marbrures rouges constellaient les poitrines et l'assaut se prolongeait tant que l'un des combattants n'avait pas levé la main en signe d'abandon.

Jason, à la lutte, était déchaîné. Il attaquait chaque adversaire comme s'il était Proclès en personne. J'en tombais des nues. Avec Tellis, dans notre domaine, il mesurait ses forces, redoutant de blesser un ami. Ici, la rage de vaincre l'habitait. Dans le temps que mettent nos chevaux pour faire deux tours d'hippodrome, il avait cloué cinq lutteurs au sol. Ses mains sont infaillibles; sa détente est telle qu'il soulève l'adversaire comme une plume de cygne. Ses yeux, alors, sont pleins d'orages. Ensuite il s'apaise lentement, sourit pour s'excuser et reprend pied sur la terre des hommes avant d'offrir aux combattants malheureux une coupe de notre vin qui panse les blessures du cœur.

Plus loin, au bord de la mer, les coureurs s'entraînaient. Les coureurs de fond, inlassablement, foulée courte, souffle maîtrisé, fendaient l'espace comme des étraves de navire. Les coureurs de vitesse, penchés jusqu'à la chute, jetaient leur âme vers le but qui s'avançait à la vitesse d'une flèche.

Et les disques de bronze volaient sur la foule, et les javelots frappaient la nue comme des oies sauvages en sifflant. J'ai vécu des heures divines.

Tout s'est terminé par un repas digne des héros d'Homère. A cette vitesse, nos provisions ne feront pas long feu et ma mère se lamente, mais mon père s'en réjouit. Que valent une amphore de vin et deux couffins de pois chiches à côté de l'amitié d'un homme libre?

Autre raison de se réjouir. Le vieillard Lachès, l'entraîneur de Jason, nous a rejoints ce soir. A soixante-dix ans, il marche comme un hoplite sur le chemin de la guerre. Et gare aux moulinets de son bâton si quelqu'un nous cherche querelle !

Ainsi coulent nos jours entre l'attente, le bonheur et l'inquiétude.

Avec nos amis d'Andros, j'ai battu la ville et la plaine dans l'espoir de rencontrer Proclès. Une voix crie en moi qu'il nous épie en permanence comme une bête de proie et que son maître n'est pas loin... Une fois de plus, il nous a échappé. J'ai cru le reconnaître à l'extrémité de l'agora de Corinthe, en conversation animée avec trois gaillards aux mines patibulaires. Sans doute me suis-je trompé? Ils se tenaient à l'ombre d'un portique et je distinguais mal leurs traits. Nous avons couru à travers la foule épaisse qui nous retardait. En arrivant au portique, le groupe avait disparu. Pour combien de temps?

Maintenant la nuit tombe. Mon père distribue les heures de veille; il a le front soucieux. Je lis un peu de fièvre dans les yeux de nos chevaux. Est-ce la poussière des chemins ou la tension de leurs sens en éveil?

Chloé, près de moi, écoute la nuit vibrante de cris et d'appels. Soudain tombe un silence de désert. Nous levons la tête vers le ciel où flotte encore une poussière de feu. Deux aigles, leurs ailes déployées, tournent sur la ville et la plaine. Nous sommes au centre du cercle qu'ils dessinent.

Les dieux parlent.

Est-ce un message de victoire ou l'annonce de nouvelles luttes? Orphée le citharède, qui sait les choses secrètes, sonne deux notes plaintives. O Zeus, roi du monde, quel éclair vas-tu lancer sur notre avenir?

VI

LES ENNEMIS GUETTENT DANS L'OMBRE

Je l'ai découvert ce matin, à l'aube. Il était assis et s'appuyait au mur de soutien de la fontaine Pirène où j'allais puiser de l'eau pour nos étalons. L'homme avait les yeux grands ouverts, d'une fixité qui m'a fait peur...

Des voyageurs, près de moi, se penchaient sur le bassin pour faire leurs ablutions avant de reprendre la route. Nul ne prêtait attention à ce corps qui avait l'immobilité d'une statue, à cette face tragique dont les lèvres étaient tordues par un rictus.

Je me suis approché; j'ai dit : « Tu es malade? » Il n'a pas répondu. C'est alors que j'ai vu un léger filet de sang couler de sa bouche. J'ai insisté : « Réponds, ami, je t'aiderai », mais son regard semblait mort. J'ai pris l'une de ses mains entre les miennes; elle commençait à se refroidir. Les ongles étaient taillés très court, comme ceux des archers, et je me suis mis à trembler. Je devais lutter contre l'envie de fuir à toutes jambes.

J'ai regardé autour de moi. Les gens passaient, indifférents. Dans le voisinage, les tentes s'éveillaient, les chevaux se répondaient avec de longs hennissements qui saluaient le soleil. Quand j'ai pris l'homme aux épaules, il a glissé de mes mains et s'est écroulé d'un seul bloc le visage dans la poussière. Il avait dans le dos une affreuse blessure, comme en fait la pointe d'une lance ou d'un javelot.

Je me trouvais en présence de notre assaillant frappé par le javelot de Ménippe.

On ne peut rien pour les morts, sinon prier les dieux de les accueillir au royaume des ombres où les Juges pèsent leurs mérites ou leurs crimes quand ils ont traversé le fleuve funèbre. Comme un attroupement se formait, j'ai regagné notre campement et tout raconté à mon père et à Lysis. Ils se demandent comme moi pourquoi ses complices l'ont abandonné au pied de la fontaine Pirène alors qu'il venait de mourir. Mais mon père connaît sans doute la réponse. Il a murmuré pour lui-même : « C'est un avertissement ; le sang appelle le sang et la lutte va se poursuivre. »

Tous les trois, nous garderons le silence sur cet événement. Il est inutile d'émouvoir les femmes et de jeter sur nos amis ce poids de malheur et de ténèbres.

***

L'entraînement s'est bien passé. Il ne s'agissait plus pour nos pur-sang de tourner en solitaires sur une piste, mais d'affronter deux quadriges qui ont déjà concouru avec honneur aux jeux de Delphes et de Némée.

A la demande de mon père, Timothée avait donné à ses cochers l'ordre de serrer notre char au plus près et de bousculer nos chevaux. Il voulait étudier les réactions de Skyros et de Milo sous la pression des étalons noirs.

L'épreuve est concluante et je me réjouirais s'il n'y avait cet homme aux yeux fixes qui hante mon souvenir.

Non seulement Lysis a tenu, mais il a dominé cette lutte avec un génie éclatant. Que le char fût à la corde ou à l'extérieur, il est resté maître des rênes; jamais je ne l'ai vu donner un coup de fouet; il guidait les chevaux à la voix. Quand le moyeu du char de l'adversaire heurtait sa roue, il appelait Égine et Léros. Un coup de rein des étalons blancs, et le péril s'éloignait. Pressé contre la corde, il appelait Milo qui, d'une sèche détente, repoussait la masse de l'adversaire.

Plusieurs fois, Lysis s'est laissé enfermer volontairement entre les deux quadriges. Il cédait alors un peu d'espace. Un claquement de langue, et nos étalons, dans un galop prodigieux, revenaient par l'extérieur, se rapprochaient à hauteur de la borne et, après le virage, dépassaient irrésistiblement l'adversaire et se rabattaient à la corde.

Du grand art !

Je savais que nos chevaux l'emportaient en vitesse pure sur ceux de Timothée; mais je sais désormais combien ils aiment la lutte; ils l'ont dans le sang. Chez Égine surtout, elle fouette un orgueil de race qui l'entraîne à des efforts incroyables. Il soulève positivement le quadrige. Rien ne compte pour lui que l'espace à vaincre, l'adversaire à dominer, ses compagnons à lancer dans la fournaise.

Et comme ils lui répondent ! Avec quel art Skyros, le rythme fait cheval, mène le jeu dans les virages ! Avec quelle sagesse Léros modère parfois la fureur d'Égine !

Quant à Milo, il a fait nos délices. C'est étrange. Ce poète qui aime les enfants et les nuages, que la moindre violence effarouche dans la vie quotidienne, s'en donne à cœur joie au cœur de l'action. Loin de fuir les chocs, il les provoque; il appelle le cheval noir et nous tremblons sur la lice quand le sombre attelage qui semble sorti de l'enfer se range contre le nôtre. Les flancs se heurtent, des étincelles crépitent sur le moyeu des chars qui tanguent, dérivent. C'est alors que le génie de Milo éclate.

Soutenu par Égine et Léros qu'un tremblement de terre n'écarterait pas de leur route, il a des ruses et des esquives de jongleur qui placent l'adversaire en déséquilibre, des changements de rythme d'une souplesse incroyable qui écartent le danger. La partie gagnée, Milo encense deux fois comme s'il remerciait les dieux.

Alcibiade, attendant l'entraînement de ses quadriges, était là, tellement sûr de sa prochaine victoire à Olympie que ses cochers portent déjà sur les cheveux le bandeau de cuir destiné à fixer la couronne d'olivier sauvage. Il n'a pas communiqué ses impressions à mon père; une moue d'orgueil crispait ses lèvres; mais j'ai vu l'inquiétude monter dans ses yeux.

En succédant à Lysis, j'ai tremblé devant cette nouvelle épreuve. Pourtant, je ne savais pas ce qui m'attendait.

Mon père m'a dit par la suite : « J'ai joué avec ta vie, Philippe, mais je devais éprouver ton courage. Un vrai cocher ne se révèle qu'à l'heure du drame. Rappelle-toi : les chevaux, dans une course, sont moins dangereux que les hommes. » Il était très pâle et m'a caressé la joue avec tendresse. Chloé, près de lui, en tremblait encore.

J'avais lancé le quadrige au milieu de la piste quand les deux attelages de Timothée m'ont encadré. Douze chevaux sur la même ligne, le même martèlement des sabots, une odeur lourde de cuir et de poussière, cette buée qui monte des flancs agités comme des vagues, c'était merveilleux ! Comme la borne approchait, les cochers de Timothée ont cinglé la croupe de nos étalons à grands coups de fouet.

Je n'ai eu que le temps d'apercevoir les traces sanglantes. Aussitôt, ce fut la tempête. Égine et Milo ont fait un bond terrible, Skyros s'est cabré, est retombé lourdement, son rythme cassé alors que nous abordions le virage. Le char a subi un tel choc que je suis tombé à genoux sur les planches, les reins douloureux, la tête brumeuse. Nous tournions sur la seule roue gauche; le sol se rapprochait où j'allais rouler. Je me suis jeté sur la droite et j'ai pesé de tout mon poids sans que la roue qui tournait dans le vide reprenne contact avec le sable.

C'est Léros qui nous a sauvés. Lui seul avait gardé la tête froide dans l'orage. Alors que les autres tiraient comme des forcenés, il a ralenti et leur a imposé sa cadence. Le char a retrouvé son équilibre après une série d'embardées. J'avais perdu près d'un demi-stade sur mes adversaires.

Un jeu ! Les coups avaient fouetté l'orgueil de nos étalons. Ivres de vitesse, ils ont rejoint les deux attelages en un tour et les ont dépassés comme des flèches. Je ne pouvais plus les arrêter.

Maintenant encore, tandis que Protée leur passe l'étrille et panse avec des pommades leur bouche ensanglantée, le souvenir du fouet les poursuit. Égine s'énerve dès qu'on approche. Il déteste les curieux, contenus par la lance de Jason et le javelot de Ménippe, qui veulent rompre le cercle des chariots et toucher, comme un signe de bonheur, sa robe plus blanche que l'écume de la mer.

⁂

Nous campons non loin de Mycènes après une longue journée de marche. Dès la sortie de Corinthe, la route s'élève et devient mauvaise. Creusée de fondrières, elle a fatigué les chevaux, les mulets et les hommes. Nous avons tous la gorge desséchée par la poussière.

Mais le plus épuisant, c'est encore la foule; elle est partout; elle emplit les villes, la plaine, la montagne, de ses cris et de son tumulte. Ce soir encore, elle submerge l'acropole de Mycènes ou se prépare pour la nuit sur les pentes rocheuses. Impossible de la fuir : la Grèce tout entière est sur le chemin d'Olympie.

Nous venons de prendre le souper. Dans le soir qui tombe, je contemple avec Chloé les prodigieuses murailles qui enserrent l'acropole et les portes défendues par des lions de pierre. La cithare d'Orphée accompagne nos voix alternées. Nous chantons des vers d'Homère, car nous sommes dans un pays de légendes et de héros. C'est là qu'est née la guerre de Troie. C'est d'Argos et de Mycènes que sont partis les guerriers au casque flamboyant. Je crois voir les silhouettes d'Agamemnon, de Ménélas et d'Achille défier les siècles.

La lune monte dans le ciel et jette une lueur sinistre sur la crête des montagnes et sur la plaine d'Argos où nous poursuivrons demain notre voyage. On dirait, dans le lointain, un feu qui flambe.

Nous frissonnons. C'est l'heure incertaine où les dieux s'adressent à la conscience des hommes. Une chouette vient de passer à notre gauche dans un soyeux battement d'ailes. Orphée chante l'incendie des bateaux grecs sous les murs d'Ilion.

J'ai peur.

*
**

Le feu ! Je veillais avec le vieillard Lachès, Jason et Bakis. La lune volait haut dans le ciel; c'était le milieu de la nuit. Les chiens de Mycènes s'étaient tus. La foule avait sombré dans le sommeil.

Nous montions la garde en direction du sud. Le terrain, en effet, couvert de buissons, descendant en pente douce, se prêtait à une attaque ou à une embuscade. Vers le nord, au contraire, nous pensions n'avoir rien à craindre. A quelques mètres de notre campement, la falaise de rocs tombait à pic sur une vallée profonde d'où montait un bruit d'eaux vives.

C'est de là, pourtant, que le péril a surgi. Nous avons échappé d'un pouce à la ruine. Nos espoirs pour Olympie ont failli se consumer dans les flammes de Mycènes.

Le premier, j'ai aperçu le trait de feu qui s'élevait de la vallée, décrivait une orbe et piquait sur nos chariots qu'il a ratés de quelques pieds. J'ai couru à perdre haleine en appelant nos amis et mon père. J'ai arraché la flèche fichée dans le sol, à l'extrémité de laquelle brûlait une masse d'étoupe et de poix.

Immédiatement, une volée de flèches enflammées a suivi. J'en ai compté cinq, lancées en même temps, qui filaient en sifflant comme des éclairs. Deux ont dépassé notre campement et se sont perdues dans la nature. Trois sont tombées sur nos chariots. Nous nous sommes précipités. Jason et Lysis ont pu en arracher deux qui étaient plantées dans le char de voyage de ma mère, et éteindre le début d'incendie. Mais la troisième avait atteint une voiture chargée de foin qui brûlait déjà comme une fournaise.

C'est là que nous avons couru notre plus grand péril. Le vent tordait les flammes et les projetait sur les autres chariots. Nous étions étouffés par la chaleur et la fumée. Dans l'enceinte, les chevaux, les mulets et les mules avaient une crise de folie. Leurs piquets arrachés, nous les entendions galoper et hennir avec rage; leurs sabots frappaient au hasard à toute volée. Ma mère, Chloé et la servante, effarées, gémissaient en invoquant les dieux, et la foule accourue de toutes parts assistait impuissante au désastre.

Jason nous a sauvés. S'attelant seul au timon du chariot malgré les flammes qui léchaient sa tunique et ses cheveux, il a donné un prodigieux coup de rein qui a ébranlé la voiture, l'a tirée sur dix pieds et, dans un dernier élan, l'a poussée vers le vide. Elle a culbuté sur le roc en laissant derrière elle un sillage de feu.

Nous n'avions plus qu'à nous jeter à la tête des chevaux affolés qui n'entendaient plus notre voix. Égine m'a traîné sur cinquante pieds avant que je ne puisse l'apaiser. Je suis couvert de plaies.

Pendant ce temps, nos amis d'Andros s'étaient précipités dans la vallée dès la seconde volée de flèches, mais ils avaient dû faire un détour pour éviter le précipice et nos ennemis s'étaient déjà enfuis. Nous continuons, hélas ! à nous battre avec des ombres, mais elles deviennent plus nombreuses à chaque étape. Le plan monté contre nous se déroule avec une précision infernale.

Plus tard, nous avons fait le bilan de l'incendie. Les pertes matérielles ne sont pas lourdes. Nous pourrons acheter un chariot et du foin dans la plaine à des paysans d'Argos; les brûlures de Jason sont légères et les onguents de Protée les cicatriseront bientôt. Mais nous sommes épuisés par les nı de veille, taraudés par une inquiétude qui sied mal à des concurrents d'Olympie.

Les chevaux surtout nous font pitié. Si nerveux déjà d'habitude, plus sensibles que des femmes, ils ont atteint cette nuit un degré d'excitation qui compromet l'harmonie du quadrige; on dirait que les flammes de l'incendie brûlent encore en eux. Égine et Skyros repoussent avec fureur les caresses; ils ont refusé de manger. Quand un feu s'allume sur la colline, autour de nous, ils deviennent impossibles à maîtriser.

Ce coup du destin nous touche au plus vif de l'âme.

Nous ne nous sommes pas couchés. J'ai passé avec Chloé des heures inquiètes à la belle étoile; nous disions à nos étalons des paroles douces; nous guettions la nuit où voguait une lune bordée de sang. Nous apercevions mon père qui marchait, pensif, entre les tentes. Que sait-il? Que craint-il? Quel nom vient à ses lèvres, qu'il n'ose prononcer pour ne pas offenser les dieux?

Timothée, son ami, est venu le voir peu avant l'aube. Il avait campé assez loin de Mycènes et venait d'apprendre nos malheurs. Ils ont parlé longuement ensemble, Timothée lui a offert son aide, mais mon père a refusé de faire route avec lui jusqu'à Olympie. Il ne veut pas l'associer à notre péril.

A l'aube, c'est Alcibiade qui nous a rejoints. Il a déploré notre infortune, mais nous le sentions lointain, muré dans son orgueil. Au fond, ne redoutait-il pas le succès de notre quadrige? Le voilà rassuré... Il ne nous a pas proposé le secours de son escorte.

Comme nous allions plier les tentes, mon père nous a fait signe d'attendre. Il avait son visage crispé des jours de lutte. Nous avons regardé le flot des pèlerins descendre les pentes de Mycènes et s'éloigner vers le sud. Le silence est tombé sur la ville dont les lions de pierre gardaient les portes désertes. Puis mon père a tenu une assemblée. Fait exceptionnel dans notre race qui n'invite pas les femmes à la vie publique : ma mère et Chloé y participaient.

Je me souviens avec exactitude des paroles de mon père. Elles restent gravées en moi. Il n'avait pas cette voix éclatante qu'il garde pour la tribune aux harangues lorsqu'il doit affronter le peuple. Il parlait avec douceur, mais avec une telle force de l'âme que nous étions bouleversés.

— La trêve sacrée, dit-il, garantit la sécurité des personnes et des biens pendant la période des jeux. Nos ennemis ont commis un crime inexpiable dont ils auront à rendre compte. J'ai prévenu les magistrats de Mycènes. De son côté, Timothée transmettra ma plainte aux hellanodices dès son arrivée à Olympie. Mais le salut est d'abord en nous.

« J'avais espéré vous conduire par les vallées de l'Arcadie. C'est la route facile pour les chevaux et les hommes. Des haltes nous étaient préparées et nous gardions la possibilité d'entraîner le quadrige sur des hippodromes de fortune. De plus, nous pouvions arriver sur les bords de l'Alphée une semaine avant l'ouverture des jeux. Juste le temps d'acclimater nos étalons et de nous préparer dans la paix aux luttes prochaines... »

Il marqua un temps de silence. De la vallée montait encore une fumée noire qui nous prenait à la gorge.

« J'ai renoncé à mon projet. La foule est dangereuse; elle encombre les chemins; nous vivons jour et nuit dans le tumulte, et nos pur-sang ont les nerfs à fleur de peau. Surtout, amis et ennemis se confondent dans cette masse humaine qui déferle à nos côtés. Chaque jour verra naître une nouvelle embuscade sans que nous puissions nous défendre. Nous ne parviendrons jamais à Olympie avec un équipage intact. Aurions-nous donc tant peiné uniquement pour connaître le malheur? »

Tellis, notre ami d'Andros, se leva pour parler. Mon père l'interrompit d'un geste :

« La trêve sacrée, dit-il, rassemble des cités fraternelles sous la protection de Zeus. Mais nous ne devons pas tenter les dieux si des hommes ennemis s'en prennent à notre honneur et à notre vie. Sur cette route, les présages nous sont défavorables. J'ai donc pris une décision cruelle. Nous partirons par le nord. Avant d'atteindre la côte, nous piquerons droit vers le sud en suivant la vallée d'un affluent de l'Alphée.

« Je connais les risques : le chemin est plus long, et mauvais; nous ne rencontrerons souvent que des sentiers de chèvre; nous devrons affronter la solitude et la montagne; nous connaîtrons la fatigue et la soif. Du moins, nous pourrons nous battre à visage découvert si nos ennemis se présentent. C'est la gloire de l'homme de risquer sa vie pour ce qu'il aime. »

De l'extrémité de son bâton, il dessina sur le sable un chemin qui sinuait à travers les montagnes de l'Arcadie. Quand il se redressa, son visage s'était durci. Il fixa intensément nos hôtes d'Andros :

« Je vous aime comme des frères, mais nous allons nous séparer. Chacun doit obéir à sa fortune. La vôtre vous commande de gagner Olympie au plus tôt pour y défendre le renom de votre patrie. Nous vous y rejoindrons, si les dieux le permettent, mais je ne veux pas que vous partagiez nos dangers. »

J'entendis un énorme éclat de rire de Tellis et de Ménippe. Le vieillard Orphée s'avança :

« Aurions-nous gagné tous les prix à Olympie, les citoyens d'Andros nous accueilleraient à coups de pierre s'ils apprenaient que nous avons abandonné un ami dans la peine. Nous ne te quitterons jamais, Nicias, même si nous devons affronter une armée. Les lâches ne méritent pas la couronne d'olivier. »

Il donna l'accolade à mon père et tout fut dit. Les grandes émotions, chez nous, restent silencieuses. Nous avons plié les tentes, pris les repas du matin. Ma mère et Chloé retrouvaient leur calme. Comme mon père leur proposait de regagner Athènes où elles seraient en sécurité, elles ont repoussé l'invitation comme une insulte. Chloé avait des larmes dans les yeux. Elle m'a dit : « Philippe, comment pourrais-je vivre loin de toi désormais? » Ses paroles avaient la douceur du miel. J'étais plus fier qu'Alcibiade.

Maintenant, le départ est proche. Je contemple les montagnes, au-delà de Mycènes, où le destin nous attend.

⁂

Trois jours paisibles. Mon père a engagé un guide. Notre avance est lente et rude. Nos voitures cahotent sur des pistes à flanc de montagne. Ménippe et Lachès se tiennent à l'arrière de la colonne; Jason et Tellis nous précèdent pour déjouer les embuscades. Afin d'assouplir leurs muscles, ils s'envoient comme des balles des blocs de rocher qui écraseraient un navire.

C'est presque la solitude; nul voyageur ne hante ces chemins qui montent vers le ciel. Parfois, nous traversons un pauvre village enserré dans sa prison de rocs; notre arrivée le tire d'une longue torpeur.

Les paysans croient voir passer le cortège des dieux sur des chevaux blancs...

Nous campons pour la nuit dans un espace découvert. Nous sommes heureux et pacifiques, loin de la foule et du bruit; la fraîcheur de l'air apaise les muscles et les cœurs; une amitié profonde nous unit. La cithare d'Orphée sonne longtemps sous les étoiles; nous chantons des vers d'Homère et de Pindare; la voix de Chloé a une pureté de source. La lune se lève et nous voyons la mer scintiller dans le lointain. Puis mon père distribue les heures de garde, et chacun s'endort ou surveille la montagne.

Nous sommes vigilants. Nous avons des lances, des javelots, des arcs et des flèches. Jason et nos amis d'Andros se tiennent assez loin du camp. Moi, je reste habituellement auprès des chevaux avec le vieillard Lachès qui me parle des vingt concurrents qu'il a formés pour Olympie et qui ont remporté la couronne à la lutte ou au pancrace. Nos étalons ont oublié les flammes de l'incendie. Égine et Skyros viennent à nouveau manger l'avoine au creux de mes mains; l'attelage a retrouvé son unité.

Souvent, Chloé vient me rejoindre. Le silence de la nuit prend alors une qualité extraordinaire. Nous scrutons les cimes frangées de lune, les gorges plus profondes que les enfers, et j'ai l'impression que Chloé, telle une nymphe aux cheveux blonds, nous protège.

⁂

Le péril rôde encore autour de nous.

Il a plu cette nuit et les chemins étaient humides. A l'aube, Lysis monté sur Égine est parti en reconnaissance. Nous l'avons vu revenir au galop. Il avait découvert de nombreuses empreintes de sabots sur le sol. Nous sommes repartis avec mon père et Protée qui a un flair extraordinaire et suivrait une fourmi à la trace. Il y avait six chevaux qui marchaient vers l'ouest. Cinq ne portaient que leur cavalier : leurs empreintes étaient légères. Un autre avait laissé des traces plus profondes, sans doute un cheval bâté lourdement chargé de provisions et d'équipements.

Nous avons levé le camp aussitôt et sommes partis en chasse; nous avions adopté une position de combat qui protégeait les flancs et la tête de la colonne. Jason, à cheval, suivait les lignes de crête de la montagne pour explorer l'horizon. Lysis et mon père, montés sur Égine et Léros, patrouillaient au long des chariots. Nos amis d'Andros et Lachès, sur les roussins d'Arcadie, formaient le fer de lance du convoi.

Malheureusement, un soleil éclatant s'est levé, a durci le chemin, et nous avons perdu la piste. Mais nous savons que nos ennemis nous précèdent, qu'ils ont choisi l'heure et le lieu de l'attaque. Qu'elle vienne vite ! Je brûle de combattre.

Ce ne sont plus des ombres que nous affronterons. Nos ennemis ont un visage, portent un nom. Mon père nous a livré son secret. L'histoire est si étrange que je dois la conter en détail.

Peu avant la halte de midi, nous traversions une garrigue pierreuse semée de buissons et de touffes de lavande quand Chloé m'a appelé. De son bras droit tendu, elle me désignait quelques oliviers sauvages à deux stades du sentier. Je ne voyais rien d'anormal, mais Chloé a un œil d'aigle.

J'ai lancé Milo dans la garrigue. Sous les oliviers, j'ai découvert les vestiges d'un repas; on avait jeté négligemment un morceau de cuir. Je l'ai ramassé. C'était l'extrémité d'une sangle si usée qu'elle s'était rompue. En la retournant entre mes mains, j'aperçus l'image d'un fouet gravée dans le cuir au fer rouge. Une fois de plus, nos ennemis nous livraient un moyen de les reconnaître.

J'ai rapporté la sangle à mon père; j'attendais un cri de joie. Il a baissé la tête, accablé, et s'est éloigné sans un mot. Sa peine me faisait mal.

Il nous a tout raconté après le repas. Nous avions fait halte dans une vallée profonde où murmuraient les eaux d'une source à l'ombre d'un bouquet de peupliers. Je me contente de transcrire ses paroles.

« J'avais vingt ans, l'âge de Lysis. Pour la première fois, j'affrontais les épreuves d'Olympie. Mon père avait préparé un attelage de juments de Thrace, à la robe plus noire que le jais, des bêtes admirables. Nous étions arrivés dans le sanctuaire dix jours avant les jeux. Au cours des entraînements, j'avais appris à connaître les attelages, les cochers et leurs maîtres. Le serment d'Olympie n'était pas un vain mot. Tous, nous souhaitions passionnément une victoire dans l'honneur.

« Tous, sauf un. Denys, le Messénien, était un homme rude qui méprisait les dieux et les hommes. Dès notre première rencontre, je détestai son orgueil et sa jactance. Il ne croyait qu'à la force. Son emblème était un fouet qu'il avait fait graver sur son char et les harnais de ses chevaux; il tyrannisait son quadrige qu'il conduisait comme une troupe d'esclaves.

« Je l'ai vu prêter le serment du bout des lèvres; je l'ai vu insulter des cochers de Sicile et les frapper, chercher querelle à des auriges de Thessalie. Il vivait avec la haine au cœur.

« Moi-même, j'étais en butte à ses sarcasmes.

Un jour que je l'avais croisé devant le temple de Zeus, il cracha sur ma ville et ma race. Comme je lui sautais à la gorge — j'avais le sang vif à cette époque —, il sortit un couteau et me frappa à la joue gauche. J'en garde la cicatrice. L'affaire fut portée devant les juges d'Olympie, mais Denys cita des témoins qui affirmèrent que je l'avais provoqué.

« Dirai-je le pire? Chaque nuit survenaient des événements funestes, chevaux blessés, cochers saisis par la fièvre, chars abîmés. On ne découvrit jamais les coupables. Je sais qui les inspirait. Chez certains hommes dépourvus de conscience, la passion de la victoire est si grande qu'elle transgresse les lois fixées par les dieux.

« Arriva le jour de la course de quadriges. La Grèce entière était là, tumultueuse, dressant sur l'hippodrome l'arche sonore de ses cris. Je ne vous raconterai pas les péripéties de la lutte ; je ne vous dirai pas les quadriges arrêtés dans leur élan, les cochers jetés dans la poussière par les manœuvres infernales de Denys; ce serait trop long. Pour ne pas m'exposer à ses coups de fouet, j'avais pris le parti de le suivre. Au dixième tour, cinq équipages gardaient encore l'espoir de la victoire : deux de Sicile, un de Thessalie, celui de Denys qui tenait la tête, et le mien. Mes juments de Thrace avaient le courage de nos étalons blancs, et leur souplesse.

« C'est alors que je leur ai rendu la main. Ce fut épique, mes enfants. En un demi-tour, j'avais devancé les autres attelages et j'arrivais à la hauteur de Denys. Il écumait de rage; la mèche de son fouet lacérait la croupe de ses chevaux qui crachaient le sang sous l'action brutale du mors.

« Je l'attaquai dès l'entrée du virage. C'était une faute. J'aurais dû le dépasser en pleine piste en prenant du large pour échapper à ses ruses. Denys rabattit brutalement son quadrige sur le mien; les chars se heurtèrent avec violence, le galérien de gauche fut arrêté dans son élan, les deux chevaux de timon plièrent les genoux sous une attaque qui les surprenait en déséquilibre.

« En même temps, un coup de fouet me cinglait le visage et m'aveuglait. A travers une brume de sang et de feu, j'apercevais confusément la foule qui hurlait. Le quadrige de Denys m'avait pris cent pieds et galopait vers la victoire; deux autres équipages me dépassaient. Il ne restait qu'un tour et demi.

« Où ai-je puisé l'orgueil et la force de réagir? Quel dieu soutenait le galop de l'attelage? Pied après pied, pouce après pouce, j'ai regagné le terrain perdu. Mes chevaux y voyaient pour moi. Au dernier virage, j'avais repris ma place derrière Denys.

« Cette ligne droite, je l'ai parcourue tant de fois dans mes rêves que j'en connais le moindre grain de sable. Essuyant d'un revers de main le sang qui m'aveuglait, je lançai mes chevaux à la poursuite du Messénien. A cent pieds de la ligne, il gardait encore une longueur d'avance; à trente pieds, je le rejoignais; son fouet claqua deux fois au-dessus de ma tête sans m'atteindre et je franchis la ligne en vainqueur.

« J'étais meurtri, couvert de sang, mais j'avais donné à Athènes la couronne d'olivier.

« Suivit le châtiment. Les juges disqualifièrent Denys et le chassèrent avec une forte amende pour avoir trahi son serment et insulté les dieux. Je ne l'ai revu qu'une fois à Pylos, en Messénie, où j'étais allé conduire une cargaison d'huile et de vin. Il gardait le même orgueil, la même violence. Il m'a dit : « Nicias, je hais ta patrie et je ne te pardonnerai jamais ta victoire à Olympie. Et jamais plus ton quadrige ne remportera la palme à l'un des grands jeux de la Grèce. Je le jure par les divinités infernales. »

« Voilà l'homme avec lequel nous devons combattre. Je l'ai reconnu quand Philippe, sur les frontières de l'Attique, m'a remis la flèche qui portait son emblème. J'espérais encore que la trêve sacrée, la sagesse de Zeus toucheraient son esprit. C'est pourquoi j'ai gardé le silence. A quoi bon ? Les dieux aveuglent celui qu'ils veulent perdre. Une seule question se pose désormais : où et quand frappera-t-il ? »

⁂

Encore trois journées de marche et le temple de Zeus se dressera devant nous sur les rives de l'Alphée. Ce matin, avant le départ, j'ai gravi une crête et j'ai vu, loin, très loin, scintiller la mer au large de l'Élide.

Nous sommes sur le pied de guerre. Est-ce notre force qui décourage les ennemis ? Ils ne se manifestent pas, mais des voyageurs que nous avons rencontrés signalent leur présence dans la montagne, à une demi-journée de marche ; nous découvrons souvent des traces de leur passage, un feu éteint, les reliefs d'un repas.

Jason a proposé de monter contre eux une expédition. Abandonnant les chariots et les femmes à la garde de Lachès et de Ménippe, nous partirions de l'avant et tomberions sur leur campement comme la foudre. Mon père a refusé. Il craint qu'une autre équipe ne nous suive et ne profite de l'occasion pour s'emparer de nos étalons. Ce serait alors la fin de nos espoirs.

Je partage les craintes de mon père. Cette nuit,

pendant ma veille, j'ai entendu hennir un cheval sur l'autre versant de la montagne; j'ai cru voir briller sous la lune, dans un entassement de rocs, la pointe d'une lance et le fourreau d'une épée.

Nos ennemis agissent en lâches et en calomniateurs; ils ont trouvé une méthode immonde pour faire le désert sur notre route. Signalant notre approche aux bergers et aux paysans, ils nous présentent comme une bande de pillards voleurs d'huile et de bétail. Aussi les gens fuient devant nous; les bergers éloignent leurs troupeaux; des chariots bouchent les portes des villages, et les paysans armés de flèches nous interdisent le passage.

Nous devons parlementer longtemps. Seuls le nom d'Olympie et le spectacle des étalons blancs adoucissent ces cœurs sauvages.

Nos provisions s'épuisent et nous avons le plus grand mal à les renouveler; nous consacrons à la chasse des heures précieuses. Aujourd'hui, c'était fête. Ménippe, de son javelot infaillible, a tué un daim et deux lièvres. Nous les avons dévorés à belles dents. Les dieux ont reçu leur part. Mon père leur a consacré un cuissot de daim et un râble de lièvre.

Nos difficultés proviennent surtout de la montagne. Nous franchissons actuellement le passage le plus difficile; nous allons de col en col par des chemins muletiers que barrent des éboulis de rocs; il faut les déblayer pour livrer passage aux voitures dont une roue tourne parfois dans le vide; nous avançons pied à pied entre deux abîmes. Les mulets et les mules sont exténués. Quand la pente monte à pic, nous devons nous arc-bouter aux roues. Jason, à lui seul, vaut un attelage de mules. Il monterait sur ses épaules un chariot au sommet de l'Olympe, parmi les dieux.

Hier soir, l'essieu du char de voyage de ma mère et de Chloé s'est rompu. Nous avons dû l'abandonner sur le bord du sentier. La servante et ma mère ont trouvé refuge dans le chariot aux provisions. J'ai pris Chloé en croupe. Elle tient la longe de Léros qui chemine à nos côtés, indifférent à l'altitude et aux rafales de vent qui nous cinglent au passage des cols.

J'admire le courage de Chloé. Elle appuie sa main gauche sur mon épaule et chantonne à mi-voix un vieil air de son pays. A force de l'entendre, je le connais par cœur :

« J'aime le risque et la peine,
J'aime le soleil et la nuit sur la montagne,
Je ne crains ni les épées ni les flèches
Quand j'ai ta main dans la mienne. »

ENTRACTE

AU PROGRAMME

■ LES JEUX OLYMPIQUES
- De la légende à l'histoire
- Le déroulement des jeux
- Le site d'Olympie et ses monuments

■ ROUE DANS LA ROUE : LES COURSES DE CHARS
- La course de Pélops
- La course en l'honneur de Patrocle
- La course de Ben-Hur
- La course à Corinthe dans *Acté*

■ LA STATUE DE ZEUS DE PHIDIAS

■ PÉRICLÈS

■ ALCIBIADE
- Alcibiade aux jeux Olympiques

■ ATHÈNES ET SPARTE :
DEUX SYSTÈMES POLITIQUES S'OPPOSENT
- Athènes et la démocratie
- Sparte et l'oligarchie

■ ATHÈNES CONTRE SPARTE :
DEUX CITÉS S'AFFRONTENT
- Des guerres médiques à la guerre du Péloponnèse
- Toujours plus !
- La terre et la mer
- Guerre et peste
- Tout est mal qui finit mal !

Jeunes gens s'exerçant au saut. Coupe par le peintre de Panaetios. Début du ve siècle avant J.-C.

LES JEUX OLYMPIQUES

Dès la plus haute Antiquité, les peuples dits préhelléniques ont manifesté le goût de ce que nous appelons aujourd'hui « le sport » : ainsi en Crète, alors que s'épanouit la civilisation dite « minoenne[1] », vers 1500 avant J.-C., sont organisées des compétitions mêlant aussi bien la danse que la course à pied, la lutte (proche de ce que sera plus tard le pugilat avec des sortes de gants de boxe), le tir à l'arc ou encore une forme de tauromachie où le « torero » exécute des sauts périlleux sur le dos de l'animal sans le mettre à mort[2].

En Grèce continentale, les Mycéniens (jusqu'en 1100 avant J.-C.) puis les Grecs proprement dits développeront ces concours athlétiques sans doute inspirés par la pratique de la chasse, mais surtout étroitement liés à des préoccupations religieuses : culte

1. Minos, fils de Zeus et d'Europe, est le premier roi mythique de la Crète (voir *Contes et légendes mythologiques*, Pocket Junior, Mythologies, n° J021). Le combat de Thésée contre le Minotaure enfermé dans le Labyrinthe peut aussi être considéré comme un « exploit sportif » avant la lettre !

2. De nombreux objets archéologiques (bas-reliefs peints, vases sculptés) mettent en images ces pratiques sportives, qui se déroulaient dans de vastes espaces aménagés avec gradins pour le public (sites de Cnossos, de Malia, d'Aghia Triada en Crète, d'Akrotiri sur l'île de Théra-Santorin).

Jeunes gens s'exerçant dans une palestre (coupe attique du musée du Louvre).

rendu aux divinités, lutte symbolique entre les forces bénéfiques et maléfiques, rituel funéraire. Ainsi, avant d'être attestée par des témoignages historiques, la pratique des jeux funèbres est décrite dans de nombreux récits mythologiques. Parmi les exemples les plus célèbres, celui d'Achille (cité p. 67) honorant la mémoire de son ami Patrocle, mort sous les remparts de Troie, par l'organisation de compétitions entre guerriers grecs à l'issue de ses funérailles : course de chars, pugilat, lutte, course à pied, escrime, lancement du poids, tir à l'arc, lancement du javelot figurent successivement au programme. Achille préside et distribue les prix aux vainqueurs : esclaves, chevaux, talents d'or, vases précieux, armes[1].

Le lancer du disque

1. Homère, *Iliade*, chant XXIII ; voir p. 105 de *Contes et récits tirés de l'*Iliade *et de l'*Odyssée, Pocket Junior, Mythologies, n° J022.

La course de chars

DE LA LÉGENDE À L'HISTOIRE

En fonction des diverses légendes, on attribue la création des jeux dits « Olympiques » à deux héros de la mythologie :

- Pour accomplir l'un de ses fameux douze travaux [1], Héraklès (Hercule), fils de Zeus, nettoie les écuries du roi Augias qui lui a promis une partie de son royaume d'Élide en récompense. Mais comme Augias ne tient pas sa promesse, Héraklès le chasse (ou même le tue, selon certaines versions de la légende) et installe sur son territoire un sanctuaire consacré à son père : il trace l'enceinte du bois sacré appelé *Altis* (un carré dont chaque côté mesure 600 fois la longueur de son pied ; une mesure qui prendra le nom de *stadion*, « stade ») et organise le premier concours athlétique.
- Pour obtenir la main de la princesse Hippodamie, Pélops, fils de Tantale, doit vaincre son père Œnomaos, roi d'Élide, dans une course de chars (voir p. XVIII). Il obtient la victoire par la ruse et décide alors d'intégrer cette épreuve (course de chars) dans le déroulement des compétitions. Selon d'autres légendes, c'est Pélops qui aurait fondé les premiers jeux, organisés pour la cérémonie des funérailles d'Œnomaos, puis c'est Héraklès qui les aurait repris en l'honneur de ce premier fondateur dont on honorait le sanctuaire dans l'*Altis* (voir plan ci-après). C'est

1. On pourra lire le récit des travaux d'Hercule dans *Contes et légendes mythologiques*, *op. cit.*

encore à Pélops que certains attribuaient l'introduction du culte de Zeus et des dieux de l'Olympe[1] sur le site (vers 1370 avant J.-C. ?).

Ces légendes « héroïques » donnent au site d'Olympie et à ses fêtes un caractère sacré fondamental. On raconte aussi que c'est un roi d'Élide, Iphitos, qui instaura les premières compétitions « humaines » en 884 avant J.-C., sur les conseils de la Pythie de Delphes, pour apaiser les dieux tenus pour responsables d'une épidémie de peste qui ravageait alors le Péloponnèse. C'est à ce moment-là qu'aurait été instituée la fameuse « trêve sacrée » proclamée tous les quatre ans et que la direction des jeux aurait été confiée à la ville d'Élis.

Cependant, c'est en septembre 776 avant J.-C. que sont officialisés les premiers jeux « historiques » car, désormais, les Éléens tiennent le registre public sur lequel sont inscrits les noms des vainqueurs ; c'est donc cette date officielle qui constitue le « point zéro » du calendrier des Grecs à partir duquel on compte par « olympiade » (= quatre ans). Le premier vainqueur de l'unique épreuve de ces premiers jeux, une course à pied d'un stade (*dromos*) au pied du mont Kronion, est un certain Korœbos, marchand d'Élis, qui reçoit une couronne de feuilles d'olivier. À l'origine, les jeux réunissent seulement les habitants de l'Élide, puis ceux du Péloponnèse (en 720 avant J.-C., on célèbre le premier vainqueur venu de Sparte), mais, pour finir, c'est l'ensemble du monde grec à travers tout le bassin méditerranéen qui afflue à Olympie, devenue l'un des plus grands centres panhelléniques (on a pu estimer la foule des assistants à cinq ou six millions !). À défaut d'unité politique (les cités grecques se font perpétuellement la guerre ; voir le dossier sur la guerre du Péloponnèse), une forme d'unité culturelle « nationale » hellénique, à la fois sportive et religieuse, se développe ainsi de manière éphémère pendant les jeux.

Il faut signaler que les jeux Olympiques ne sont pas les seules grandes compétitions de la Grèce ancienne. Ils s'insèrent dans un ensemble qui se répartit harmonieusement au cours des quatre années de l'olympiade.

1. Attention ! Ne pas confondre le mont Olympe (2 917 mètres), au nord de la Grèce, où Zeus et sa famille divine (frères, sœurs, enfants) passent pour avoir leur palais — d'où le terme d'« Olympiens » pour ces divinités —, et le site d'Olympie, consacré à Zeus et siège des jeux dits « Olympiques ».

Date	1re année	2e année		3e année	4e année
Ville	Olympie	Corinthe	Némée	Delphes	jeux Isthmiques et Néméens
Nom	Olympiques	Isthmiques	Néméens	Pythiques	
1ers jeux	776 av. J.-C.	582 av. J.-C.	573 av. J.-C.	582 av. J.-C.	
Époque	juillet/août	avril/mai	juillet	août/sept.	
Dieu honoré	Zeus	Poséidon	Zeus	Apollon	
Prix au premier	couronne d'olivier	couronne de pin	couronne d'ache	couronne de laurier	
L'ensemble constituait le *périodos*, une sorte de grand « chelem » (comme pour les tournois modernes), très recherché par les athlètes.					

Le premier texte écrit sur les jeux, aujourd'hui conservé, date seulement de la fin du ve siècle avant J.-C. : un certain Hippias d'Élis, philosophe et sophiste contemporain de Socrate, rassemble l'information pour publier une liste de vainqueurs olympiques qui sera révisée et corrigée par Aristote un siècle plus tard.

Parmi les vainqueurs les plus célèbres, un athlète exceptionnel élevé au rang d'un héros de légende : Milon, né à Crotone, colonie grecque d'Italie du Sud, dont les exploits s'étendent de 540 à 516 avant J.-C. Il obtint six victoires à la lutte, dont la première alors qu'il n'était encore qu'un adolescent[1].

À partir de 146 avant J.-C., date à laquelle la Grèce devient la province romaine d'Achaïe, l'organisation des jeux passe sous l'autorité des Romains. Ils se poursuivront sans interruption jusqu'à la 293e olympiade (393 après J.-C.) : l'année suivante, leur disparition est proclamée par un édit de l'empereur chrétien Théodose le Grand qui interdit désormais tout culte païen, fêtes et sacrifices. L'olympisme antique a donc duré 1 168 années ; mais quinze siècles plus tard, en 1896, le baron français Pierre de Coubertin le ressus-

1. De nombreuses légendes ont fait de Milon de Crotone un nouvel Hercule : on raconte qu'il assomma un bœuf d'un coup de poing et qu'il parcourut le stade avec l'animal sur ses épaules avant de le manger en une journée ; qu'il soutint le plafond d'une maison pour empêcher qu'elle ne s'écroulât sur ses habitants ; que ses adversaires, découragés d'avance, déclaraient forfait avant même les épreuves ! Pourtant, sur son déclin, il fut vaincu une seule fois par un berger ; il mourut, dit-on, dévoré par les loups, tandis qu'il était retenu prisonnier dans la fente d'un tronc d'arbre qu'il cherchait à arracher (voir, au musée du Louvre, le fameux marbre représentant cette fin tragique, sculpté par Pierre Puget en 1672-1682).

cité : symboliquement, les premiers jeux modernes se déroulent à Athènes. Aujourd'hui encore, tous les quatre ans, la flamme olympique est allumée dans l'*Altis*, au soleil d'Olympie…

LE DÉROULEMENT DES JEUX

Tous les quatre ans, cette gigantesque fête populaire se tenait en été, au moment de la pleine lune (sans doute en août ou en septembre, mois de Parthenios ou d'Apollonios), selon le rituel sacré d'une cérémonie religieuse.

Des hérauts, appelés ***spondophores*** (« porteurs de libations en signe de traité »), partent d'Olympie pour annoncer la trêve du « mois sacré » dans toutes les cités grecques, qui doivent aussitôt suspendre tout combat. Un sauf-conduit général permet de traverser éventuellement les lignes ennemies et il est formellement interdit d'empêcher les concurrents inscrits de participer aux épreuves.

En suivant la voie sacrée depuis Élis, les athlètes, qui se sont entraînés pendant dix mois dans leur propre pays, arrivent sur le site d'Olympie, territoire inviolable et sacré. Ils vérifient alors leur inscription auprès des dix ***hellanodices*** (« juges des Hellènes ») : tirés au sort parmi les magistrats d'Élis à partir de 471 avant J.-C., ce sont les organisateurs et les juges des jeux qu'ils président. Puis les concurrents poursuivent leur entraînement dans le gymnase et la palestre.

Tout le monde peut assister aux jeux, y compris esclaves et métèques (étrangers), à l'exception des femmes[1]. Mais seuls les citoyens grecs — du moins, à l'origine — peuvent concourir. Auteurs, philosophes et poètes participent aux festivités en faisant des lectures publiques de leurs œuvres ; on donne aussi des concerts. Des sortes d'officiers de police (*alytes*) font respecter l'ordre.

D'une seule journée à l'origine, la durée des jeux est passée de cinq à sept jours à l'époque classique ; malgré de nombreuses variantes dans les témoignages antiques, on pourrait en établir le programme de la façon suivante :

1. La seule femme admise aux jeux est la prêtresse de Déméter (déesse des moissons et de la fécondité), qui préside à la cérémonie d'ouverture. Cependant, les femmes ont leurs propres jeux, dits « Héréens » en l'honneur d'Héra, sœur et épouse de Zeus, déesse protectrice du mariage et des femmes en général : ils ont lieu en septembre et consistent en une épreuve de course à pied limitée à 160 mètres sur le stade.

■ **1er jour :**

Procession des magistrats et des athlètes, sacrifices en l'honneur de Zeus et d'Héraklès, libations au *Pélopeion*, serment solennel des concurrents et des juges sur l'autel de Zeus *Horkios* — protecteur des serments — dans le *bouleutérion*.

■ **2e jour : courses sur le stade**

(1 stade = pied d'Héraklès x 600 = 192,27 m)

- ***dromos*** = « sprint » sur la longueur d'un stade. Le nom du vainqueur du *dromos* servait à désigner l'olympiade, car il reste l'épreuve « reine ».
- ***diaulos*** = double stade (course de demi-fond).
- ***dolichos*** = 24 fois la longueur du stade (course de fond).

Les athlètes s'affrontent le corps nu (*gymnos* en grec, d'où notre terme de « gymnastes »).

■ **3e jour : luttes**

- **lutte à mains nues** (corps enduit d'huile et de sable).
- **pugilat** (mains couvertes de lanières de cuir renforcé de plomb, appelé « ceste »).
- **pancrace** (mains nues, tous les coups sont permis, à la manière du catch).

Dans ces luttes violentes, il est interdit de tuer son adversaire, volontairement ou non.

■ **4e jour : courses dans l'hippodrome**

- **course de chevaux montés.**
- **course de chars** à 2 (bige) ou 4 chevaux (quadrige) sur une piste à parcourir 12 fois.

■ **5e jour : pentathlon**

Cinq épreuves disputées au stade : lutte, course, saut en longueur, lancement du disque et du javelot. Le grand vainqueur reçoit le titre d'*olympionique* (« victorieux aux jeux d'Olympie »).

■ **6e jour : compétitions « junior » et hoplitodromie**

- **épreuves réservées aux « enfants ».**
- **hoplitodromie** (course des hoplites) : les concurrents en tenue de combat, lourdement armés, doivent parcourir 2 stades.

D'autres épreuves s'ajoutèrent au fil du temps, comme le concours de sonneurs de trompette, très apprécié du public. Au Iᵉʳ siècle après J.-C., l'empereur Néron instaura des concours musicaux, dramatiques et poétiques.

■ **7e jour : remise des récompenses**

Un seul prix : une couronne de feuilles d'olivier sauvage décernée au vainqueur par les hellanodices (dans les courses de chars, c'est le propriétaire des chevaux et non l'aurige qui est couronné) ; mais la gloire des gagnants est immense : elle rejaillit sur leur patrie où ils sont accueillis en héros et dignement récompensés (honneurs publics, rentes diverses, exemption d'impôts). Cependant, peu à peu, l'esprit héroïque et sportif des premiers jeux est terni par un professionnalisme de plus en plus intéressé qui se traduit par l'appât du gain, la pratique de la fraude et de la corruption. Avides de prestige, les cités dépensent sans compter pour « sponsoriser » leurs athlètes ou même en acheter à l'étranger !

Diverses cérémonies marquent enfin la clôture des jeux : procession, sacrifices et actions de grâce, hymnes, banquets dans le prytanée.

L'Aurige de Delphes

Statue d'un aurige vainqueur, trouvée dans le sanctuaire de Delphes, où elle faisait partie du monument que Polyzalos de Gela (en Sicile) avait fait élever pour commémorer ses victoires à la course de chars. Bronze, début du Ve siècle av. J.-C., musée de Delphes.

LE SITE D'OLYMPIE ET SES MONUMENTS

Au nord-ouest du Péloponnèse, à dix-neuf kilomètres de la mer Ionienne, le site d'Olympie est un vallon ombragé de pins qui s'inscrit entre deux rivières, l'Alphée et le Kladéos, et une colline, le mont Kronion. Au pied de ce mont, le sanctuaire (*Altis*) est couvert d'oliviers que la légende dit plantés par Héraklès. Selon Pausanias, un géographe du IIe siècle après J.-C., il a d'abord été le siège d'un oracle redouté, comme celui de Delphes et de Dodone, où l'on vénérait des divinités primitives : Ouranos (Ciel) et Gaia

(Terre), leur fils le Titan Kronos, père de Zeus, dont le mont Kronion garde le nom, et enfin le maître de l'Olympe, Zeus lui-même. À l'origine, l'*Altis* ne comportait qu'un sanctuaire (*téménos*) consacré au roi mythique Pélops, un autel de Zeus, un temple d'Héra et un stade ; puis, peu à peu, les constructions vont se multiplier, donnant au site un aspect foisonnant, coloré et fastueux [1].

Aux Ier et IIe siècles après J.-C., des installations sportives, hôtelières et thermales se développent autour de l'*Altis*, en particulier grâce au mécénat des empereurs romains et du riche patricien Hérode Atticus.

Peu de temps après l'interdiction des jeux, les Goths conduits par Alaric ravagent Olympie en 395. En 426, l'empereur chrétien Théodose II fait incendier ses temples ; un tremblement de terre finit de détruire le site vers 550. Dans ses ruines s'installe un village byzantin, avec une église bâtie sur l'atelier de Phidias. Au VIIe siècle, les crues de l'Alphée et du Kladéos submergent l'*Altis* et emportent l'hippodrome avec le talus sud du stade ; les couches alluvionnaires recouvrent le site. Il faudra attendre le XIXe siècle pour que l'Institut archéologique allemand dégage les vestiges ensevelis.

1. *Altis* : cette enceinte — à l'origine le bois sacré de Zeus délimité par Héraklès selon la légende — fut clôturée de murs à diverses périodes ; à l'époque classique, c'était un quadrilatère d'environ 200 mètres (est-ouest) sur 175 mètres (nord-sud), une sorte de « noyau » religieux autour duquel se groupaient les édifices sportifs et administratifs.

2. *Pélopeion* : sanctuaire et tombeau du héros mythique Pélops, il aurait été consacré par Héraklès et existait encore du temps de Pausanias, dans une enceinte contenant un tumulus et une fosse, au-dessus de laquelle on sacrifiait des béliers noirs.

3. *Héraion* : consacré à Héra, c'est le premier grand temple édifié dans l'*Altis* vers 650 avant J.-C. ; de style dorique, il est allongé et étroit (18,7 m x 50 m). Son péristyle originel à colonnes de bois fut progressivement remplacé par des colonnes de pierre.

1. De nombreuses reconstitutions du site ont été imaginées dans des genres différents : ainsi, entre autres, la maquette à l'entrée du musée d'Olympie ou encore les planches en couleurs façon bande dessinée dans *Les Voyages d'Orion* (*La Grèce I*, de P. de Broche et J. Martin, éd. Les deux Coqs d'or, 1990).

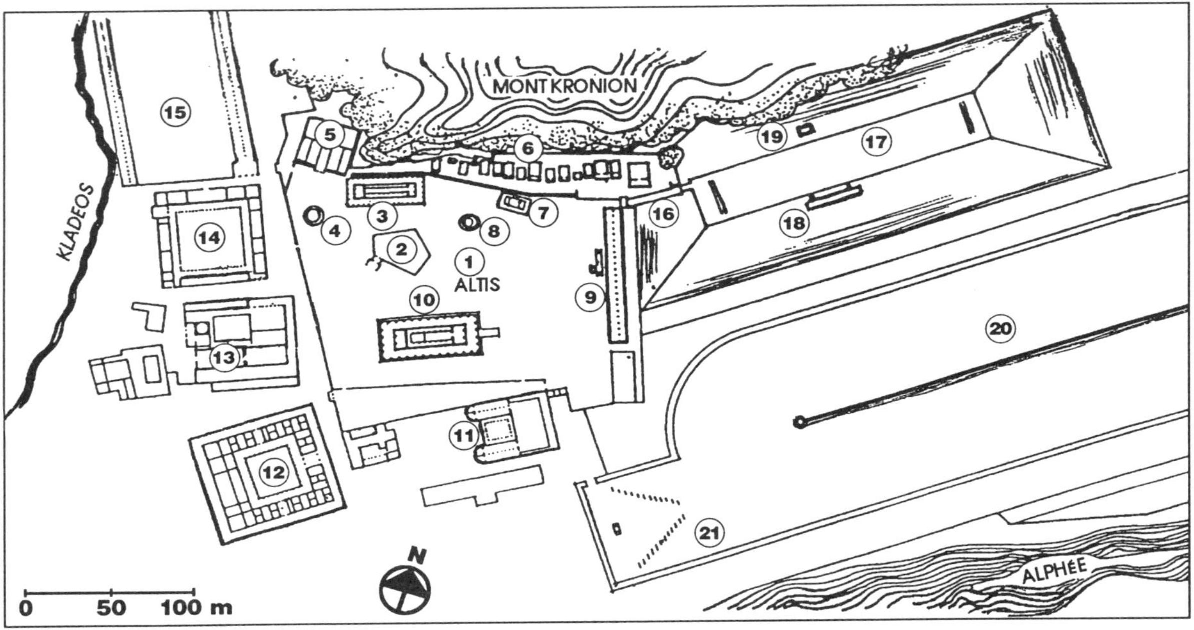
MONT KRONION
KLADEOS
ALTIS
ALPHÉE
N
0
50
100 m
1
2
3
4
5
6
7
8
9
10
11
12
13
14
15
16
17
18
19
20
21

4. *Philippeion* : monument circulaire (*tholos*) édifié au IVe siècle avant J.-C. par Philippe II, roi de Macédoine, père d'Alexandre le Grand, pour abriter les statues de sa famille.

5. Prytanée : siège de l'administration du site et lieu de réception pour les champions ; les Éléens y recevaient aussi leurs hôtes d'honneur. À l'intérieur, un feu brûlait en permanence sur l'autel d'Hestia.

6. Trésors : alignés sur une terrasse au pied du mont Kronion, ce sont des sortes de petites chapelles (15 au total), édifiées à partir du VIe siècle avant J.-C. par les cités du monde grec (notamment d'Italie du Sud et d'Asie Mineure) pour y déposer des offrandes destinées à Zeus et y conserver divers objets sacrés en forme d'ex-voto.

7. *Métroon* : petit temple construit au IVe siècle avant J.-C., consacré à la Mère (*mèter*) des dieux, Cybèle, déesse de Phrygie dont le culte se confondit avec celui de Rhéa, sœur et épouse du Titan Kronos.

8. Autel de Zeus : c'est là que l'on accomplissait, en plein air et en public, les sacrifices (hécatombes = 100 bœufs sacrifiés en une fois) en l'honneur du maître des dieux.

9. Portique de l'Écho : vaste galerie décorée de fresques peintes édifiée à la fin du IVe siècle avant J.-C.

10. Temple de Zeus : l'architecte Libon d'Élis dirigea sa construction (en calcaire coquillier) de 468 à 456 avant J.-C. ; d'ordre dorique, il mesure 27,68 m x 64,12 m et abritait la fameuse statue de Phidias (voir p. XXIV).

11. *Bouleutérion* : c'est là que se réunissait le Sénat olympique, le Conseil (*Boulè*) des hellanodices chargé de l'organisation des épreuves.

12. *Léonidaion* : ce vaste bâtiment, construit au milieu du IVe siècle avant J.-C. par Léonidas de Naxos, faisait fonction d'hôtel pour les invités officiels.

13. Atelier de Phidias : ses dimensions correspondaient exactement à celles de la salle (*cella*) du temple de Zeus où devait prendre place la statue haute de 12 mètres que le fameux sculpteur athénien était venu réaliser sur place de 438 à 435 avant J.-C.

14. Palestre : construite à l'époque hellénistique, elle servait à héberger les athlètes qui s'exerçaient à la lutte et au pugilat dans sa cour carrée à péristyle.

15. Gymnase : construit au IIe siècle avant J.-C. ; sa vaste cour intérieure permettait aux athlètes de s'entraîner au javelot, au disque et à la course.

16. *Kryptè* : cette entrée « cachée » est un passage voûté aménagé à l'époque hellénistique (IVe-IIIe siècles avant J.-C.) pour pénétrer sur la piste du stade.

17. Stade : initialement inséré dans l'*Altis*, il fut déplacé vers l'est lors des restructurations architecturales des IVe et IIIe siècles avant J.-C. Les spectateurs (environ 45 000) s'asseyaient à même le sol sur les talus en pente douce qui entourent la piste, tandis que les hellanodices s'installaient au centre, sur le versant sud, dans une tribune de pierre (**18**), face à l'autel de Déméter (**19**). Deux lignes de pierre (sortes de « starting-blocks ») marquent le départ et l'arrivée de la piste à parcourir. Les concurrents s'élançaient au son de la trompette ; les coureurs du *diaulos* devaient contourner une borne placée à l'est et revenir au point de départ (un peu moins de 400 mètres) ; ceux du *dolichos* parcouraient douze fois le tour complet (un peu plus de 4 600 mètres).

20. Hippodrome : il occupait le sud-est du site et fut totalement emporté par les crues de l'Alphée ; il disposait d'un système original permettant les départs successifs des chars ou des chevaux (**21**), appelé *aphésis* (« action de laisser partir ») et décrit par Pausanias (voir p. XVI).

Le domaine de Zeus : 1. Autel de Zeus ; **2.** Temple de Zeus ; **3.** Temple d'Héra ; **4.** Olivier sacré ; **5.** Statues consacrées par les vainqueurs ; **6.** Trésors des cités ; **7.** Prytanée : abrite la flamme sacrée. **Les bâtiments qui servent aux concours : 8.** Gymnase : course et lancers ; **9.** Palestre : saut et lutte ; **10.** Hôtel pour les visiteurs importants ; **11.** Bâtiment du conseil olympique, où les athlètes jurent de ne pas tricher ; **12.** Emplacement de l'hippodrome ; **13.** Stade (192,27 m).

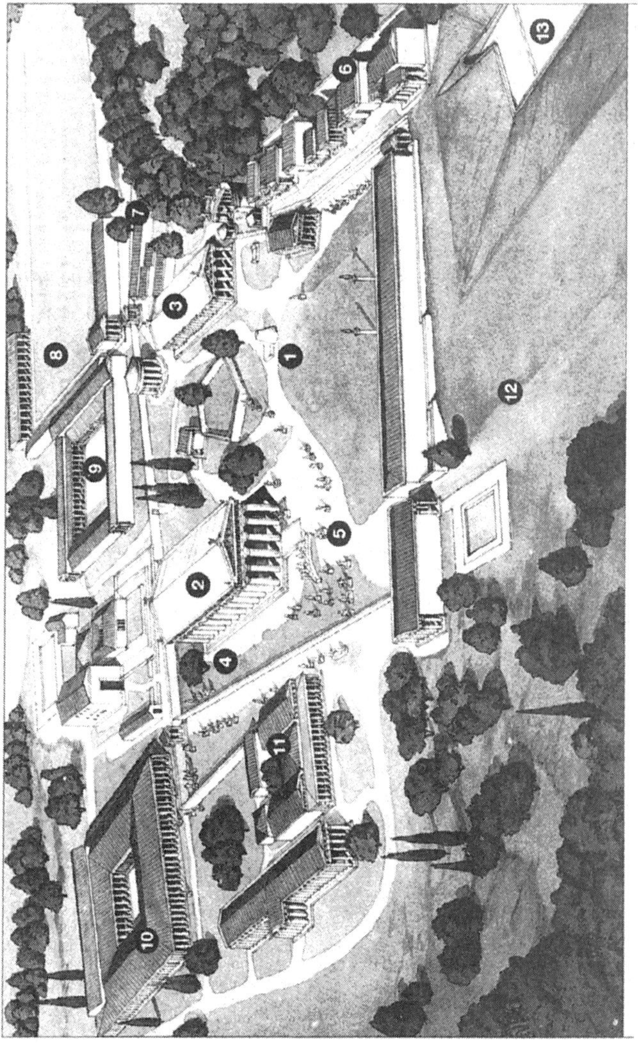

ROUE DANS LA ROUE : LES COURSES DE CHARS

Grâce à Pausanias, un géographe qui a parcouru la Grèce au IIe siècle après J.-C.[1], nous connaissons le système ingénieux qui permettait d'aligner plusieurs chars sur la ligne de départ (*aphésis* en grec, voir p. XIV) :

« L'endroit où a lieu le départ a la forme d'une proue de navire dont l'éperon serait tourné vers le stade. Cet éperon s'élargit à l'endroit où il touche au portique d'Agnaptos. Un socle portant un dauphin en bronze en occupe toute l'extrémité. [...] Le départ des courses de chars s'effectue de la façon suivante : on tend un câble devant les chevaux et, à chaque olympiade, on édifie, vers le milieu de ladite proue, un autel de briques crues qu'on crépit à l'extérieur. Un aigle en bronze aux ailes déployées est dressé sur l'autel et le responsable donne le départ des courses grâce à un mécanisme caché dans cet autel. Ce mécanisme fait dresser l'aigle et tomber le dauphin sur le sol d'une façon visible pour tous. Les câbles se détendent et la première ligne de chevaux prend le départ. Elle rejoint ceux qui attendent sur la deuxième ligne,

Hippodrome d'Olympie, reconstitution.
À gauche, le portique d'Agnaptos et l'« Aphésis ».

1. C'est une citation pratiquement mot pour mot du texte de Pausanias — qualifié d'« auteur ancien » par notre héros — que fait Philippe à Chloé pour décrire les jeux réservés aux femmes (pp. 145-146). Ce qui constitue un bel anachronisme de plus de cinq siècles !

conformément à l'ordre de tirage au sort, et les câbles de cette ligne tombent à leur tour, et ainsi de suite jusqu'à ce que tous les chevaux se retrouvent alignés à hauteur de l'éperon. À partir de là, c'est à chacun de montrer son art et son habileté à la course. »

Pausanias, *Périègésis*, *Le Tour de la Grèce*,
L'Élide, livre V.

Nous savons aussi que, dans l'Antiquité, les chevaux ne sont pas attelés comme on le fait aujourd'hui « à la moderne », ou comme on le voit dans les films qui ont mis en images des courses de chars antiques, tel le fameux *Ben-Hur* de William Wyler (1960).

L'attelage antique consiste en un collier souple, sans armature, et une sangle, reliés au joug fixé sur le timon : l'animal tire par la gorge ; la trachée est comprimée. Le cheval ainsi attelé s'étrangle d'autant plus vivement que sa course est rapide ; son rendement est très faible.

Dans le cas du bige antique, les deux chevaux étaient attelés au joug (*jugum*) fixé sur le timon.

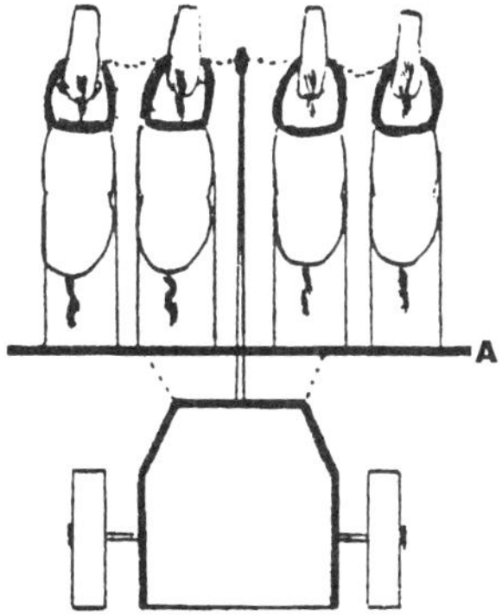

- **Attelage moderne** (quadrige de cinéma) :
  - le collier appuie sur le poitrail ;
  - les traits des chevaux sont attachés à l'atteloire (A).

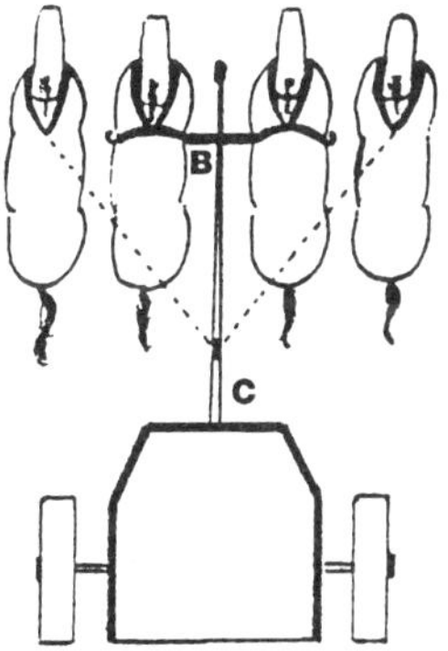

- **Attelage antique :**
  - le collier serre la gorge du cheval ;
  - le joug (B) repose sur l'encolure des deux chevaux centraux ;
  - les chevaux extérieurs sont sommairement attachés au timon (C).

Dans notre roman, Égine et Léros sont les chevaux placés de part et d'autre du timon, tandis que Skyros et Milo sont les deux chevaux de volée, dits les « galériens », placés à l'extérieur (voir chapitre III, « Les chevaux du quadrige », pp. 49-50).

Et, pour finir, quelques courses de chars « mythiques » et littéraires, parmi les plus célèbres.

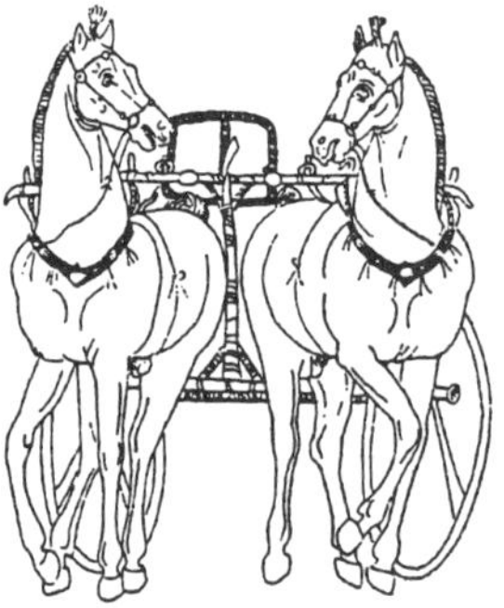

Char grec (vase à figures rouges).

LA COURSE DE PÉLOPS

Zeus, le maître de l'Olympe.

Pélops est le fils de Tantale, roi de Lydie en Asie Mineure et lui-même fils de Zeus. Invité à la table des dieux où il consomme nectar et ambroisie, nourriture divine qui le rend immortel, Tantale les dérobe pour les offrir aux mortels ; puis il met les Olympiens à l'épreuve en leur proposant à la place une nourriture monstrueuse : son propre fils Pélops, découpé et servi en ragoût ! Ce crime monstrueux vaut à Tantale un châtiment exemplaire.

Toutes les divinités, horrifiées, reconnaissent la chair humaine, qu'elles recrachent, à l'exception de Déméter : distraite par le chagrin dû à la disparition de sa fille Corè, ou tout simplement affamée, la déesse mange une épaule du malheureux enfant sans la moindre hésitation. Les dieux ressuscitent Pélops dont ils reconstituent le corps : une épaule d'ivoire poli remplacera le morceau englouti (bien plus tard, à l'époque classique, c'est cette précieuse relique que la ville d'Élis se flattait d'avoir pu conserver !). Quant au père coupable, il est condamné à une éternité de supplices dans le Tartare où il éprouvera une faim et une soif impossibles à assouvir devant une table garnie de mets se dérobant sans cesse à son approche.

Après sa résurrection, Pélops est aimé de Poséidon dont il devient l'échanson ; le dieu lui procure un char d'or et des chevaux ailés qui vont assurer sa victoire pour conquérir la belle Hippodamie, la « Dompteuse de chevaux », fille d'Œnomaos, roi de Pise en Élide. Passionnément épris de sa propre fille, celui-ci défie tous les jeunes gens venus solliciter sa main en leur proposant une course de chars mortelle. En effet, toujours vainqueur grâce à un attelage offert par le dieu Arès, le roi coupe la tête de chaque prétendant et la cloue sur sa porte pour décourager les suivants !

Pélops se présente donc, après douze concurrents malheureux, et aussitôt Hippodamie s'éprend de lui. Trahissant son père, elle soudoie son cocher Myrtilos, amoureux d'elle, pour qu'il sabote son char avant la course : il en remplace les chevilles de bois par des chevilles de cire qui ne tardent pas à céder après le départ. L'accident coûte la vie à Œnomaos et donne à Pélops le royaume de Pise avec la main d'Hippodamie. Mais, mal payé de ses services, Myrtilos est bientôt tué par le nouveau roi, soit que le cocher ait tenté de violer Hippodamie, soit que la reine l'ait injustement accusé d'avoir abusé d'elle. En mourant, Myrtilos profère des malédictions contre la descendance du couple royal, contribuant ainsi à augmenter les malheurs qui vont s'abattre sur les fils jumeaux de Pélops et d'Hippodamie, Atrée (père d'Agamemnon et de Ménélas) et Thyeste.

Venu d'Asie, Pélops passe pour avoir introduit en Grèce les fabuleuses richesses de sa famille — sa mère, Euryanassa, est elle-même fille de Pactole, le fleuve aux sables d'or —, apportant ainsi un peu de luxe oriental à un pays jusque-là pauvre et fruste. Son nom est également attaché à la péninsule grecque appelée désormais « île de Pélops » (Péloponnèse) et à la fondation des jeux Olympiques en Élide : c'est Pélops qui aurait instauré le premier la célébration de jeux funèbres dédiés à la mémoire d'Œnomaos. Tombés par la suite en désuétude, ces jeux auraient alors été restaurés par Héraklès (Hercule) en l'honneur de leur initiateur (voir p. V).

Relief du sanctuaire familial des Échélides au Phalère, près de l'hippodrome panathénaïque, Ve siècle. Athènes, Musée national.

Pélops a sans doute été l'objet d'un culte très ancien dans l'*Altis* d'Olympie, avant même l'introduction de celui de Zeus : on lui adresse prières et sacrifices sur le *Pélopeion* et le fronton est du temple de Zeus commémore sa victoire contre Œnomaos.

Façade est du temple de Zeus, reconstitution.

LA COURSE EN L'HONNEUR DE PATROCLE

Dans la cérémonie des jeux organisés par Achille pour les funérailles de son ami Patrocle (voir p. IV), figure une course de chars mouvementée. Voici les derniers conseils que donne, au moment du départ, le vieux roi Nestor à son fils Antilochos pour négocier le difficile virage de la borne :

« La borne, frôle-la, pousse tout près char et chevaux ; toi-même, penche-toi, sur la plate-forme bien tressée, légèrement vers la gauche. Le cheval de droite, aiguillonne-le, en l'excitant de la voix, rends-lui les rênes ; mais la borne, que ton cheval de gauche la rase, au point que paraisse en toucher le bord le moyeu de la roue bien faite. Évite pourtant de heurter la pierre, de peur de blesser tes chevaux et de briser ton char. Mon fils, réfléchis et prends garde ! Car si tu doubles la borne de près, en poussant tes chevaux, nul dès lors ne pourra plus te rejoindre ni te vaincre. »

Enfin, les concurrents s'élancent :

« Ils levèrent tous à la fois le fouet sur leurs chevaux, qu'ils frappèrent de leurs rênes de cuir et excitèrent à grands cris. Les coursiers foncèrent à travers la plaine et s'éloignèrent vite des vaisseaux. Sous leur poitrail, la poussière montait comme un nuage ou comme un tourbillon, et leurs crinières voltigeaient sous le souffle du vent. Les chars tantôt s'abaissaient vers la terre nourricière, tantôt bondissaient dans les airs. Les cochers, dans leurs caisses, se tenaient debout, droits, le cœur palpitant du désir de l'emporter. Tous jetaient des appels à leurs chevaux qui dévoraient la plaine en faisant voler la poussière. Mais quand les prompts coursiers, en fin de piste, s'en revinrent vers la mer blanchissante, on vit la valeur de chacun se révéler, et le galop des bêtes s'allongea. »

Iliade, chant XXIII, vers 334-335 et vers 362-375.

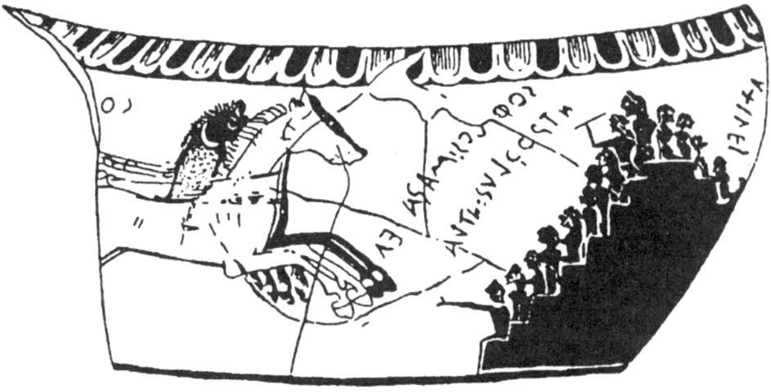

Course de chars. Fragment d'un cratère attique provenant de Pharsale, vers 580 av. J.-C. On peut y lire : « Sophilos m'a peint. Jeux funèbres en l'honneur de Patrocle », ainsi que le nom d'un spectateur célèbre, Achille (à droite).

LA COURSE DE BEN-HUR

Tout conducteur de char — cocher, encore appelé aurige — noue avec ses chevaux une véritable relation d'amour. Il faut dire que les fiers coursiers sont la plupart du temps des êtres d'exception : ainsi les deux chevaux d'Achille lui-même, Xanthos et Balios, à qui il parle comme à deux confidents, sont les fils de la Harpye Podargè, ce monstre mi-femme mi-oiseau qui s'est uni au dieu du vent Zéphyr.

Dans notre roman, on connaît l'affection de Philippe pour ses chevaux aux noms d'îles grecques ; ce qui n'est pas sans rappeler d'autres coursiers à la blancheur de neige, qui, eux, portent des noms d'étoiles : Rigel, Antarès, Altaïr et Aldébaran, les célèbres chevaux qui conduisent Ben-Hur à la victoire.

Dans le grand Cirque d'Antioche, le prince juif Juda Ben-Hur affronte à la course de chars le patricien romain Messala, son ami d'enfance devenu son pire ennemi. Voici le moment décisif de la victoire :

« Au moment choisi par Ben-Hur pour s'élancer, Messala décrivait un cercle autour de la borne. Afin de le dépasser, Ben-Hur avait à traverser la piste et, pour réussir, il fallait en même temps aller de l'avant, c'est-à-dire décrire un cercle semblable en le réduisant le plus possible. Les spectateurs comprirent l'intention du Juif ; ils virent le signal donné, la magnifique réponse des arabes bondissant, les chevaux arrivés à la hauteur de la roue extérieure de Messala, la roue intérieure de Ben-Hur derrière le char du Romain — ils virent tout cela. Puis ce fut un fracas tel que le Cirque entier en retentit ; et en moins de temps qu'il n'en faut pour le dire, des fragments blancs et jaunes jonchèrent l'arène. Le char du Romain avait penché sur la droite, rebondi deux fois quand l'essieu fracassé heurta le sol ; puis il s'était brisé et Messala, embarrassé dans les rênes, fut précipité la tête en avant. »

Lewis Wallace, *Ben-Hur* (1880), Pocket, 1984.

LA COURSE À CORINTHE DANS *ACTÉ*

Une dernière course célèbre en littérature. En 57 après J.-C., dans Corinthe en fête, des concurrents venus de tout l'Empire romain participent aux jeux Isthmiques ; parmi eux, un mystérieux jeune homme qui n'est autre que l'empereur Néron lui-même !

« Alors on vit un spectacle magnifique : la course de ces huit chevaux était si rapide et si égale, qu'on eût pu croire qu'ils étaient attelés de front : un nuage les enveloppait comme un orage, et comme on entend le bruissement du tonnerre, comme on voit l'éclair sillonner la nue, de même on entendait le bruissement des roues, de même il semblait, au milieu du tourbillon, distinguer la flamme que soufflaient les chevaux. Le cirque tout entier était debout, les parieurs agitaient les voiles et les manteaux verts et blancs, et ceux mêmes qui avaient perdu ayant adopté les couleurs bleue et jaune du Thessalien et du fils d'Athènes, oubliant leur défaite récente, excitaient les deux adversaires par leurs cris et leurs applaudissements. Enfin, il parut que le Syrien allait l'emporter, car ses chevaux dépassèrent d'une tête ceux de son adversaire, mais au même moment, et comme s'il n'eût attendu que ce signal, Lucius, d'un seul coup de fouet, traça une ligne sanglante sur les croupes de son quadrige ; les nobles animaux hennirent d'étonnement et de douleur ; puis, d'un même élan, s'élançant comme l'aigle, comme la flèche, comme la foudre, ils dépassèrent le Syrien vaincu, accomplirent la carrière exigée, et, le laissant plus de cinquante pas en arrière, vinrent s'arrêter au but, ayant fourni la course voulue, c'est-à-dire sept fois le tour de l'arène. »

Alexandre Dumas, *Acté* (1839), Pocket, 1984.

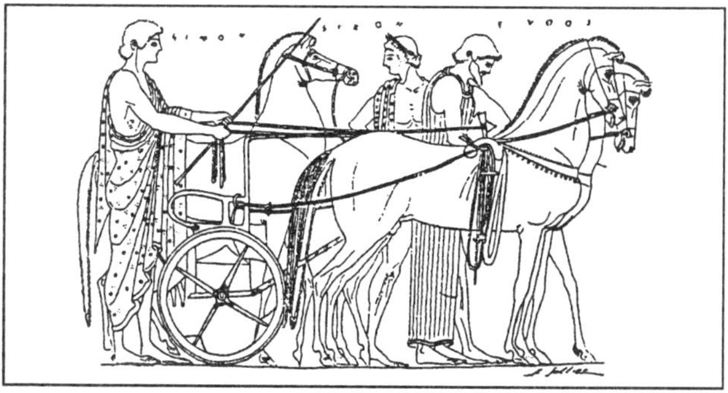

Char grec (vase à figures noires).

LA STATUE DE ZEUS DE PHIDIAS

La statue de Zeus qui se trouvait dans le *naos* (ou en latin *cella*), la salle sacrée du grand temple de Zeus, est l'un des chefs-d'œuvre de Phidias, architecte et sculpteur ami de Périclès (voir p. XXV) : dans l'Antiquité, elle passait pour l'une des sept merveilles du monde.

Après avoir mené à bien son programme de reconstruction et de sculptures de l'Acropole d'Athènes, Phidias, qui a déjà sculpté une gigantesque statue chryséléphantine d'Athéna *Parthénos* pour le Parthénon, vient travailler sur place, à Olympie, de 438 à 435 avant J.-C., dans un atelier dont on a pu retrouver quelques vestiges sous les ruines d'une église paléochrétienne (voir p. XIII).

Réalisée avec l'aide du peintre Panonios et du ciseleur Colotès, la statue constituée de plaques d'or et d'ivoire — elle est donc qualifiée aussi de *chryséléphantine* (or + ivoire, en grec) — sur un châssis de bois précieux avait douze à treize mètres de hauteur. Elle représentait Zeus assis sur un trône : dans sa main droite tendue, une Victoire (*Nikè*) en or et ivoire ; dans sa main gauche, un grand sceptre surmonté d'un aigle, son oiseau favori. Le trône était en ébène et en bronze, décoré d'ivoire et d'or, le tout rehaussé de pierres précieuses et de peintures (l'une représentant la bataille de Salamine). Huit athlètes figuraient sur la traverse au pied du trône. Le manteau du dieu, sa barbe et ses cheveux étaient constellés de pierres précieuses. Les parties nues de son visage et de son corps étaient en ivoire peint pour donner l'illusion de la vie. Cette œuvre colossale suscitait l'émotion et l'admiration des pèlerins d'Olympie, athlètes et visiteurs.

Des fonctionnaires spéciaux, les *Phaedrynthes*, étaient chargés de l'entretien de la statue : pour la rendre éclatante, ils l'enduisaient d'huile, ensuite recueillie dans un bassin carré, creusé devant la statue.

Au début du Ve siècle après J.-C., l'empereur Théodose II la fit emporter dans sa capitale, Byzance, où elle fut détruite par un incendie en 475. Nous connaissons encore son apparence par de nombreux témoignages littéraires, dont celui de Pausanias (voir p. XVI), et par diverses représentations. Voici une reconstitution proposée au XIXe siècle par un archéologue allemand.

PÉRICLÈS

La gloire de celui dont le nom même signifie « très illustre » en grec est si grande qu'on lui a accordé l'honneur exceptionnel de donner ce nom à l'époque qu'il a dominée par sa personnalité hors du commun : le « siècle de Périclès ». Il a élevé sa cité au premier rang du monde grec : grâce à lui, Athènes est devenue « l'école de la Grèce » (Thucydide, *Guerre du Péloponnèse*, II, 41).

Périclès, fils de Xanthippos du dème de Chorlages, est né à Athènes vers 495 avant J.-C. ; par sa mère, Agaristè, nièce du grand réformateur Clisthène (voir p. XXX), il descend d'une des plus illustres familles athéniennes, celle des Alcméonides. À l'école du philosophe Anaxagore, il apprend que la raison humaine peut vaincre les forces du désordre et du chaos. Malgré une fortune confortable, il vit simplement et n'a rien d'un démagogue ; les traits fins et graves, très réservé, parfaitement maître de lui, voire impassible, il passe pour hautain.

Il se distingue vite comme chef du parti démocratique contre les privilèges de l'aristocratie et multiplie les mesures en faveur du *démos* (peuple) qui lui témoigne sa confiance en l'élisant stratège (voir p. XXXI) quinze années de suite, de 443 à 429 avant J.-C. « Nous vivons sous un régime de liberté non seulement politique, mais encore sociale, d'où toute méfiance dans nos rapports quotidiens est exclue », déclarera-t-il pendant l'hiver 431 avant J.-C. dans son oraison funèbre des soldats d'Athènes (Thucydide, *Guerre du Péloponnèse*, II, 37).

On admire son intelligence, son énergie, sa persévérance, son désintéressement et son sang-froid, ses talents d'orateur et sa voix forte, qui lui vaut son surnom d'« Olympien », bien qu'il ne parle à l'*ecclèsia* que dans les grandes circonstances, pour « secouer » ou rassurer le peuple. Voici le portrait qu'en fait l'historien Thucydide :

« Périclès avait de l'autorité grâce au respect qu'il inspirait et à ses qualités d'esprit ; il montrait pour l'argent un désintéressement total : aussi tenait-il la foule bien en main, et au lieu de se laisser diriger par elle, il la dirigeait. Comme il n'avait acquis son influence que par des moyens honnêtes, il n'avait pas à flatter son auditoire. Il pouvait au contraire mettre à profit l'estime qu'on lui témoignait pour s'opposer à la colère de la foule. Sous le nom de démocratie, c'était, en fait, le premier citoyen qui gouvernait seul » (*Guerre du Péloponnèse*, II, 65).

Périclès achève la « démocratisation » de la vie politique athénienne, initiée par son grand-oncle Clisthène, mais il institue aussi les « procès d'illégalité » qui lui permettent d'annuler les décisions de l'*ecclèsia* allant à l'encontre des lois existantes. Alors que le rôle des stratèges est devenu prépondérant, il dirige en fait toute la vie politique, sociale et culturelle de la cité.

Après la paix de Callias avec les Perses (449 avant J.-C.) et celle de Trente Ans avec Sparte (446 avant J.-C.), il impose l'hégémonie athénienne aux cités grecques ; il dote sa cité d'un puissant empire maritime et d'un rayonnement intellectuel sans précédent : c'est le temps des chefs-d'œuvre du sculpteur Phidias, des auteurs de tragédies Sophocle et Euripide, de l'historien Hérodote ; les sophistes et le philosophe Socrate répandent leur enseignement ; la belle Aspasie de Milet, la maîtresse de Périclès, réunit des cercles distingués.

Il fait surtout réaliser de grands travaux pour lesquels il puise largement dans la caisse de la Confédération athénienne, alimentée par les alliés de la cité, qui supportent mal cette magnificence (voir p. XXXV) : fortifications des Longs Murs qui réunissent Athènes à son port du Pirée, construction de 100 nouvelles trières (lourds vaisseaux de guerre, voir p. XXXVII), monuments de l'Attique (sanctuaire d'Éleusis, temple du cap Sounion), travaux de reconstruction de l'Acropole détruite et incendiée par les Perses en 490 avant J.-C. Il confie cette dernière tâche à son ami Phidias, dont il fait en quelque sorte son « surintendant des beaux-arts » (voir p. XXIV).

Mais le conflit avec les autres cités grecques devient inévitable et Périclès entraîne Athènes dans une guerre désastreuse contre Sparte, qui éclate en 431 avant J.-C. (voir p. XXXIV). Tandis qu'une opposition politique commence à se manifester contre lui (procès intentés à Aspasie et à ses amis Phidias et Anaxagore), le peuple s'enferme derrière les fortifications d'Athènes, selon la stratégie qu'il a mise en place. Une épidémie de peste frappe alors la ville ; les adversaires de Périclès lui font retirer ses pouvoirs et il est condamné pour malversations à payer une lourde amende (430 avant J.-C.). Pourtant les Athéniens se ravisent et le réélisent stratège au printemps de 429 avant J.-C., mais il meurt en septembre, à son tour victime de la peste.

ALCIBIADE

Alcibiade est un personnage hors du commun, qui a souvent fasciné les auteurs : son goût de la provocation, son ambition démesurée, l'ambiguïté de son comportement et de ses intentions lui ont surtout assuré un succès de scandale. Sa vie ressemble à un étonnant roman d'aventures.

Alcibiade, fils de Cleinias, est né en 450 avant J.-C. ; sa mère appartient à l'illustre famille des Alcméonides. Devenu orphelin, il est élevé par son cousin Périclès (voir p. XXV) et reçoit les leçons du célèbre philosophe Socrate avec qui il restera lié par une solide amitié. Doté d'une exceptionnelle beauté et d'une brillante intelligence, avide de succès et de plaisirs, il cultive une élégance raffinée : chaussures rares, riche manteau de pourpre, langage affecté et précieux, il affiche son luxe et entretient une écurie de courses.

Adulé de tous, comblé par la fortune, il s'engage dans la vie politique où il affirme ses dons d'orateur : stratège démocrate à trente ans, il apparaît comme le successeur de Périclès et le champion de l'impérialisme athénien en pleine guerre du Péloponnèse (voir p. XXXIV). Refusant la paix que Nicias a signée avec Sparte en 421 avant J.-C., il pousse les Athéniens à entreprendre une expédition en Sicile (415 avant J.-C.), qui pourrait être l'occasion de bâtir un nouvel empire athénien en Occident, mais qui se révélera désastreuse (voir p. XXXVIII).

Cependant, au moment même de son départ pour la Sicile, il est compromis dans un scandale religieux qui fait grand bruit : dans la nuit du 7 au 8 juin 416, les statues d'Hermès qui marquent les carrefours sont mutilées ; l'opinion accuse aussitôt Alcibiade, réputé pour son absence de toute morale et pour son goût de la débauche. Tandis qu'il est encore en Sicile, il apprend qu'il est accusé une deuxième fois : il doit monter sur une galère d'État venue spécialement le chercher pour le ramener à Athènes. Mais il réussit à s'échapper en cours de route et à s'enfuir jusqu'à Sparte. Le tribunal athénien le condamne à mort par contumace et ses biens sont confisqués. De 414 à 412 avant J.-C., il demeure au service des Spartiates, qui se méfient tout d'abord de lui, puis comprennent l'intérêt d'une alliance avec les Perses pour ruiner l'impérialisme athénien.

Alcibiade est alors accusé d'avoir séduit la femme du roi de Sparte Agis et il est condamné à mort, malgré d'éclatants succès remportés en Asie Mineure. En butte à la jalousie des généraux lacédémoniens, il trouve refuge auprès du satrape perse Tissapherne (412 avant J.-C.) et le persuade de monter Athènes et Sparte l'une contre l'autre pour mieux triompher des deux. Intriguant de loin, il parvient à reprendre contact avec les factions politiques qui se disputent le pouvoir à Athènes et leur promet l'alliance du Grand Roi de Perse. Cependant, la démocratie est renversée au printemps 411 avant J.-C. et ses chefs font appel à Alcibiade pour lutter contre le nouveau régime oligarchique. Par un retournement de situation étonnant, le traître devenu banni est élu encore une fois stratège. Après quelques succès militaires (victoire de Cyzique en 410 avant J.-C.), il fait un retour triomphal à Athènes en 407 avant J.-C.

Mais, par la suite, une série d'échecs l'oblige à se retirer en Thrace. Après le désastre d'Aigos Potamos (405 avant J.-C.), Sparte impose à Athènes le gouvernement tyrannique des Trente Tyrans (voir p. XXXVIII), hostile à Alcibiade, devenu le symbole de la démocratie vaincue. Ce dernier se réfugie alors en Phrygie auprès du satrape perse Pharnabaze, à qui les Spartiates demandent de l'assassiner : sa chaumière est incendiée, il parvient à s'enfuir, mais succombe sous les coups de ses assaillants ; la femme qui vivait avec lui recueille son corps et le brûle (404 avant J.-C.).

ALCIBIADE AUX JEUX OLYMPIQUES

En 416 avant J.-C. (91e olympiade), Alcibiade participe aux jeux Olympiques où il a engagé sept équipages de son écurie de courses : plusieurs cités lui offrent une tente, le fournissent en nourriture, lui et ses chevaux, paient ses frais de séjour et les bêtes pour ses sacrifices. Athènes l'autorise à se servir de ses vases d'or pour célébrer sa triple victoire.

Dans son discours intitulé *Sur l'attelage*, l'orateur attique Isocrate fait ainsi parler Alcibiade :

« Mon père voyait que les concours d'Olympie attiraient la sympathie et l'admiration de tous les hommes, que les Grecs y faisaient étalage de leur richesse, de leur force et de leur culture, qu'on enviait les athlètes et qu'on célébrait la patrie des vainqueurs. En outre, il pensait que les services publics rendus ici servaient son intérêt particulier aux yeux des citoyens, mais que ceux qu'on rendait en cette fête intéressaient l'État tout entier sous les yeux de toute la Grèce. Dans cette pensée, bien qu'il ne fût ni moins apte ni plus faible qu'un autre pour les exercices du corps, il dédaigna les épreuves gymniques, parce qu'il savait que certains athlètes étaient de basse naissance, habitaient de petites villes et avaient reçu une humble éducation. Il se mit à élever des chevaux de course, ce qui est l'occupation des gens les plus fortunés et ce que ne peut faire aucun homme du commun ; et ainsi il surpassa non seulement ses concurrents, mais tous les vainqueurs de tous les temps. Il fit courir des attelages si nombreux que même les plus grands États n'en mirent jamais tant en ligne et d'une telle valeur qu'il fut classé le premier, le second et le troisième » (*Sur l'attelage*, XXXII-XXXIV).

Voici maintenant comment il se glorifie aux yeux des Athéniens après sa propre victoire en 416 avant J.-C. :

« Les Grecs s'imaginaient que notre cité était sortie épuisée de la guerre, mais la démonstration éclatante que j'ai faite devant eux aux jeux Olympiques leur a maintenant donné une idée presque exagérée de sa puissance. N'ai-je pas fait courir sept chars à la fois, c'est-à-dire plus qu'aucun autre particulier avant moi ? Et j'ai remporté la première place, ainsi que la deuxième et la quatrième et j'ai ensuite fait ce qu'il fallait pour célébrer dignement une telle victoire. Indépendamment de l'honneur qui s'attache traditionnellement à ces hauts faits, le fait d'avoir pu réaliser un tel exploit constitue aux yeux de l'opinion une marque de puissance. » (Thucydide, *Guerre du Péloponnèse*, VI, 16.)

Chevaux et char (Étrurie), première moitié du VIe siècle.

ATHÈNES ET SPARTE : DEUX SYSTÈMES POLITIQUES S'OPPOSENT

ATHÈNES ET LA DÉMOCRATIE

Athènes passe pour avoir inventé la démocratie (*démos* + *kratos* : peuple + puissance souveraine) : un système politique (*polis* : cité) où tous les citoyens sont libres par principe et égaux devant la loi. Mais en réalité, ces citoyens ne constituent guère qu'un dixième de la population vivant à Athènes et dans ses environs (au ve siècle avant J.-C., l'Attique est peuplée d'environ 340 000 à 400 000 habitants), car les exclus de la vie civique sont nombreux : femmes, enfants, métèques (étrangers installés sur le territoire) et esclaves, qui assurent pourtant la prospérité de la cité.

Seuls sont reconnus comme citoyens les hommes de plus de dix-huit ans, nés de parents athéniens et ayant accompli leur service militaire. Seuls, ils peuvent être propriétaires de la terre ou des maisons : la moitié d'entre eux sont agriculteurs et éleveurs, les autres marchands ou artisans. Depuis la réforme de Clisthène (seconde moitié du VIe siècle avant J.-C.), le territoire de l'Attique

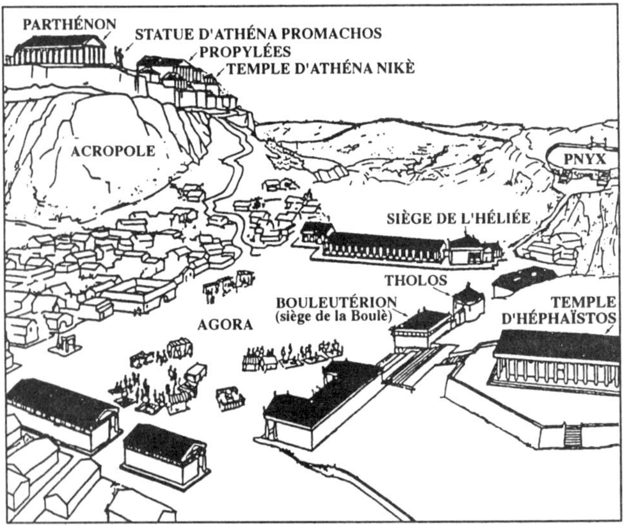

est divisé en cent dèmes (à la manière des communes d'aujourd'hui), ce qui permet de répartir les citoyens suivant leur domicile ; les dèmes sont regroupés en dix tribus. Magistrats et membres des assemblées sont choisis en nombre égal dans toutes les tribus.

L'*ecclèsia* se réunit sur la colline de la Pnyx trois ou quatre fois par mois : les citoyens sont convoqués par voie d'affiches ou par la trompette des hérauts ; les séances durent du lever au coucher de soleil ; tout le monde peut demander à prendre la parole ; les orateurs montent alors sur la tribune aux harangues ; le vote se fait à main levée ou par jetons.

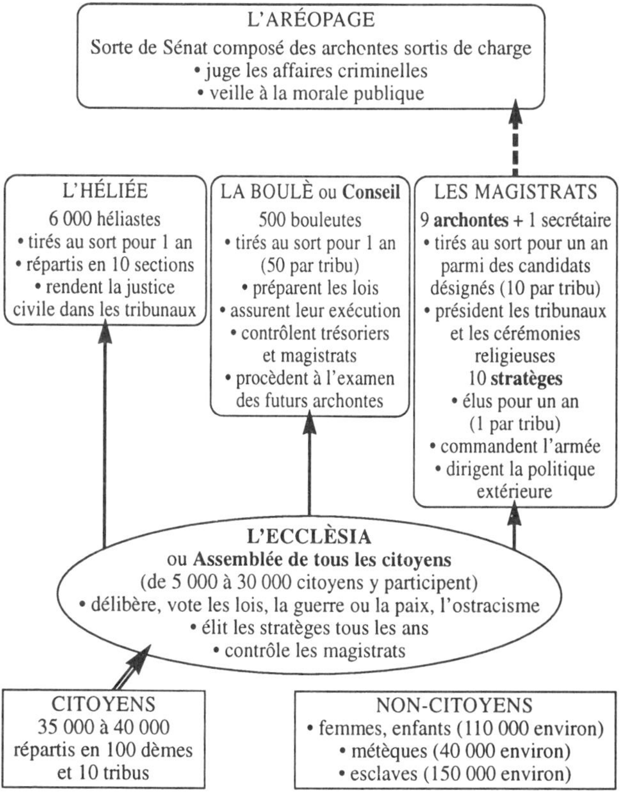

SPARTE ET L'OLIGARCHIE

Sparte, également appelée Lacédémone, a fondé son système politique sur des lois immuables attribuées à un législateur légendaire, Lycurgue (IXe-VIIIe siècles avant J.-C.). Son organisation politique se fonde sur une forme d'oligarchie (gouvernement exercé par un petit nombre de personnes) pyramidale, une sorte de tyrannie qui se donne l'illusion d'un régime égalitaire : « le régime oligarchique assure l'égalité des droits civils », peut-on lire dans le discours des Thébains aux Lacédémoniens (Thucydide, *Guerre du Péloponnèse*, III, 62, 31).

Les habitants de Sparte et de ses territoires se répartissent en trois catégories inégales :

• Les citoyens, descendants des envahisseurs doriens (IXe siècle avant J.-C.), sont les seuls à posséder des droits politiques et sont en principe égaux : ils sont appelés « Spartiates » ou « Égaux » ; de 10 000 au VIIe siècle, leur nombre est passé à 5 000 au Ve siècle

2 ROIS

toujours issus des mêmes familles, Agides et Eurypontides, qui prétendent descendre d'Hercule ; disposent d'un pouvoir héréditaire
• exercent un simple rôle honorifique, religieux et militaire
• commandent l'armée en campagne
• président la Gérousia

ÉPHORES

5 « surveillants »
• élus pour un an
• détiennent l'essentiel du pouvoir
• contrôlent les rois et les gérontes
• surveillent l'ordre et l'éducation des enfants

LA GÉROUSIA
ou Sénat des Anciens

28 gérontes (« vieillards ») de plus de 60 ans
• élus à vie
• proposent les lois
• donnent des conseils aux rois et aux éphores
• rendent la justice
• décident de la guerre ou de la paix

L'APELLA (« Enclos »)
ou Assemblée de tous les citoyens-soldats de plus de 30 ans

• se réunit une fois par mois
• désigne les gérontes
• élit par acclamation les éphores
• approuve ou rejette les propositions des gérontes

et à 1 000 au IIIe siècle avant J.-C. Entraînés de façon très sévère (spartiate !) dès l'enfance, ils sont soldats jusqu'à soixante ans, car le métier des armes constitue l'essentiel de la vie à Sparte. Ils vivent du revenu d'un lot de terre, attribué par l'État, que cultivent les hilotes.

• Les *hilotes*, descendants des populations vaincues par les Doriens, sont des esclaves d'État, dont la condition est proche de celle des serfs au Moyen Âge : ils cultivent les terres attribuées aux citoyens, mais sont victimes de leur haine permanente ; nombreux, souvent prêts à la révolte, ils sont régulièrement attaqués et massacrés.

• Les *périèques* (« ceux qui habitent autour ») : entre les deux classes précédentes, ce sont des hommes libres qui possèdent un peu de terre dans les régions montagneuses de Laconie et de Messénie, payent des impôts et sont enrôlés dans l'armée en temps de guerre, mais n'ont aucun droit civique. Certains sont artisans ou marchands (activités interdites aux citoyens spartiates).

Statue moderne représentant un guerrier spartiate, érigée devant le stade de la ville de Sparte.

ATHÈNES CONTRE SPARTE : DEUX CITÉS S'AFFRONTENT

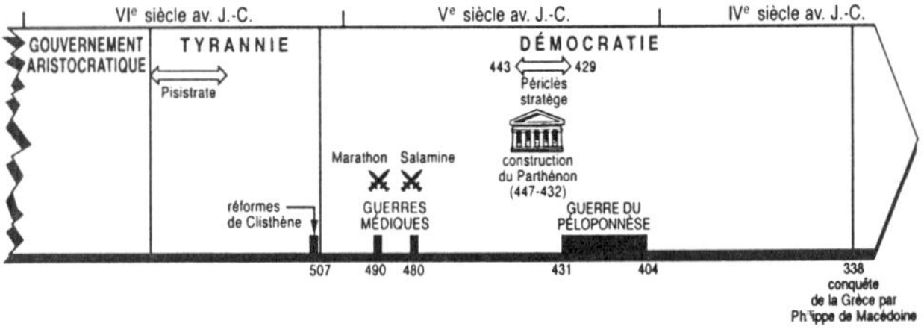

DES GUERRES MÉDIQUES À LA GUERRE DU PÉLOPONNÈSE

La Grèce antique ne constitue pas un pays comme aujourd'hui, mais elle se présente comme une mosaïque de cités très attachées à leurs traditions. Elles défendent farouchement leur indépendance et leurs rivalités ont parfois fait le jeu de puissants voisins. Ce n'est qu'à de rares occasions comme les jeux Olympiques qu'éclate le sentiment d'une identité et d'une unité grecques bien éphémères (voir p. VI).

Rien de tel aussi que la menace des Barbares ! On qualifie de « barbare » tout homme qui ne parle pas la langue grecque et ne suit pas le mode de vie grec. Ainsi on méprise les Perses qui vivent dans le luxe mais doivent obéir à un souverain absolu, le Grand Roi. Au Ve siècle avant J.-C., les cités grecques d'Asie Mineure qui lui sont soumises se révoltent ; certaines cités de Grèce continentale comme Athènes les aident. Le Roi Darius écrase la révolte en Asie et décide d'aller punir ces insolents Grecs d'Europe.

Les Athéniens sont d'abord les seuls à se battre et leur victoire de Marathon[1] en 490 avant J.-C. leur vaut une gloire méritée. Mais lorsque Xerxès, le fils de Darius, vient prendre sa revanche, les cités, malgré quelques hésitations et dissidences (il y a toujours eu des traîtres et des collaborateurs...), s'unissent contre l'envahisseur. Les Spartiates, héroïques, soutiennent un combat désespéré pour retarder les Perses aux Thermopyles : Léonidas et ses trois cents soldats[1], exterminés jusqu'au dernier, entrent dans la légende

1. À lire dans *Récits tirés de l'histoire grecque*, Pocket Junior n° 304.

grecque. La flotte athénienne, commandée par Thémistocle, détruit la flotte perse à Salamine en 480 avant J.-C. Péloponnésiens et Athéniens poursuivent leur avantage sur terre et sur mer, ils libèrent les cités grecques d'Asie Mineure du joug perse. Mais cette union sacrée ne dure pas !

TOUJOURS PLUS !

Sous prétexte de chasser définitivement les Perses de la mer Égée et de protéger les Grecs contre les Barbares, Athènes, tout auréolée de ses victoires, organise la Ligue de Délos. Les cités alliées verseront, chaque printemps, une contribution pour entretenir flotte et troupes ; c'est le dieu Apollon lui-même qui veillera sur le trésor dans son sanctuaire de l'île de Délos, vénéré par tous les Grecs.

Mais, de plus en plus, Athènes utilise la Ligue pour faire prospérer son commerce et la transforme en Empire athénien. Elle augmente taxes et impôts : en quarante ans, le tribut prélevé passe de 460 à 1 300 talents (un talent = 25 à 30 kilogrammes d'argent). Les Athéniens prétendent que la déesse Athéna sera plus efficace pour garder le trésor et que Délos, bien isolée, peut être attaquée par mer !... Bref, ils transportent tout l'argent à Athènes, sur l'Acropole. Ils s'en servent pour financer un vaste programme de travaux pour la cité (voir p. XXVI) : des remparts, des arsenaux, les nouveaux monuments de l'Acropole (le Parthénon, les Propylées). De mauvaises langues, généralement bien informées, soutiennent que les taxes des « alliés » nourrissent 20 000 Athéniens.

Athènes prend la fâcheuse habitude de décider seule pour toute la confédération. Elle installe des garnisons dans les cités alliées, envoie des inspecteurs, essaie d'intervenir dans leurs affaires intérieures pour établir le plus possible de démocraties : elle souhaite exporter son modèle politique. Elle oblige les alliés à lui céder des territoires à des endroits stratégiques pour y fonder des colonies : elle y envoie ses jeunes citoyens sans emploi et leur accorde des privilèges qui font grincer des dents les autres cités ! Ainsi, elle contrôle peu à peu toute la mer Égée, les détroits qui mènent à la mer Noire. Elle mate cruellement les rébellions ; peu de cités gardent encore le statut d'alliées, presque toutes — deux cents cités environ — sont « tributaires », c'est-à-dire soumises.

LA TERRE ET LA MER

Les ambitions d'Athènes, l'absence de scrupules de ses dirigeants irritent de plus en plus. Les vieilles oppositions entre Athènes et Sparte se raniment (voir p. XXX). Quelques provocations de part et d'autre déclenchent la guerre. Athènes soutient la colonie de Corcyre contre sa métropole, Corinthe, alliée de Sparte. Corinthe se venge en aidant Potidée en révolte contre Athènes. Athènes enfin interdit aux Mégariens l'accès à tous les ports de sa confédération. La coupe est pleine ! La guerre est déclarée en 431 avant J.-C.[1].

Chaque cité recourt à sa tactique favorite. Les Athéniens attaquent les côtes du Péloponnèse avec leur flotte. Les Spartiates profitent de leur supériorité sur terre et envahissent l'Attique ; les Athéniens ont évacué les campagnes et se sont tous réfugiés derrière les remparts de la ville, récemment consolidés. Inutile de souligner que les paysans seront les plus vigoureux défenseurs de la paix : ils souffrent de voir saccager leurs domaines !

GUERRE ET PESTE

Une première phase de la guerre dure dix ans, de 431 à 421 avant J.-C. De 430 à 428 avant J.-C., les Athéniens sont mis en difficulté par les Spartiates ; la ville d'Athènes est ravagée par une épidémie de typhus apporté d'Asie. Périclès, accusé d'avoir entraîné la cité à la catastrophe, perd sa popularité et la direction des affaires ; il meurt lui aussi de l'épidémie (voir p. XXVI).

Le conflit est ensanglanté par d'horribles massacres : les Athéniens commettent un véritable génocide à Mytilène en 427 avant J.-C., les Spartiates les imitent à Platées. En 425 avant J.-C., par un audacieux coup de main, Cléon s'empare de l'île de Sphactérie et ramène 300 prisonniers spartiates. Sparte craint des représailles contre ces prisonniers, renonce à envahir l'Attique et porte la guerre en Thrace. Finalement, une paix « de cinquante ans » est signée par Nicias en 421 avant J.-C.

1. Signalons un problème de cohérence dans la datation : l'action du roman est censée se passer au début de la guerre du Péloponnèse, donc en 431 avant J.-C. Or, la 87e olympiade se déroula en 432 avant J.-C. et la 88e en 428 (après la mort de Périclès, que l'on voit apparaître au cours du récit).

L'hoplite, fer de lance spartiate

Souvent pieds nus et vêtu d'une courte tunique, le fantassin spartiate est protégé par une cuirasse et un casque de bronze ; son bouclier rond, en bois et cuir, atteint environ un mètre de diamètre. Il le porte au bras gauche ; sa main droite brandit une lourde lance, longue de plus de deux mètres. Dans les corps à corps, il se bat avec une courte épée de fer, mais ses armes (*hopla* en grec) sont si pesantes qu'il ne peut pratiquer une escrime raffinée.

La tactique de base est simple : les hoplites alignés en rang serré, sur 8 à 12 rangs de profondeur, foncent sur l'ennemi droit devant eux. Pendant la guerre du Péloponnèse, des tactiques plus subtiles seront inventées ; les armées utiliseront davantage l'infanterie légère.

Toute l'éducation du jeune Spartiate est conçue pour en faire un guerrier solide et courageux.

La trière, véritable rempart athénien

C'est le stratège Thémistocle qui a compris, au moment de la guerre contre les Perses, que l'avenir d'Athènes était sur la mer : il a fait construire une flotte nombreuse et performante qui assurera la victoire aux Grecs à Salamine. Les chantiers navals de la cité pouvaient armer des dizaines de nouveaux vaisseaux en cas d'urgence. Athènes, pense-t-on, disposait de trois cents trières en 431 avant J.-C.

La trière est un navire rapide et fin manœuvrier. Sa coque, longue et étroite (35 m sur 5 m environ), se termine par un éperon capable de percer les coques ennemies. Ses 170 rameurs sont disposés en 3 rangs superposés ; le bateau peut filer de 5 à 6 nœuds (9 à 11 km à l'heure).

TOUT EST MAL QUI FINIT MAL !

Hélas, la paix durera à peine plus de cinq ans ! Dès 415 avant J.-C., le bel Alcibiade veut profiter de sa popularité pour rallumer la guerre (voir p. XXVII). Il n'y parvient pas, mais incite les Athéniens à conduire une expédition en Sicile contre Syracuse. C'est une entreprise désastreuse : les troupes athéniennes sont prises au piège et exterminées en partie à cause de la trahison d'Alcibiade qui a rejoint Sparte.

Les Spartiates s'établissent en Attique en 413 avant J.-C. ; les cités d'Ionie abandonnent Athènes. Entre 411 et 406 avant J.-C., les Athéniens redressent toutefois la situation, grâce à Alcibiade, revenu du « bon côté » ! Le général spartiate Lysandre n'hésite pas alors à recourir à l'argent perse pour améliorer sa flotte : il bat les Athéniens en 405 à Aigos Potamos, assiège Athènes et prend la ville. Athènes doit livrer sa flotte, abattre les Longs Murs, renoncer à ses possessions hors d'Attique et, scandale suprême, abolir la démocratie en faveur d'un régime aristocratique « protégé » par Sparte : les Trente Tyrans.

« À la faveur des troubles, on vit s'abattre sur les cités bien des maux, comme il s'en produit et s'en produira toujours tant que la nature humaine restera la même, mais qui s'accroissent ou s'apaisent et changent de forme selon chaque variation qui intervient dans les conjonctures. En temps de paix et de prospérité, les cités et les particuliers ont un esprit meilleur parce qu'ils ne se heurtent pas à des nécessités contraignantes ; la guerre, qui retranche les facilités de la vie quotidienne, est un maître aux façons violentes, et elle modèle sur la situation les passions de la majorité. »

Thucydide, *Guerre du Péloponnèse*, III, 81.

VII

LE RAPT

Nous tenons un espion.

C'est un esclave de Denys que Bakis a capturé après une course et un bond sublimes.

Le soleil était au plus haut du ciel. Nous avions fait halte sous un bouquet de pins, à flanc de montagne, pour réparer nos forces et prendre un peu de nourriture. Au-dessous de nous s'étendait une forêt de châtaigniers où notre guide avait indiqué une source. Protée et Lysis y conduisaient les étalons. Bakis et Ménippe les précédaient, portant un arc et un carquois rempli de flèches. Nous surveillions la manœuvre.

L'esclave, à cheval, s'abritait sous le couvert en attendant notre départ. Surpris par l'approche des chevaux et des hommes, il prit peur et fila comme le vent. Nous le vîmes débouler en plein soleil et s'enfuir dans la vallée en suivant une muraille vertigineuse de rochers.

Lysis et Protée bondissaient sur Égine et Léros, et entamaient la poursuite, mais Bakis les avait devancés. Coupant la route de l'esclave, il sautait comme une chèvre de roc en roc et, trouvant un terrain plus uni, s'élançait à toute vitesse. Quel spectacle! Nul coureur d'Olympie ne s'est jeté vers le but avec cette rage.

Le dernier acte nous a arraché un cri. En arrivant près du cheval, il évita la flèche de l'esclave, fit un bond prodigieux et retomba derrière le cavalier qu'il prit à la gorge. Tous les deux roulèrent sur le sol. Suivit une lutte confuse à laquelle mit fin l'arrivée de Lysis qui pointa sa dague sur le cœur du fugitif. C'est ainsi qu'ils le ramenèrent à notre campement, suant la peur par tous les pores.

Sur l'épaule gauche, il portait la marque de son maître gravée au fer rouge : un fouet.

Au début, il refusa de parler. Mon père, pourtant, le traitait sans violence, lui proposant même de lui rendre la liberté à Olympie s'il nous livrait le repaire et les complices de Denys. Buté, il secouait la tête sans un mot. Tellis, devant lui, serrait ses poings monstrueux. Jason écumait.

Excédé, mon père le confia à Jason. Ce fut rapide, efficace. Jason le souleva comme une plume, le brandit à bout de bras et s'éloigna d'une trentaine de pieds jusqu'au bord d'une dépression qui creusait une profonde cicatrice dans la falaise : « Regarde, dit-il, si tu ne parles pas, je souhaite qu'il te pousse des ailes ! » Il fit mine de le bousculer dans le vide. L'homme poussa un hurlement. Jason, d'une seule détente, le ramena sur le sol : « J'écoute », dit-il.

Nous avons tout appris, sauf le moyen de capturer Denys...

Il nous précède depuis Athènes avec trois amis de Messénie, armés jusqu'aux dents, qui ont épousé sa cause, et deux esclaves, dont Proclès. C'est Denys qui avait frété un navire à Pylos après la trêve sacrée et préparé le débarquement sur notre domaine dans le but d'égorger Égine et Léros; c'est lui qui nous a tiré une volée de flèches, la nuit, sur les frontières de l'Attique ; c'est encore lui qui a attaqué notre campement avec des flèches enflammées sous les murs de Mycènes...

L'esclave, Hédon, nous a cité certaines de ses paroles. Elles font frémir, mais je ne les rapporterai pas. Elles sont autant d'insultes aux dieux qui protègent les justes.

Nous l'avons questionné sur l'homme que j'ai trouvé mort devant la fontaine Pirène, à Corinthe. Il s'agit bien d'un ami de Denys transpercé par le javelot de Ménippe. Le Messénien a refusé de l'ensevelir et l'a jeté la nuit, devant la fontaine, comme un blasphème et une menace.

Nous l'avons interrogé sur Proclès. Là encore, nos soupçons se confirment. Proclès est un ancien esclave de Denys. Apprenant que mon père entraînait un quadrige pour Olympie, le Messénien l'avait envoyé se faire embaucher sur notre domaine, avec l'ordre d'empoisonner les chevaux.

— Pourquoi ne l'a-t-il pas fait? demanda mon père. Il en avait la possibilité avant de s'enfuir.

— Il y eut une scène terrible à Athènes lorsque Proclès a rejoint Denys. Il a reçu trente coups de fouet qui l'ont immobilisé huit jours : on voyait les os à nu sur sa poitrine. Pour sa défense, il affirmait que l'accès aux écuries lui était interdit. En réalité, Proclès a pris peur. Il croit aux dieux, lui...

— Mais il n'hésite pas à attaquer les hommes dans l'ombre.

— Les hommes peuvent se défendre. Pas les chevaux.

Mon père a béni le ciel d'avoir changé de route. Une attaque était préparée dans les environs de Tégée, en plein jour. A la faveur de la foule, les six hommes devaient se précipiter sur notre convoi et frapper les étalons à coups de lance, puis s'enfuir dans la bousculade et gagner la Messénie par les montagnes.

— Et maintenant? demande mon père.

— Je ne sais pas.

— Tu mens !

— Je ne sais pas...

A peine les mots ont-ils franchi ses lèvres que Ménippe le saisit, l'expédie comme un sac de farine à Jason qui le tient suspendu au-dessus du vide. L'homme étouffe; ses bras battent l'air, impuissants; une angoisse atroce trouble son regard. Sa voix n'est qu'un râle.

— Je suis un esclave et Denys ne me confiait pas de secrets. Je sais simplement qu'il attend des renforts. Vous êtes plus nombreux, mieux armés qu'il ne pensait.

— Où doit-il nous attaquer?

— Dans la montagne.

— Où? Réponds !

— Je l'ignore.

— Es-tu seul à nous espionner?

— Seul.

— Quelle est ta mission?

— Vous suivre et renseigner Denys sur vos déplacements.

— Quand le rejoignais-tu pour le prévenir?

— Jamais. Je ne sais où il se trouve. Il envoie l'un de ses amis, la nuit, au rendez-vous qu'il a fixé.

— Cet ami doit venir, la nuit prochaine?

— Au bord d'un lac, à cinquante stades d'ici.

— Fort bien. Nous serons plusieurs à l'attendre.

Jason soulève Hédon et le jette, pantelant, les bras écartés, sur la roche nue.

Nous l'avons attaché, les mains liées, au cheval

qui porte mon père. Il nous servira d'appât la nuit prochaine. C'est ainsi qu'on prend les lions avec des chèvres.

Si les dieux le veulent...

***

Le malheur : Denys a frappé avant que nous puissions le saisir.

Il s'est emparé de Chloé; il a emmené Égine et Léros. Dans ma douleur, j'ai déchiré ma tunique et lacéré ma chair avec mes ongles.

Bergers et paysans, dégrisés, nous entourent. A la lueur des torches, je vois leur rude visage crispé par le chagrin. Mais il n'est plus temps de conjurer le désastre.

La tête entre les mains, ma mère semble veiller un mort. Mon père et Lachès, une lance à la main, montent la garde devant la montagne. Protée soigne Skyros et Milo que le vol de leurs compagnons bouleverse comme s'ils avaient perdu un membre. Le vieillard Orphée, négligeant la cithare, aiguise la pointe d'un javelot. Moi aussi, je suis prêt à intervenir. Un arc et des flèches reposent à mes pieds.

Mon père a exigé que je demeure au camp. « Écris, m'a-t-il ordonné, il faut que les hommes et les dieux connaissent la lâcheté de ces bandits. » Et je trace ces lignes pendant que Lysis, Jason et nos amis d'Andros battent les chemins de la nuit pour retrouver Chloé et nos étalons. Des paysans et des bergers les accompagnent.

Le malheur a fondu sur nous si vite qu'il me laisse hébété, une plaie vive au cœur.

C'était le soir. Nous approchions de l'étape après une rude et lente marche sur la montagne. Nous venions d'atteindre une vallée profondément encaissée dans laquelle se dressaient les maisons d'un pauvre village défendu contre les pillards par un mur de pierres sèches.

Cette fois, l'unique porte n'était pas bloquée par des chariots; le village entier, hommes, femmes, enfants, et les bergers des environs n'étaient pas restés à l'abri de leur rempart. Ils formaient dans la vallée une masse hurlante et compacte armée de frondes et de bâtons.

J'ai compris par la suite l'excitation de cette foule. Non seulement Denys et les siens avaient prodigué les mensonges, mais ils avaient distribué à la ronde des amphores de vin. Nous avions devant nous des adversaires dont la rage était décuplée par l'ivresse.

Mon père a fait arrêter le convoi à cent pieds du barrage; puis il s'est avancé, seul et sans arme, en direction de la foule. Une pierre l'a atteint à l'épaule et il a vacillé. Il a essayé de parler, mais les cris couvraient sa voix. Je tremblais pour lui; il demeurait impassible sous les menaces. Jason et Tellis en tête, nous nous préparions à bondir.

Mon père est entré dans la pâte humaine qui se refermait sur lui. Je voyais ses gestes calmes. Une fois de plus, il essayait de convaincre les paysans de la pureté de nos intentions. Autant émouvoir des tigres ! Les gens hurlaient à la mort.

Au premier coup de poing reçu par mon père, nous avons chargé, d'abord sous une grêle de pierres, puis à travers des groupes de femmes et d'enfants qui s'agrippaient à nos vêtements pour entraver notre course. Je n'apercevais plus mon père qui avait roulé sur le sol et que des femmes piétinaient.

Jason et Tellis sont entrés dans la foule comme des taureaux. Utilisant leur lance comme un bâton, frappant d'estoc et de taille, ils fauchaient des files entières de paysans qui culbutaient dans la poussière. Leur lance brisée, ils prenaient un adversaire à bras le corps et l'expédiaient sur la meute attachée à leurs trousses.

Bakis et Ménippe faisaient également des ravages. Plus souple qu'une anguille, Bakis évitait les coups de bâton et couchait ses adversaires d'un prodigieux coup de poing au menton. Ménippe, bras écartés, tenant son javelot des deux mains, parait les attaques et clouait son homme par un coup de pied au foie.

Avec Lysis, j'ai sorti mon père de la mêlée. Le visage couvert de sang, il respirait encore. Il a murmuré : « Ne leur faites pas de mal; ils ne sont pas responsables. » Et il a ajouté : « Attention aux étalons ! Denys n'est pas loin », avant de s'évanouir.

Trop tard ! Le destin tournait déjà.

J'ai entendu les cris aigus de Lachès et d'Orphée, puis la voix tonnante de Jason qui sortait de la mêlée avec une grappe d'hommes suspendus à ses épaules.

— Les voleurs et les pillards, les voilà !

Huit cavaliers débouchaient du village au grand galop et fonçaient sur notre campement. Jason et Tellis, à coups de manchette, se débarrassaient de leurs adversaires et couraient vers les chariots. Bakis et Ménippe les imitaient, tandis que Lysis et moi protégions mon père contre la fureur des femmes plus acharnées encore que les paysans.

J'ai vu Lachès et Orphée se jeter à la tête des chevaux des ennemis et tourner comme des toupies sous le choc avant de s'abattre; j'ai vu Protée brandir son bâton et le fracasser sur le dos d'un cavalier; j'ai vu ma mère, pacifique entre toutes les femmes, prendre une lance et la pointer vainement sur Denys;

j'ai vu Chloé... O Zeus ! Que j'ai de peine à revivre ces événements funèbres.

Sans descendre de cheval, Denys coupait la longe d'Égine et de Léros et les entraînait. Proclès, à grands coups de fouet, excitait nos étalons qui ruaient avec fureur et se débattaient comme des thons dans le filet.

C'est alors que Chloé a saisi la bride d'Égine et s'est laissée entraîner en hurlant. L'un des cavaliers ennemis s'est avancé à sa hauteur, l'a prise sous ses épaules et l'a jetée en travers de son cheval.

Trois cavaliers restaient à l'arrière-garde. Deux ne reverront jamais la Messénie. Le javelot de Ménippe a touché l'un au cœur. L'autre, surpris par Jason au moment où il s'élançait, s'est vu projeter à vingt pieds contre un arbre. Le troisième, le bâton de Lachès l'a touché au front et il tanguait sur son cheval comme un homme ivre. A sa cuisse droite, j'ai reconnu la profonde blessure laissée par les crocs de Ioulis.

Nos ennemis ont disparu au détour de la vallée. Je garde la vision des cheveux blonds de Chloé, de nos deux étalons éperdus de rage.

Ensuite, nous avons vécu des moments atroces. Pas à pas, Lysis et moi ramenions mon père vers le campement sous les insultes et les coups. La foule hurlait autour de Jason et de Tellis qui voulaient sauter à cheval et entamer la poursuite. Lachès et Protée étaient submergés par une marée d'hommes et de femmes. Orphée défendait sa cithare contre une nuée d'enfants qui cherchaient à la fracasser.

Nous devons notre salut à ma mère.

Seule parmi nous, elle en imposait à la meute. Le visage tragique, immobile et droite dans sa longue tunique de lin, on eût dit la reine d'une tragédie antique. Quand elle étendit les bras dans un geste d'une dignité souveraine, il y eut un creux de silence. Désignant Hédon toujours attaché au cheval de mon père, elle dit :

— Interrogez-le ! Vous connaîtrez la vérité.

Un vieillard, qui semblait être le chef du village, se détacha du groupe. L'ivresse et la haine noyaient encore son regard. Ménippe défit les liens d'Hédon et le planta devant le vieillard. Parlerait-il? Je n'ai jamais prié aussi fort les dieux qui veillent sur Olympie.

Est-ce Tellis et Jason qui fascinaient l'esclave? Il parla, décrivit les embuscades que nous avions subies, mit à jour les calomnies du Messénien. A mesure, la foule s'apaisait. Une femme se pencha sur mon père et essuya le sang qui coulait de ses lèvres.

Quand Jason, ôtant la toile qui recouvrait une voiture, désigna le char préparé pour Olympie, la partie fut gagnée. Il nous restait, hélas! à panser nos blessures et à tout mettre en œuvre pour sauver Chloé et retrouver Égine et Léros.

Mon père, lentement, reprenait ses esprits. Il souffrait la malemort de ses blessures et respirait avec peine. Jason et Tellis étaient couverts de bleus; des balafres sanglantes zébraient leur visage touché par les pierres et la pointe des bâtons. Protée avait une main blessée. Lachès souffrait de l'épaule sur laquelle il était tombé. Lysis et moi-même avions le corps rompu. Seuls Bakis et Ménippe sortaient indemnes de l'aventure.

Comme je m'approchais de Jason, il essaya de plaisanter :

— Quel entraînement pour Olympie, petit homme! Le plus dur reste à faire. Nous partons.

La fureur de combattre l'habitait encore. Ses yeux

lançaient des éclairs dans la nuit qui engloutissait la vallée.

Des paysans et des bergers s'offraient comme guides. L'expédition fut montée en un clin d'œil.

Depuis, le temps coule interminable sur notre désespoir.

⁂

Ils sont revenus épuisés après avoir vainement battu la montagne dans toutes les directions; ils ont crevé les chevaux couverts d'écume et qui vacillent. Leur cœur résonne comme un gong.

Nous allons repartir à pied. Seuls les vieillards et mon père resteront au camp.

Il nous reste une dernière chance avant l'aube. La montagne est creusée de grottes où Denys et ses hommes ont pu s'abriter pour la nuit. Quand le soleil se lèvera, il sera trop tard.

Une équipe de bergers nous a précédés avec des chiens dressés pour la chasse. Ils allumeront un feu s'ils découvrent une piste.

⁂

Des larmes roulaient dans les yeux de mon père. Il m'a conduit près des étalons couchés dans l'herbe. Il m'a pris la tête entre ses mains et son regard m'allait jusqu'au fond de l'âme.

— Philippe, tu portes tous nos espoirs désormais !

Je ne comprenais pas encore; je tremblais d'épuisement et de chagrin.

— Philippe, reprit-il, c'est à toi qu'il appartiendra de conduire nos étalons à Olympie, si du moins les magistrats acceptent ta candidature. Car tu n'as pas l'âge fixé par la loi. Mais je pense qu'ils se laisseront toucher par notre malheur. Regarde ! Égine te reconnaît déjà comme son maître.

Sa robe blanche couturée par les coups de fouet, meurtrie par la pointe des lances, l'étalon se dressait et venait à moi quêter une caresse.

Je suis allé m'abattre sur la couche de paille où Lysis était étendu, brûlant de fièvre et claquant des dents. Avec la pointe d'un couteau passé au feu, Protée débridait la plaie affreuse qu'il porte à l'épaule droite. La pointe de la javeline s'est enfoncée si profondément qu'elle a déchiré les muscles et entamé l'os. S'il guérit, Lysis ne pourra remuer le bras droit avant longtemps.

Il m'a souri tristement :

— Courage, petit frère ! Les joies et les peines alternent sous le soleil de Zeus. Tu prendras ma relève à Olympie.

Il se raidit tandis que Protée coupait la chair vive et enfonçait une pommade dans la plaie. Je n'avais pas le courage de Lysis. Je pleurais comme si j'allais le perdre.

Comme on souffre pour ceux qu'on aime !

Deux mains fraîches se sont posées à la naissance de mon cou.

— Viens, Philippe.

La voix de Chloé était douce, caressante. Je me suis retourné. Dans l'ombre de la tente, son visage émacié portait la trace d'une nuit d'angoisse. Une cicatrice meurtrissait ses poignets. Elle me prit par la main et m'entraîna.

Au centre du campement, Jason et nos amis d'Andros dormaient en plein soleil. Près d'eux, pieds et poings liés par des cordes de chanvre, Denys, Proclès et quatre Messéniens gisaient sur le sol sous la garde de Lachès. Ils étaient en piteux état. J'ai surpris le regard de Denys, celui d'un chien accablé par sa défaite.

Main dans la main, Chloé et moi avons marché jusqu'à la pente de la montagne. Un olivier sauvage poussait à l'abri du roc. Chloé a coupé deux branches, en a tressé une couronne qu'elle a posée sur mon front avec un sourire.

— Philippe, l'olivier te sied à ravir. J'ai foi en ta victoire.

Nous sommes revenus en silence. Les événements de la nuit me brûlaient encore et je ne pouvais m'arracher à mes souvenirs. L'image de Chloé me hantait lorsque l'épée de Denys effleurait sa gorge. Pourrai-je achever ce récit sans frémir?

Nous battions la campagne depuis trois heures sans succès. Nous venions d'explorer une grotte profonde quand le glapissement d'un chien, vite interrompu, nous mit en éveil. Peu après, une flamme s'élevait sous le sommet de la montagne et s'éteignait aussitôt. Nous avons entrepris l'escalade comme des chèvres. L'espoir nous donnait des ailes.

Nous avons rejoint un groupe de paysans et de bergers conduits par le chef du village. Ils avaient découvert le repaire de Denys, une grotte située sur l'autre versant de la montagne. Attirés par les hennissements furieux d'Égine et de Léros, ils avaient fait un long détour pour ne pas donner l'éveil à nos ennemis.

Nous avons tenu un conseil de guerre. Lysis proposait d'attendre l'aube pour les assaillir. Jason était pour une attaque immédiate. Il n'exprimait pas ses craintes, mais je les devine maintenant. Il emporta la décision et les étalons lui doivent la vie. Loués soient les dieux du ciel !

Nous devions encercler la grotte avant de donner l'assaut. Répartis en deux groupes que conduisaient les bergers, nous avons franchi la crête et descendu la pente aride, semée de rocs. D'un côté, Jason, Lysis et moi. De l'autre, nos amis d'Andros. Comme nos sandales glissaient sur les pierres, nous les avons enlevées. Nous étions plus silencieux que des reptiles. Quand j'ai entendu le hennissement d'Égine, j'ai su que nous approchions.

Redoublant de prudence, nous sommes descendus en contrebas de la grotte. Un demi-stade nous en séparait. Nous attendions le signal de Tellis, le ululement d'une chouette. Quand il a retenti, nous avons avancé en rampant. Je voyais luire sous la lune le javelot de Ménippe.

Comme nous étions à cinquante pieds, prêts à nous élancer, une silhouette s'est détachée sur l'entrée de la caverne. Je reconnus Proclès. Il était agité, anxieux. Il tenait une lance à la main. L'intérieur de la grotte était éclairé. Ils avaient allumé des torches et se préparaient à fuir.

Comment raconter ce qui n'a duré qu'un instant? Jason a levé le bras et nous avons bondi. A l'entrée de la grotte, le groupe de nos amis d'Andros nous a rejoints. Jason et Tellis ont foncé comme des taureaux, renversant tout sur leur passage.

Mes yeux ont cherché Chloé, mais je n'ai vu que nos ennemis.

Ils étaient six. Proclès venait à notre rencontre, lance tendue, mais il n'eut pas le temps de frapper. Le javelot de Ménippe lui traversa le bras droit de part en part. Deux autres chargeaient le cheval de bât. Jason les saisit par la chevelure et les cogna si fort l'un contre l'autre que leur crâne résonna comme une citerne tarie et qu'ils s'effondrèrent, foudroyés.

e son côté, avait saisi un Messénien qui ı arc et le projetait sur le mur de la grotte mbait, les bras en croix, telle une poupée de ... Un autre Messénien, son couteau à la main, se précipitait sur Bakis qui esquivait son attaque et, d'un croc en jambe, l'envoyait rouler sur Lysis qui l'assommait d'un formidable coup de poing à la tempe.

Restait Denys... Brandissant une épée nue, il reculait comme un sanglier devant les chiens. Mais je ne me souciais pas de son sort. J'appelais désespérément : « Chloé ! Chloé ! » Une plainte me répondit. Elle était au fond de la grotte, bâillonnée, les poignets liés.

Cédant à un moment de folie, je me suis précipité vers elle. Au cri de Lysis, j'ai roulé sur le sol et l'épée de Denys a sifflé au-dessus de ma tête. Quand je me suis relevé, le Messénien appuyait la pointe de son épée sur la gorge de Chloé et nous défiait.

Je revois le spectacle sans pouvoir dominer mes larmes. Au fond de la grotte, un grand fauve ivre de sang et ma cousine plus pâle qu'une morte. Autour d'eux, un cercle immobile d'où se détachaient Jason, les bras écartés, transformé en statue, et Tellis, penché en avant, les doigts repliés comme des griffes.

Nous avons vécu des moments intolérables. Derrière nous, Égine et Léros encensaient. J'entendais battre nos cœurs.

Puis Jason, d'un clin d'œil, m'a indiqué la torche qui brûlait à mes pieds. Je me suis penché en gémissant comme si je souffrais d'une blessure. Alors Jason a simulé une attaque et l'épée de Denys s'est écartée d'un pouce. J'ai pris la torche et la lui ai envoyée au visage; ses cheveux se sont enflammés; l'épée lui a échappé des mains et il a reculé en hurlant.

Jason bondissait déjà, mais Lysis l'avait précédé. J'ai hurlé : « Lysis ! Lysis ! » en voyant le geste du Messénien qui s'emparait d'une javeline fichée dans le sol, mais les dieux voulaient notre malheur. L'élan de Lysis était tel qu'il a ajouté à la force du coup de Denys.

Ensuite, les événements m'apparaissent dans une brume de sang. Jason, de la main gauche, saisissait le Messénien à la gorge. Son poing droit s'abattait deux fois comme une hache sur la tête enflammée. Si Tellis ne s'était pas accroché à lui de toutes ses forces, Jason aurait réduit Denys en poussière.

Lysis, la javeline plantée dans l'épaule, titubait avant de s'abattre sur le dos. Je me précipitai vers lui, mais, d'un geste, il m'indiqua Chloé. Je défis le bâillon de ma cousine, je coupai les liens qui meurtrissaient ses poignets et ses chevilles. Je l'aidai à se mettre debout et elle m'attira contre elle avec une violence passionnée.

Après avoir regardé la mort en face pendant une nuit d'angoisse, ses nerfs l'abandonnaient. J'essuyai ses yeux mouillés de larmes.

Nous revînmes à Lysis. Avec d'infinies précautions, Jason retirait de la blessure la pointe triangulaire de la javeline. Les dents serrées, Lysis ne poussait pas une plainte tandis que les chairs meurtries s'écartaient avec un flot de sang. Chloé lui fit un pansement malhabile en déchirant un pan de sa tunique. Ensuite, les yeux clos, il resta immobile. Sa poitrine faisait un ronflement de forge. Égine et Léros penchaient la tête vers lui et passaient leur langue râpeuse sur son visage.

Les chevaux, parfois, souffrent autant que les hommes !

Pendant ce temps, nos amis d'Andros avaient garrotté les Messéniens comme des porcs que les paysans emmènent sur leurs épaules au marché, et les attachaient avec des sangles sur la croupe de leurs chevaux. Ils allaient faire de même pour Proclès quand Jason, qui inspectait la grotte, lança une malédiction. Il tenait dans ses mains un couffin rempli d'avoine. Il le huma longuement, mit sur ses lèvres un grain qu'il cracha avec dégoût. Puis il fit signe à l'esclave d'approcher.

— Où est ton cheval?

Proclès désigna un bai-brun qui portait sur le front une étoile blanche.

— Tu connais, dit Jason, les châtiments que Poséidon inflige à ceux qui tuent les chevaux?

L'homme se mit à trembler. Jason lui tendit le couffin.

— Donne cette avoine à ton cheval !

Proclès s'avança en chancelant jusqu'au bai-brun. Comme la bête approchait la tête de l'avoine, il se rejeta en arrière avec un cri.

— Elle est empoisonnée? dit Jason. Réponds si tu tiens à la vie.

L'esclave inclina la tête. Jason repoussa l'esclave avec mépris.

— Fort bien. Les juges d'Olympie apprécieront, ainsi que les chefs de la Grèce réunis à l'occasion des jeux.

Quand nous partîmes, l'aube se levait. Triste cortège ! Je montais Léros dont le pied est infaillible sur le roc. Jason avait placé Lysis devant moi et je le soutenais de la main gauche. Il râlait, inconscient. La tache de sang s'élargissait sur sa tunique.

Le soleil était brûlant lorsque nous arrivâmes au

campement. Je n'ai pas le courage de dire les pleurs et les gémissements de ma mère.

Mon père a offert à Asclépios, dieu des malades, des libations de vin et de miel. Nous nous sommes lavé les mains pour les purifier; nous avons mis au creux de nos paumes des grains d'orge que nous avons répandus à la ronde; puis notre prière est montée vers le ciel parmi les flammes du sacrifice.

Il faut maintenant songer au départ. Nous avons préparé un lit de foin pour Lysis dans un chariot. Protée restera à son chevet.

Mon père a déjà envoyé à Olympie le vieillard Lachès en messager. Il dira aux juges la haine et les crimes des parjures.

⁂

Nous allons lentement, si lentement que notre marche ressemble à un convoi funèbre. Deux jours sont passés, qui m'ont paru des siècles. Nous avons franchi les frontières de l'Élide.

La fièvre de Lysis redouble. Quand je soulève la toile du chariot, je l'aperçois, la sueur aux tempes. De longs spasmes l'agitent. Protée doit lui écarter les dents avec la pointe d'un couteau pour le faire boire. Les lèvres de sa blessure noircissent, et le front de Protée est soucieux. Ses onguents auraient-ils perdu leur vertu?

Ma mère et Chloé ne quittent plus Lysis; elles soutiennent sa tête dans les passages difficiles, quand le chariot cahote sur les pierres.

La nuit, il délire pendant des heures. Il croit disputer à Olympie la course des quadriges. Il entend la rumeur de la foule; ses mains tirent sur les rênes, préparent Skyros et Milo aux virages. Il excite Égine et Léros, s'épuise à poursuivre des concurrents invisibles. Puis soudain, touché par un éclair de raison, il prononce mon nom et je pleure.

Jason me console comme un enfant. Mais j'ai plus mal que si l'on me coupait un membre.

Une grande nouvelle : Lysis a dormi cette nuit. J'exulte. A son réveil, il m'a fait appeler par Protée. Mon père et ma mère se trouvaient sous la tente. Une lampe à huile jetait une faible lueur.

La fièvre rosissait les pommettes de Lysis, mais il avait les yeux clairs. J'ai voulu toucher sa blessure; elle commence à se cicatriser. J'ai dit :

— Si les dieux le veulent, tu pourras conduire le char à Olympie.

J'ai compris trop tard ma sottise. Avec un soupir, il a essayé de soulever son bras droit, mais il semblait mort.

— Non, Philippe. Tu dois préparer ton âme et tes muscles. J'ai rêvé tout à l'heure d'une couronne d'olivier. Elle n'était pas pour mon front.

Il m'a questionné sur nos chevaux, leur humeur et leur santé. Je lui ai raconté les menus incidents de chaque jour, les colères d'Égine et les farces de Milo, le calme imperturbable de Léros dans les pires circonstances, le cœur de Skyros qui bat le temps. Détails trop connus, mais qui le réjouissaient parce qu'ils sont la trame de notre vie.

— Philippe, dit-il soudain, il faut porter le bandeau sur tes cheveux. C'est le signe des auriges.

J'ai fait un geste de refus. Il a insisté. Mon père a pris dans un coffre un bandeau de cuir pareil à celui que portent les cochers d'Olympie et sur lequel on ajuste la couronne d'olivier sauvage. Il l'a contemplé longuement et l'a fixé sur mon front avec solennité.

— Tu es déjà notre aurige, Philippe. Désormais, tu le seras à la face du monde. Demain, nous entrons à Olympie. Il faut que la foule apprenne à te connaître.

Je l'ai porté, ce bandeau, au cours d'une longue journée où les événements se sont précipités dès que nous sommes entrés dans la plaine.

Ce fut d'abord l'arrivée de Timothée. Après avoir installé son campement sur les bords de l'Alphée, il venait à nous à bride abattue, négligeant l'entraînement de ses quadriges. Il avait appris nos malheurs et désirait nous prêter main-forte.

Ce fut ensuite un messager, accompagné d'un médecin, qui nous apportait les vœux de Périclès, puis une troupe en armes, conduite par l'un de ces magistrats, les hellanodices, qui veillent à la préparation et au déroulement des jeux. Prévenu par Lachès, il venait prendre possession de nos captifs qui seront jugés solennellement dans l'enceinte du sanctuaire, devant le temple de Zeus, avant l'ouverture des jeux.

Nous les avons regardés partir, enchaînés deux par deux comme des esclaves. En signe d'infamie, les hommes d'armes avaient lacéré leurs vêtements et marqué leurs épaules au fer rouge. En passant devant nous, Denys n'a pas tourné la tête; il avait perdu son orgueil. Sous le poids de ses crimes, il marchait comme un vieillard.

Je m'efforce de les oublier et d'arracher de mon souvenir ces journées de péril et de deuil. Je suis tendu vers les luttes qui m'attendent. Avec l'attelage, j'entre dans ce grand rêve olympique, plein de poussière et de tumulte, de sueur et de sang, que les dieux ont offert aux hommes pour fêter la paix.

Et je me souviens de la phrase d'Orphée : « L'essentiel n'est pas de vaincre, mais de combattre. Les dieux font le reste. »

***

Notre dernière halte avant Olympie.

De la colline où nous campons pour le repas de midi, je devine l'enceinte sacrée de l'Altis sous les pentes du mont Cronos, la forêt de temples et d'autels, les contours du stade et de l'hippodrome.

Nos étalons regardent, eux aussi, en mangeant leur avoine. Égine frémit. Milo a l'œil passionné des poètes. Skyros s'ébroue et le panache de sa queue frappe l'air comme un fouet. Seul Léros, indifférent à la gloire, se détourne et contemple la mer d'Ionie, dans le lointain, aussi claire que ses yeux.

Mon père et Lysis m'ont raconté la légende d'Olympie. Ils m'ont dit comment Hercule, le dieu à la massue, de passage en Élide où il détournait l'Alphée pour nettoyer les écuries d'Augias, avait délimité l'enceinte sacrée de l'Altis, planté des pins, des platanes et des oliviers sauvages, organisé les premiers jeux de l'histoire.

Nous avons retrouvé la foule. Elle occupe la plaine entière recouverte par des milliers et des milliers de tentes. Toutes les villes grecques, hérissées d'armes voilà deux mois, sont confondues dans l'unité.

Lysis va beaucoup mieux. Il a fait quelques pas en s'appuyant à mon épaule. Malgré la ruine de ses espoirs, il trouve le courage de plaisanter et de rire

VIII

ULTIME ENTRAÎNEMENT

Bien qu'elle s'en défende, Chloé est mélancolique. Sa langueur contraste avec la prodigieuse animation qui règne dans la plaine. Ce n'est pas la cithare d'Orphée qui l'attriste, mais cette rumeur, faite de cris, d'appels, de chansons, de hennissements de chevaux, qui emplit le ciel où scintille la Grande Ourse.

Je comprends le chagrin de Chloé. Des jeux, elle entendra seulement le bruit de mer en furie que font les cent mille spectateurs rangés autour du stade et de l'hippodrome. Depuis des siècles, aucune femme, sauf la prêtresse de Déméter, n'a le droit d'assister aux épreuves. La loi est si cruelle que les femmes surprises dans l'assistance sont conduites près de Seillonte, en Élide, et précipitées dans un ravin où elles se rompent les os.

Un héraut, tout à l'heure, après avoir imposé le silence par une sonnerie de trompette, a rappelé cet interdit. Depuis, Chloé a perdu sa gaieté. Je l'ai surprise au bord de l'Alphée, regardant couler l'eau vive où tremblent les feuilles des peupliers :

— Rêves-tu, Chloé, à l'époque où des jeux féminins avaient lieu à Olympie, en septembre? J'ai trouvé leur description chez un auteur ancien. « *Ces*

x, dit-il, consistent en des courses à pied réservées ux jeunes filles; elles courent par catégories, et d'abord les plus jeunes. Cheveux pendants, tunique retroussée un peu au-dessus du genou, épaule droite nue jusqu'au sein, telle est leur tenue. Le terrain est le stade olympique, mais le parcours est diminué d'environ un sixième. Les gagnantes reçoivent une couronne d'olivier et une portion de la vache sacrifiée à Héra. »
Tu cours si vite, Chloé, que tu aurais gagné le prix...

Elle a secoué la tête avec impatience. J'ai repris :

— Tu regrettes tellement d'être éloignée du stade et de l'hippodrome? Mais crois-tu que moi-même, je ne souffrirai pas de ton absence?

Son visage s'est éclairé. Elle a pris ma main et son regard était très doux.

— O Philippe, les jeux ne me passionnent que dans la mesure où tu y participes. Présente, je te soutiendrais par ma ferveur. Mon cœur serait avec toi sur le char; je vouerais au malheur les auriges qui dresseraient des embûches sur ta route; je...

Confuse, elle s'arrêta brusquement. Une soudaine rougeur envahit ses joues.

— Qu'importe ! Je prierai les dieux pour toi sous la tente. Rassure-toi, Philippe, je suis heureuse. C'est l'ironie des cochers et d'Alcibiade, c'est le scepticisme des juges qui m'ont blessée.

Il est vrai que mon entrée à Olympie ne fut pas celle d'un triomphateur.

Le soleil brûlait encore quand nous sommes arrivés. Nous étions le dernier équipage à franchir l'enceinte du sanctuaire. J'étais si ému que je n'ai rien vu du spectacle tandis que nous fendions la cohue et nous dirigions vers le Bouleutêrion, le palais des Hellanodices. Mon père s'est présenté aux magistrats et s'est excusé de notre retard après avoir raconté nos aventures. Quand il a parlé de la blessure de Lysis et demandé qu'on m'inscrive à sa place sur la liste des auriges, tous les regards se sont posés sur moi; j'y ai lu de la pitié, une vague crainte. Je mourais de honte et d'orgueil blessé.

— Nicias, dit le chef des Hellanodices, je t'ai vu, jadis, remporter avec honneur la victoire des quadriges. Tu es notre ami, un homme juste et brave dans la paix et la guerre. Nous attendions ton arrivée avec impatience et nous déplorons tes malheurs. Denys le Messénien sera jugé demain matin avec ses complices. Demain également, nous regarderons tourner tes chevaux sur l'hippodrome. Nous déciderons si ton fils est digne d'Olympie, malgré son âge.

Je connaissais le règlement des Olympiades. Je savais que l'inscription des équipages et des concurrents, faite de longs mois à l'avance, restait soumise à l'approbation des juges qui en décidaient lors d'un dernier entraînement sur le stade ou l'hippodrome, et qu'un certain nombre de quadriges avaient été éliminés pour insuffisance... Pourtant, je vacillai sous le coup. L'avenir me semblait noir.

— Nicias, dit le chef des Hellanodices, tu as des étalons magnifiques.

Un grand rire monta de la foule qui nous entourait. Comme s'il eût compris, Milo inclinait la tête et d'un coup de langue rapide, effleurait la robe écarlate du magistrat.

Jason et nos amis d'Andros se présentèrent à leur tour. On vérifia leur inscription sur les listes. Le bras droit tendu, ils jurèrent sur Zeus qu'ils étaient des hommes libres, de pure race hellénique, qu'ils n'avaient commis ni crime, ni impiété, ni sacrilège, et qu'ils s'étaient soumis à l'entraînement depuis des mois.

L'un des magistrats nous conduisit au campement qui nous était réservé sur les bords de l'Alphée. Mon père exigea que je prenne la tête du cortège sur Égine. La foule avait grossi. J'entendis des remarques ironiques sur ma jeunesse. Elles m'atteignaient au plus profond de l'âme.

Nous avons planté nos tentes, préparé le repas du soir, sorti de la voiture le char olympique. Avec Protée, j'ai pansé nos étalons, je leur ai donné leur ration de foin et d'avoine. Ils sont ombrageux, impatients de galoper. En ce moment même, ils contemplent mon père qui fait reluire les sangles et les rênes, et fixe sur les colliers et les brides des phalères d'or dont l'éclat m'éblouira pendant la course.

Cette course que tout me rappelle, où que je tourne mes yeux...

Notre campement se dresse sur le territoire réservé aux quadriges. Autour de nous, des tentes, des chevaux, des cochers et leurs maîtres. Toutes les langues de la Grèce résonnent sous la lune; j'entends les voix chantantes des îles grecques, le lourd accent de Thessalie, les inflexions profondes de Laconie, le parler sonore de Sicile, le dialecte rugueux de Crète. Ces voix se bousculent en moi. Bientôt, elles sonneront plus fort à mes oreilles dans le feu de l'action; elles prendront un corps, un visage, celui de tous les auriges que j'ai rencontrés après notre repas.

C'est mon père et Jason qui m'ont conduit de groupe en groupe. Étrange expérience ! Pour les avoir rencontrés lors des grands jeux de la Grèce, mon père connaissait presque tous les propriétaires de quadriges. Partout, il fut reçu avec chaleur. Alcibiade lui-même, installé comme un roi d'Orient dans une tente emplie de vaisselle d'or, tendue de soie pourpre, ordonna le silence aux joueuses de flûte et fit des vœux pour la santé de Lysis.

Hiéron, le tyran de Sicile, entouré de ses gardes armés d'arcs et de lances, lui offrit une coupe d'un vin de Catane. Des hommes de Sparte et de Messénie, dont l'un portait sur le visage la cicatrice laissée par une épée athénienne, l'accueillirent comme un frère et vouèrent Denys à la vengeance des dieux de l'Erèbe.

Tous respectaient mon père; tous admiraient Jason qui les dominait d'une tête. Mais moi, j'étais nu devant eux...

Je lisais dans leurs pensées : ils fixaient mes mains qui n'ont pas encore été meurtries par les rênes, mon visage dont la fatigue et les peines n'ont pas creusé les traits. Alcibiade m'a dit avec un sourire moqueur : « Je t'ai vu conduire à Athènes et à Corinthe. Tu as besoin de grandir, petit homme. » Et Hiéron, plus orgueilleux qu'un paon dans sa robe brodée d'or et de pierreries : « Tu ne feras pas dix tours, Philippe... »

Et que dire des cochers ! Endurcis par des années d'expérience, couturés de cicatrices à la suite des chutes dans l'arène, ils ont le verbe haut et le fouet facile. Tous ils s'imaginent promis à l'olivier et l'orgueil éclate dans le moindre de leurs gestes. Mieux que leurs maîtres, ils traduisent sans retenue leurs sentiments. Il faut les voir dans leur tunique de lin, le bandeau sur les cheveux, plantés comme des dieux devant leur attelage, toisant l'adversaire comme un ennemi...

Peut-être voulaient-ils m'impressionner. La guerre des nerfs commence bien avant la course. Mais ils en seront pour leurs frais. J'ai soutenu leur regard sans faiblir ; je suis passé très droit devant eux, indifférent aux moqueries. Mon père et Jason souriaient. Je les soupçonne de m'avoir imposé cette épreuve pour m'aguerrir.

A notre retour, Lysis m'a appuyé la tête sur son épaule.

— Tu es prêt pour demain, petit frère ?

— Oui, Lysis. Je courrai pour toi...

J'aspire à la lutte. Un sang nouveau bouillonne dans mes veines. Je sens derrière moi ma race et ma patrie qui me soutiennent. Les rires et les sarcasmes m'ont contraint à puiser en moi cet orgueil, cette audace...

Je bénis Poséidon, le dieu des chevaux et des quadriges, qui m'a donné ce don du ciel pour mon arrivée à Olympie.

***

J'ai franchi l'épreuve.

C'était l'aube. L'entraînement avait déjà commencé. Les quadriges de Hiéron et d'Alcibiade tournaient sur l'hippodrome. L'or et l'argent étincelaient sur les harnais et les chars.

Cinquante attelages attendaient leur tour. Les magistrats en robe rouge étaient assis sur des gradins de marbre. Près d'eux, aux places d'honneur, Périclès et des sénateurs de Sparte, des chefs de l'Élide et de Thessalie, les députés des îles grecques.

Autour de la piste qui mesure près de cinq stades, la foule déjà éveillée et bavarde, des milliers et des milliers de personnes saisies par le délire d'Olympie, louant ou critiquant les allures, vibrant à chaque départ des quadriges.

Les inspecteurs des jeux m'ont conduit à la stalle de départ. Égine et Skyros piaffaient. Léros allait tête baissée, poursuivant je ne sais quelles pensées. Milo contemplait la foule en retroussant les lèvres. Ils avaient la blancheur de l'écume, une grâce souple et puissante qui a conquis aussitôt les cœurs.

J'avais le fouet à la main, mais je ne m'en suis servi qu'une fois. Au signal de départ, j'ai fait claquer ma langue et nous nous sommes envolés. Mon père avait tort de redouter le manque d'entraînement lors de notre traversée de la montagne. La poussée du quadrige gardait la même puissance; son équilibre, la même perfection. Une joie sacrée habitait nos étalons dont le galop ébranlait le sol. J'étais paisible, heureux. Les jambes écartées sur le char, je goûtais la frénésie de la vitesse, ce léger vertige qu'on éprouve dans les virages.

Au deuxième tour, j'ai secoué les rênes, l'allure s'est accélérée et les cris de la foule m'ont rejoint. En suivant la ligne droite devant les magistrats, j'ai scruté leur visage une seconde, mais ils étaient impassibles; seuls leurs yeux vivaient de la vie du char et de nos étalons. J'ai poussé le galop des chevaux jusqu'à la première courbure du virage et nous sommes passés sans dommage. Le char a tangué, mais Égine et Léros n'ont pas vacillé d'un pouce.

A la sortie du virage, j'ai surpris un geste de mon père sur le bord de la piste. Il m'avait prévenu. Les cochers d'Alcibiade et de Hiéron avaient reçu mission de m'éprouver. C'est la loi d'Olympie. Ses chevaux seraient-ils les meilleurs du monde, il faut que l'aurige soit digne de son attelage.

La foule l'avait compris. Un grand silence est tombé sur l'hippodrome. Muscles tendus, je guettais l'attaque.

Elle est venue au troisième tour. J'avais légèrement ralenti nos étalons. Deux quadriges d'Alcibiade m'ont dépassé et se sont rabattus devant moi, me bouchant toute perspective. Deux quadriges de Hiéron m'ont rejoint, l'un à ma gauche, l'autre à ma droite. Trois attelages me suivaient de si près que je sentais le souffle brûlant des chevaux sur mes bras nus.

J'ai connu un moment de détresse. J'étais enfermé dans cette muraille de chair comme dans une place forte. Les cochers de Hiéron me prodiguaient les insultes. Celui de droite, par dérision, a fait claquer son fouet au-dessus de ma tête.

« C'est à la pointe du danger, m'a dit un jour Ménippe, qu'on voit l'homme libre. » Une inspiration m'est venue. Je ne pouvais passer par la force. Mais la ruse, peut-être...

J'ai crié : « Égine ! Léros ! » Le char a vibré, j'ai pris deux pieds d'avance sur les attelages de Hiéron, échappant ainsi à l'étreinte, mais ceux d'Alcibiade soutenaient mon allure. Alors j'ai fait mine de lancer les étalons vers la corde dans une tentative désespérée. Le cocher d'Alcibiade qui m'interdisait le passage sur la gauche s'est rabattu davantage, me laissant une étroite ouverture entre les deux attelages.

Mon fouet a cinglé Égine et Léros, le quadrige s'est engouffré comme la tempête, Skyros et Milo ont creusé le passage en heurtant les flancs des chevaux noirs d'Alcibiade. Je n'avais plus que la piste et le ciel devant moi, et ce cri qui montait soudain de la foule et me frappait au visage...

Au début du quatrième tour, un magistrat s'est levé et, de son bras tendu, m'a fait signe. J'ai arrêté le quadrige devant les gradins de marbre. La délibération a duré le temps d'un éclair.

— Philippe, a dit le chef des Hellanodices, nous admettons ton fils et ton attelage à la course des quadriges.

Je tremblais, mais j'avais les yeux secs. C'est mon père qui pleurait.

Comme ma mère et Chloé, comme Lysis, quand je leur ai annoncé la bonne nouvelle.

*
**

Mon père n'a pas voulu que j'assiste au procès de Denys et de ses complices. En compagnie de Jason et de Lysis qu'il a conduits dans une voiture légère, il s'est présenté devant les juges qui siégeaient au Bouleutêrion, assistés par deux magistrats de Messénie, la patrie de Denys.

Il m'a tout raconté à son retour.

Denys et ses hommes, enchaînés, ont été amenés devant le tribunal par les policiers qui veillent à l'ordre des jeux. Ils étaient livides et l'ombre du châtiment troublait leur regard. Mon père a soutenu l'accusation; il a rappelé les violences, les embuscades et les trahisons. Pour finir, il a brandi la javeline qui a percé l'épaule de Lysis et un frisson d'horreur a traversé la foule.

La parole, ensuite, a été donnée à Denys, mais nul n'a entendu sa voix. Muré dans le silence comme un sanglier dans sa bauge, Denys avait retrouvé son orgueil; il bravait les dieux et les hommes. Mais ses complices furent plus bavards. Espéraient-ils que l'aveu de leurs crimes attirerait la pitié des juges?

Ceux-ci rendirent leur verdict à main levée : la mort. Hédon et Proclès, les esclaves, se roulèrent sur le sol en déchirant leurs vêtements. Denys courbait la tête, les Messéniens, ses amis, semblaient frappés au cœur.

Mon père, alors, intervint. Il pria les magistrats de ne pas souiller les dieux par un sang impur qui déplairait à Zeus, protecteur d'Olympie; il conseilla de remettre les condamnés aux magistrats de Messénie qui les jugeraient à leur retour dans leur patrie.

On consulta les prêtres du temple de Zeus. Interprétant les flammes d'un sacrifice, ils soutinrent l'opinion de mon père, mais conseillèrent en même temps un premier châtiment immédiat n'entraînant pas la mort.

Denys et ses complices, dévêtus, recevront demain quarante coups de fouet en présence de la foule après la cérémonie du serment que prêteront tous les concurrents d'Olympie.

Demain déjà... L'avenir se rapproche à la vitesse d'une balle de fronde.

*
* *

— J'ai connu jadis ton impatience, m'a dit mon père. Comme toi, j'avais les mains moites, le front brûlant; j'étais incapable de trouver le sommeil; j'avais cent vies à brûler comme une flamme. Je tournais sans cesse autour des chevaux et du char... J'avais tort, Philippe. A force d'imaginer l'épreuve dans un rêve héroïque, j'étais épuisé le jour où j'ai rangé le quadrige dans la stalle de départ. Je ne veux pas que tu coures ce risque.

Il m'a souri avec douceur.

— Je te confie à Jason et à nos amis d'Andros. Tu assisteras à leur entraînement. Ensuite, Jason et Lachès te conduiront dans l'enceinte sacrée de l'Altis. Fais moisson de souvenirs, Philippe. Tu raconteras plus tard à tes enfants...

Il fit un clin d'œil malicieux à Chloé qui assistait à notre entretien. Ma cousine s'enfuit, le feu aux joues, mais sa démarche trahissait une joie secrète et moi-même, j'avais été touché par un rayon de soleil.

C'est ainsi que j'ai fait la connaissance d'Olympie.

J'ai gagné le stade, au pied du mont Cronos, dont les terrasses étaient envahies par la foule. Jason m'a montré les lignes de départ pour les coureurs, deux rangées de dalles calcaires scellées dans le sol et coupées de rainures, où les concurrents posent leurs pieds pour assurer leurs premières foulées. Je leur ai jeté un regard distrait, ainsi qu'à la piste de sable blond ayant la forme d'un U très allongé. Les hommes me passionnent plus que le décor.

Le spectacle était prodigieux. Deux cents concurrents, dont le corps nu et frotté d'huile resplendissait sous la torche du feu du soleil, s'entraînaient comme des forcenés avec une joie qui était un hymne à la paix. Leur entraîneur, un bâton à la main, les assistait.

Les coureurs de vitesse du *dromos* (1) et du *diaulos* (2) s'échauffaient. Étendus sur le dos, ils faisaient des exercices d'assouplissement; ou bien ils sautillaient sur place en gonflant leur poitrine. Tous avaient du vif argent dans les veines. Racés, plus vibrants que la corde d'un arc, ils prenaient soudain des départs fulgurants.

Quand Bakis vint se joindre à eux, je m'intéressai davantage à leurs efforts; mon cœur était engagé. Je

(1) Un stade : 192 mètres.
(2) Deux stades : 384 mètres.

notai les styles, la tension de la volonté et des muscles. Bakis tint sa place avec honneur. Au départ, il jaillissait le premier des dalles; jusqu'à la mi-course, il gardait une poitrine d'avance. Puis deux coureurs plus lourds, l'un de Sparte, aux longs cheveux flottants, l'autre de Béotie, le distancèrent légèrement.

Peut-être Bakis avait-il ralenti...

Les coureurs du *dolicos* (1) affirmaient par leur nombre la gloire de Sparte. Presque tous venaient de la plaine arrosée par l'Eurotas. Habitués aux privations, aux longues courses sur le chemin de la guerre, ils allaient par foulées courtes, les yeux mi-clos, tendus vers un but lointain. Ils avaient des corps plus secs que des sarments et leur souffle paraissait inépuisable.

Les concurrents du pentathle occupaient l'extrémité sud du stade. En les voyant, je me rappelai les paroles d'Aristote, le philosophe d'Athènes : « Ils sont les plus parfaits de tous, parce qu'ils ont reçu de la nature la force, la vitesse, l'adresse et le courage. » Comme je les admirais, ces hommes taillés pour la lutte, le bond et l'élan, ces lanceurs de disque et de javelot ! Ménippe était parmi eux. Son disque de bronze volait comme un oiseau de proie; son javelot laissait dans le ciel un tel sillage de lumière qu'il arrachait un cri à la foule.

Boxeurs, lutteurs et spécialistes du pancrace s'affrontaient en combats singuliers. De vrais chocs de taureaux ! A part Jason et quelques lutteurs dont le corps ressemble aux statues de Phidias, c'étaient des montagnes de chair et de muscles. Ils avaient des cuisses pareilles aux colonnes des temples,

(1) Course de fond. Douze tours de porte : 4 700 mètres environ.

des bras plus noueux que des chênes, des mains comme des étaux. Ils m'effrayaient !

J'ai suivi l'entraînement des boxeurs. Les mains et les avant-bras recouverts par des lanières de cuir auxquelles sont fixées des boules de plomb, ils se foudroyaient mutuellement, et la foule scandait par des « han » de bûcheron la violence des coups qui écrasaient les visages, martelaient les poitrines, meurtrissaient les foies. Le sang giclait sur le sable. L'entraîneur, souvent intervenait pour modérer la fureur des combats.

Jason m'a raconté qu'aux jeux Néméens, un athlète d'Épidamne était tellement ivre de rage qu'il avait éventré son adversaire et lui avait arraché les entrailles. Les magistrats, alors, l'avaient chassé et condamné parce qu'il avait agi avec l'intention de donner la mort. Ensuite, ils avaient remis au cadavre la couronne d'olivier. Sombre histoire !

Les athlètes de la lutte et du pancrace s'en donnaient à cœur joie. J'ai remarqué un homme de Béotie, inscrit pour les deux épreuves, qui faisait peur rien qu'à le regarder. Une barbe noire envahissait son visage et on ne voyait que deux yeux brûlant comme des braises; ses cheveux en broussaille lui tombaient sur les reins. Il avait un corps gigantesque et difforme, tellement les muscles saillaient sur sa poitrine et son ventre.

A la lutte, il étouffait ses adversaires avec des hurlements de bête fauve et les projetait sur le sol où ils se tordaient comme des serpents. Au pancrace, il désarticulait les mains et les pieds; les manchettes à la gorge laissaient l'adversaire inconscient. Un cyclone !

Il avait provoqué Bakis qui n'avait pu résister sous

l'orage et avait levé le bras en signe d'abandon.

Jason, pensif, regardait.

Quand le Béotien vint à lui, la bave aux lèvres, et le pria de combattre, Jason se contenta de hausser les épaules. Comme l'autre insistait, en amorçant une prise, Jason recula d'un pas et dit d'une voix calme : « Quel dieu te possède, Cléon? Ou quelle folie? Aurais-tu le goût du sang comme les lions des montagnes? »

Ils étaient face à face; les concurrents se rangeaient autour d'eux et des inspecteurs des jeux approchaient, redoutant un scandale. Jason tourna la tête une seconde, le Béotien lui prit la main et commença à la broyer entre ses paumes.

Le sourire de Jason s'était crispé jusqu'à la souffrance. Il vacilla sous l'attaque, puis ses muscles se durcirent; il desserra légèrement l'étreinte et il y eut un moment d'équilibre si intense que les spectateurs retenaient leur souffle. Lachès, la tête penchée sur l'épaule gauche, lissait sa barbe grise.

Soudain, il effleura de son bâton le bras de Jason. Ce qui suivit fut extraordinaire.

Comme s'il allait tomber en arrière, Jason tira violemment le Béotien. En même temps, son pied droit frappait avec une violence inouïe la jambe gauche de Cléon qui perdit l'équilibre et suivit Jason dans sa chute. Mais mon cousin, appuyé au sol, avait replié les jambes; ses pieds prirent appui sur le ventre de Cléon et, d'une prodigieuse détente, l'expédièrent à dix pas. Le Béotien, les bras écartés comme des ailes, atterrit lourdement sur le crâne en hurlant.

Jason l'aida à se relever. « Ami, Cléon? » dit-il, mais l'autre s'éloignait en grognant comme un porc.

Mon cousin revint à moi en massant sa main droite où le sang ne coulait plus.

— Un rude adversaire, Philippe, et qui me clouera au sol s'il peut me ceinturer. Il étoufferait un taureau. J'aimerais aussi le rencontrer au pancrace. Qu'en penses-tu?

Je l'aidai à racler sa peau enduite de sable et d'huile, puis il alla piquer une tête dans l'Alphée, revint mettre sa tunique et nous montâmes vers l'Altis où nous attendaient des émotions plus pures. Car on y éprouvait physiquement l'influence de la trêve sacrée.

Les milliers d'hommes qui se pressaient devant les temples ne représentaient pas une ville ou une patrie. C'était le peuple grec tout entier réconcilié autour de ses dieux, parlant la même langue avec des accents divers, affirmant une solidarité que la guerre n'avait pas ébranlée. De l'orient à l'occident, de toutes les terres baignées par la mer, des ambassades étaient venues. Lachès me désignait des Grecs d'Asie, d'Afrique, de Gaule et de Sicile, des Grecs du Nord tellement encerclés par les barbares sur leurs montagnes ou sur les bords du Danube qu'ils devaient défendre par la lance leur civilisation et leur langage.

Un seul peuple rassemblé du Pont-Euxin aux colonnes d'Héraclès pendant la pleine lune du mois Apollonios !

Jason et Lachès souriaient de mon enthousiasme tandis qu'ils me guidaient à travers l'enceinte sacrée de l'Altis qui domine le stade et l'hippodrome.

Olympie n'est pas une ville, mais un sanctuaire ombragé d'oliviers, de pins et de platanes, qui connaît son heure de gloire tous les quatre ans à l'occasion des jeux.

Je vis d'abord, à l'entrée du sanctuaire, toutes les statues de Zeus en bronze élevées avec le produit des amendes infligées aux concurrents coupables de fraude ou de mensonge. Sur leur piédestal, une inscription rappelait le châtiment des parjures. J'espère que Cléon viendra les lire et y apprendre la sagesse !

Une forêt de temples couvrait l'Altis : celui de la déesse Héra, le plus ancien, aux colonnes basses et lourdes, plein d'ombre et de mystère; celui de Pélops, à ciel ouvert, entouré d'une enceinte octogonale; celui de Zeus, immense et lumineux, dont les colonnes de marbre avaient l'harmonie d'un chant et le grain d'une chair blonde, devant lequel se dresse la statue monumentale du dieu sculptée par Phidias. C'est là, demain, que je prêterai le serment d'Olympie...

Partout s'élevaient des colonnes solitaires surmontées de victoires aux ailes déployées.

Enfin, sur la terrasse qui borde la pente du mont Cronos, s'alignaient les Trésors construits par les villes de la Grèce et des colonies, en hommage à la paix et aux dieux.

L'enceinte sacrée, avec le murmure des eaux et le friselis des pins, est l'endroit rêvé pour les philosophes. Mais quand la foule l'anime et gronde comme la mer, le spectacle prend une chaleur et une intensité extraordinaires.

La fumée des sacrifices monte autour des temples et prend à la gorge; des processions se déroulent, annoncées par des sonneries de trompettes et la rumeur des conques marines, conduisant des victimes entourées de bandelettes, des taureaux pour Zeus et Poséidon, des chèvres pour Artémis, des vaches pour Athéna.

Ici, des orateurs publics, installés en plein vent, lancent leurs périodes sur la foule; ils célèbrent la gloire des jeux et les vertus de la paix. Là, un poète déclame ses odes et ses élégies. Il chante les nymphes des fontaines, l'amour et la mort. Plus loin, un autre réveille les antiques légendes de Thésée et du Minotaure, des travaux d'Hercule ou de la guerre des dieux contre les Titans.

Les rhapsodes sont nombreux. Grattant les cordes de leur cithare, ils chantent des vers d'Homère sur la guerre de Troie ou les navigations d'Ulysse. La foule les aime entre tous; elle est suspendue à leurs lèvres, car ils évoquent le passé héroïque de la Grèce, les rois et les héros, les chevaux fabuleux et les lourds vaisseaux suspendus à la crête des vagues.

Orphée est là, hiératique et noble dans son manteau blanc. A lui seul, il attire une mer humaine qui déferle jusqu'à ses pieds.

Devant la palestre, des acteurs répètent une tragédie d'Eschyle, *Les Perses*, qu'ils joueront bientôt dans l'amphithéâtre taillé à flanc de colline. Sous le masque qui exprime la douleur et l'angoisse, les voix alternées des chœurs se répondent.

Tout est vie et mouvement dans l'enceinte sacrée de l'Altis. Les grands de ce monde, précédés par des esclaves qui écartent le peuple à coups de bâton, s'avancent avec la dignité qui sied à leur rang. Ainsi j'ai croisé Périclès, toujours impassible, Archidamos, le roi de Sparte, Hiéron de Syracuse et Théron d'Agrigente, et même un satrape venu de Perse, Pharnabaze. Chacun d'eux est suivi par une troupe d'amis et de clients. Chacun, sauf Périclès, éclate d'orgueil et se prend pour le soleil.

A l'écart des grands hommes se tiennent les sages. La plupart sont venus à pied, comme Socrate, qui a fait le trajet en cinq jours. Ils enseignent sous les portiques des temples et à l'ombre des pins.

Olympie rassemble aussi par centaines les devins

qui donnent à prix d'argent la clef des rêves, interprètent le vol des oiseaux et les signes du ciel. Les gens se pressent autour d'eux, et d'abord les athlètes. Ils sont tellement impatients de connaître leur avenir que le moindre présage les bouleverse.

En attendant les jeux, les distractions ne manquent pas. Un jongleur lance six balles de couleur, dessine un cercle enchanté : on dirait un paon faisant la roue. Un danseur de corde bondit, virevolte, change de pied, feint la chute et se rattrape par miracle. Des acrobates font des voltiges qui coupent le souffle.

A tous, je préfère les montreurs de bêtes sauvages. L'un présente une biche et son faon qui s'ennuient à mourir au milieu de la foule, deux sangliers dressés et un renardeau qui m'a mordu le petit doigt. Un autre exhibe des singes et des ours muselés qui dansent au son de la flûte. J'ai vu surtout un lion d'Afrique, mais si vieux, si las que le poil lui tombait. Il avait égaré ses dents et ses griffes dans les sables. Nous nous sommes regardés longtemps. Nous nous comprenions. Il avait de grands yeux tristes. Je l'aurais aimé, ce lion malade. Un peu de bave lui coulait des lèvres.

Cette foule, il faut la nourrir. Les baraques des marchands évoquent le cantonnement d'une armée; des montagnes de légumes se dressent, déversées à pleins chariots; les quartiers de viande ruissellent de sang. De boutique en boutique, les vendeurs annoncent les oignons et les fèves, les fromages, les pâtés et les jambons, les chapelets d'aulx et de saucisses. L'air embaume le poivre, la cannelle et le safran venus des îles, le thym des collines pierreuses.

— Philippe, dit soudain Jason, tes chevaux s'impatientent. Il est grand temps de les rejoindre.

Étourdis par le soleil et le bruit, nous revînmes sur

les bords de l'Alphée où une douce surprise nous attendait. Charmide et Pison étaient arrivés au début de l'après-midi, suivis peu après par le père et le frère de Chloé. Désormais, j'ai avec moi tous ceux que j'aime.

Après avoir soigné les chevaux, nous avons parlé jusqu'à la nuit. Mon père détournait la conversation chaque fois que l'un d'entre nous évoquait les luttes prochaines. Mais comment oublier? Jason, nos amis d'Andros, moi-même, nous n'avons plus le même visage. Un feu nous brûle.

J'ai vainement essayé de trouver le repos. Je vais dormir dans la paille auprès de Léros. Peut-être m'enseignera-t-il le secret du sommeil...

IX

LES OLYMPIADES

Premier jour. Le serment.

Je l'ai prêté après les cochers d'Alcibiade. Maintenant, je suis lié aux dieux.

La cérémonie s'est déroulée devant le palais du sénat, le Bouleutêrion, face à la statue de Zeus, protecteur des serments, qui tient dans chaque main la foudre qui foudroie les parjures.

Les magistrats en robe rouge sont assis sur des gradins de marbre. Derrière eux, tous les chefs de la Grèce, les ambassades venues des îles, les hôtes de l'Orient et d'Afrique. Le visage de Périclès s'est adouci, ses lèvres ont esquissé un sourire quand il m'a aperçu en compagnie de mon père et de Lysis.

Devant les magistrats se dresse un autel bas, dominé par une dalle de marbre sur laquelle flambe un feu d'olivier sacré.

Autour de l'autel, les athlètes et les auriges forment une armée immobile. Chacun a revêtu une tunique de lin d'une blancheur éblouissante; tous sont accompagnés par des parents qui prêteront le serment en même temps qu'eux : la famille entière engage son honneur et celui des ancêtres.

Derrière nous, une foule secouée par des houles

impatience et d'enthousiasme, si épaisse qu'on entend parfois le cri d'une personne écrasée, la rumeur d'une bousculade. Les arbres eux-mêmes sont envahis par une nuée de spectateurs.

Une longue sonnerie de trompettes déchire l'air brûlant. Le chef des hellanodices lève la main. Le silence tombe soudain sur l'Altis et je crois voir frémir sur son piédestal la statue de Zeus. La cérémonie commence.

Les prêtres en longue robe blanche, couronnés de lauriers avancent en procession. Ils conduisent un énorme verrat dont la tête est ceinte de bandelettes de laine. Des joueurs de flûte scandent leur marche. Les notes acides me vont jusqu'à l'âme. Ils s'arrêtent devant l'autel. Un chœur d'hommes chante la puissance et la gloire des dieux immortels. Le verrat est aspergé d'eau lustrale, un prêtre jette sur le foyer des grains d'encens; nous tournons nos mains ouvertes vers la statue de Zeus et notre prière fait le bruit de la mer.

Un cri aigu, l'éclair éblouissant d'une lame... Le sacrificateur vient d'égorger le verrat. On recueille son sang que l'on verse sur le foyer. Je ferme les yeux, j'invoque toutes les puissances du ciel et de la terre.

Les prêtres, à coups de hache, dépècent la bête. Ils portent les quartiers de viande sur l'autel; les chairs grésillent, le chant des flûtes s'accélère; une sorte d'ivresse nous saisit, faite de joie et de tremblement, comme si Zeus allait descendre sur la terre. La foule crie : « Evohé ! Evohé ! » sur un rythme sauvage et soudain, très haut dans le ciel embrasé, résonne un grondement lointain du tonnerre.

Nous tombons face contre terre.

Nouvelle sonnerie de trompettes. Le chef des

hellanodices s'avance; il tient à la main la liste des concurrents. D'une voix haute et claire, il dit leur nom, celui de leur père et de leur patrie. D'abord les coureurs; puis les athlètes du pentathle et du pancrace. Les lutteurs et les pugilistes. Les auriges enfin. Chacun se présente à son tour, tend le bras droit sur les viandes qui se consument et prête le serment. Des acclamations éclatent, puis la trompette réclame le silence, et le mouvement, qui semble éternel, continue.

Je vois passer Bakis, et Ménippe, et Tellis, et Jason. Ils sont graves, le feu de l'autel scintille dans leurs regards. La voix de Jason éclate sur la foule, succédant aux accents barbares de Cléon. Mon tour approche.

Voici mon nom : Philippe, fils de Nicias, Athénien. Les dizaines de milliers de pèlerins venus d'Athènes le répètent en cadence. Ma jeunesse surprend la foule en délire.

J'avance lentement entre mon père et Lysis qui s'appuie sur mon épaule. L'autel, les prêtres en robe blanche, les hellanodices en robe rouge tournent autour de moi dans un lent vertige. L'odeur de viande brûlée me soulève le cœur. J'étends le bras droit, je jure que je respecterai le règlement d'Olympie, que je serai un concurrent loyal; je prends Zeus à témoin de mes paroles; j'ai l'impression d'être devenu le centre du monde.

Je garde peu de souvenirs de la fin de la cérémonie. Titubant de bonheur, les yeux clos, je ne suis plus dans l'enceinte sacrée; je lance déjà mes étalons sur l'hippodrome.

Je sors de mon rêve quand le chef des hellanodices annonce le programme des jeux et donne rendez-vous aux athlètes.

Premier jour : éliminatoire et finale du dromos et du diaulos; course sous les armes; épreuves pour les jeunes.

Deuxième jour : course de fond du dolicos; éliminatoires et finale de la lutte; concours du pentathle : disque, course, saut en longueur.

Troisième jour : pancrace et boxe; épreuves de javelot et de lutte du pentathle. Sur l'hippodrome, course des biges (1).

Quatrième jour : sur l'hippodrome, course des quadriges.

Cinquième jour : remise des couronnes d'olivier; sacrifice aux dieux offert par les vainqueurs; banquet.

Une deuxième invocation aux puissances du ciel, et la foule commence à se disperser quand les trompettes la rappellent. Voici qu'apparaît entre les pins le groupe enchaîné de Denys le Messénien et de ses complices. Ils sont nus, tremblant de peur et de honte. Des policiers, un long fouet à la main, les escortent.

Les athlètes rangés autour de l'autel s'écartent et dégagent un vaste espace circulaire où l'on pousse les criminels comme du bétail. Un héraut s'avance, annonce d'une voix éclatante :

« Comme la trêve sacrée assure non seulement la sécurité des routes, mais garantit la vie, les biens et l'honneur des étrangers sur un territoire inviolable, Denys le Messénien et ses complices ont trahi la loi de Zeus. Coupables de forfaiture et d'attaques à main armée sur la personne, la famille et les chevaux d'un concurrent d'Olympie, ils sont déchus de leurs droits civiques et recevront trente coups de fouet devant la foule avant d'être livrés aux juges de leur

(1) Chars attelés à deux chevaux.

patrie dont ils ont souillé la gloire. En outre, les deux esclaves Proclès et Hédon auront la main droite tranchée. Ainsi en ont décidé des magistrats de l'Élide responsables des jeux et de la trêve sacrée. »

Au premier coup de fouet, au premier sang qui gicle des chairs lacérées, je m'enfuis. Mon père et Lysis me rejoignent. Des hurlements nous poursuivent. Nous marchons vers notre campement. Des gens viennent à moi, touchent ma tunique et mes épaules. J'entends une sourde rumeur : « Philippe, fils de Nicias, Athénien... »

O Zeus, puissé-je rester sourd à l'orgueil !

Voici nos tentes, nos étalons et leur joie. Ils accourent, me saluent avec majesté, comme si je portais le reflet d'un dieu sur mon visage. Et voici ma mère et Chloé, des larmes dans les yeux. Ma mère m'embrasse; Chloé va faire de même quand elle s'arrête brusquement, pâlit, baisse la tête. Dans un geste d'une exquise pudeur, elle prend ma main qu'elle porte à son front.

Lysis m'entraîne. Il est aussi ému que moi :

— Philippe, dit-il avec douceur, je ne sais si tu remporteras l'olivier. Mais tu as déjà gagné un cœur.

*
**

Sur les conseils de mon père, je suis resté jusqu'au soir allongé sous ma tente. La cithare d'Orphée berçait mon repos et mes rêves.

Quand la chaleur est tombée, j'ai fait un léger entraînement sur l'hippodrome en compagnie des cochers de Timothée. Les étalons sont fin prêts; ils connaissent la piste comme s'ils y tournaient depuis des années; ils abordent les virages, ils frôlent les bornes avec une précision de jongleurs. Ma domination sur eux est absolue. Égine lui-même se plie à tous mes ordres.

Les cochers d'Alcibiade et de Hiéron m'ont défié, mais je n'ai pas cédé à leur jactance. J'ai suivi mon allure. Quand ils me serraient de trop près, je me dégageais rapidement pour trouver le champ libre; je ne voulais pas exposer Skyros ou Milo à des chocs brutaux.

Les cochers de Timothée n'avaient pas le même scrupule; leurs chevaux sont moins rapides, mais d'une telle puissance qu'ils affronteraient une montagne. Mégabyse, l'un des cochers d'Alcibiade, en a fait la rude expérience. Comme il coupait la route du premier quadrige de Timothée, les étalons de notre ami n'ont pas dévié d'un pouce; le choc a été terrible et Mégabyse s'est retrouvé le nez dans la poussière; son char avait perdu une roue et la pointe de l'essieu creusait le sable.

Alcibiade, au bord de la piste, était blême; je le sentais blessé au plus profond de son orgueil. Quelques instants plus tôt, il racontait au milieu d'un groupe de flatteurs son triomphe aux dernières olympiades où ses chevaux avaient pris la première, la seconde et la quatrième place.

Il ne m'a pas adressé la parole; il a évité mon père qui souhaitait le rencontrer. Pourtant, Alcibiade a prêté le serment en même temps que ses auriges. Puisque ses étalons et les nôtres porteront l'honneur d'Athènes, ne vaudrait-il pas mieux étouffer une rivalité qui risque de coûter la victoire à notre patrie déchirée par la guerre?

« La sagesse est difficile » m'a dit mon maître Charmide à ma descente de char. Il contemplait les cochers frénétiques, la foule brûlant d'une passion proche de l'hystérie. Olympie, ce soir, gronde com l'orage.

A notre retour, nous avons franchi avec peine l'immense procession qui déferle vers le stade. Cinquante mille personnes dormiront sur les pentes de la colline. Jusqu'à l'aurore, elles resteront éveillées, attendant la sonnerie des trompettes qui lanceront sur la piste des séries d'athlètes nus plus rapides que des colombes.

***

Deuxième jour.

J'ai vu naître le soleil derrière les montagnes de l'Arcadie; le ciel s'est veiné de rose, une poussière dorée a scintillé sur les crêtes. Le quadrige d'Apollon, dieu de la lumière, volait déjà dans le ciel. Quand le premier rayon du soleil a touché le temple de Zeus, cent trompettes ont sonné une fanfare triomphale et le cortège officiel a quitté le Bouleutêrion en direction du stade.

Marchaient en tête les hellanodices vêtus de rouge, puis la prêtresse de Déméter Chlamyné, la seule femme ayant le droit d'assister aux jeux, secrète et grave dans son péplos blanc dont un pan était ramené sur sa tête. Suivaient les grands personnages, chefs politiques ou chefs de guerre. Périclès et Archidamos de Sparte se trouvaient sur la même ligne.

Venaient ensuite les députations des villes et les ambassades étrangères dont les costumes barbares rutilants, brodés de perles et d'ors, souvent contrastaient avec les tuniques ou les manteaux de laine blanche des Grecs qui portaient le pétase, le chapeau de paille à larges bords, pour se défendre du soleil.

Marchaient enfin les athlètes en tunique de lin qu'ils abandonneraient bientôt : tout un bataillon de coureurs de vitesse, muscles fins et longs, le corps ruisselant d'huile, le visage déjà marqué par la griserie de l'espace et des luttes prochaines.

Les guerriers qui disputeraient la course sous les armes fermaient le défilé. Ils portaient des casques aux longues crinières et des boucliers ronds de métal sur lesquels un artiste avait peint en couleurs noires des aigles, des têtes de taureau ou le visage des dieux immortels.

Après avoir traversé l'enceinte sacrée, le cortège descendit vers le stade. Les milliers de spectateurs répondaient par leurs cris à la sonnerie des trompettes qui signalait sa marche. A l'entrée du cortège sur la piste blonde, ce fut le délire. Mon père m'a dit que deux colombes qui traversaient le ciel s'abattirent foudroyées. Je ne les ai pas vues. Je contemplais la Grèce rassemblée dans l'enthousiasme, j'étais porté par ces houles qui secouaient la foule; je flottais émerveillé dans cette mer de bruit, de tumulte et de fanfares.

Les hellanodices, suivis des personnages officiels, gagnèrent les tribunes de marbre. Un héraut s'avança au milieu du stade, imposa le silence d'un grand geste de la main et cria :

— Que les coureurs se présentent !

Les athlètes se rangèrent devant les gradins de marbre, face aux hellanodices. Le héraut lut leur nom et celui de leur cité. L'appel terminé, il se tourna vers les terrasses de la colline envahies par les spectateurs et demanda :

— Quelqu'un d'entre vous peut-il reprocher à

l'un de ces athlètes de n'être point de naissance pure ou de condition libre, d'avoir été puni des fers, d'avoir montré des mœurs indignes?

Nul ne répondit. Les coureurs s'éloignèrent vers le bois sacré où ils se dévêtirent. Une nouvelle sonnerie de trompette annonça les éliminatoires du dromos. Quatre noms furent prononcés. Quatre coureurs vinrent se placer sur la ligne de départ, prirent lentement position tandis que les inspecteurs des jeux surveillaient l'emplacement de leurs pieds sur les rainures des dalles, et attendirent, penchés en avant, plus immobiles que des statues, maîtrisant leur cœur et leur souffle.

Une sonnerie de salpynx, la trompette en forme de cône, leur donna l'envol.

Je n'ai pas l'intention de décrire ces épreuves. Cent tablettes de cire n'y suffiraient pas et les étalons s'impatientent avant l'entraînement du soir, mais je dois parler de Bakis qui, d'une seule poitrine, a raté la couronne d'olivier au dromos après une course merveilleuse. Il s'est battu comme un lion et sa place de second lui vaudra la gloire dans les îles des Cyclades et une réception grandiose à Andros. J'admire Bakis entre tous nos amis; il a l'œil noir et le teint brûlé de ceux qui vivent sous le vent de la mer des Cyclades; il est gai, toujours souriant, plus preste qu'un écureuil. Dans le péril, il révèle une âme forte et pure. Sa générosité est si profonde qu'il donnerait sa vie pour ceux qu'il aime.

Dès qu'il parut sur la piste pour l'éliminatoire, il captiva tous les regards; il surprenait parmi ses rivaux. Le premier, un pâtre d'Eubée, était un hercule taillé à coups de serpe dans un vieux bois d'olivier; le second, un pêcheur de Naxos était bâti pour la vitesse comme un thon; le troisième, un montagnard d'Épire, fauchait l'air de ses bras noueux comme s'il abattait des chênes. Bakis, sur la ligne du départ, semblait fragile au milieu de ces forces de la nature. Son regard me chercha dans la foule. Il m'adressa un sourire. Je tremblais pour lui.

Vint le départ. Et le prodige se produisit. Bakis, en trois foulées, avait pris un pied d'avance sur ses adversaires dont la lourde mécanique entrait lentement en action. Léger, harmonieux, il volait sur le sable. Au prix d'un effort terrible, le pêcheur de Naxos revint à sa hauteur à mi-course et le tumulte se déchaîna sur le stade, mais Bakis attendait cette attaque. Je le vis accélérer sa vitesse, augmenter la longueur de ses foulées sans perdre son harmonie. Il franchit la ligne d'arrivée avec trois pieds d'avance sur le pêcheur de Naxos qui s'écroula, asphyxié.

Bakis ne semblait pas éprouver de fatigue; il fit quelques inspirations profondes et revint en trottinant à la ligne de départ. Je l'admirais de ne pas saluer comme un démagogue la foule qui criait son nom et sa patrie, de rester grave malgré l'encens d'une première victoire. Il attendit ses concurrents malheureux pour leur donner l'accolade et s'éloigna, paisible, vers le bois sacré où il réparerait ses forces avant la finale.

De mémoire d'homme, cette finale du dromos fut la plus belle qu'on ait vue à Olympie depuis cinquante ans. Indécise, palpitante, chargée d'une émotion qui serrait le cœur et laissa le public épuisé. Vingt coureurs sur les dalles de départ, séparés par un couloir de quatre pieds, une prodigieuse cavalerie taillée pour l'effort brutal. Parmi eux, deux anciens vainqueurs d'Olympie, deux vainqueurs aux jeux de l'Isthme, un autre à Némée, un autre à Delphes. Et surtout un *périodonique*, Sporade d'Étolie, qui, en quatre ans, avait remporté tous les jeux de la Grèce au dromos et au diaulos.

Leur départ me coupa le souffle. Après trente pieds, tous les coureurs restaient sur la même ligne. Je regardais Bakis. Il suivait le rythme avec aisance; jamais ses pieds n'avaient effleuré la piste avec la même allégresse. Un dieu le possédait.

Une vague de silence s'était abattue sur le stade. Au tiers de la course, quelques coureurs se détachèrent. Bakis était du nombre, et Sporade, et Léosthène, vainqueur à Némée. J'entendais leurs souffles confondus, le martèlement de leurs pieds nus; le mouvement violent des bras assurait l'équilibre des foulées. Un tableau pour Phidias.

A la mi-course, Bakis prit une main d'avance sur Sporade et Léosthène. Je vis l'écart se creuser légèrement, puis tous les deux revinrent pouce à pouce avec une telle énergie que la tension des muscles déformait leur visage. J'imaginais les cœurs affolés, les poitrines embrasées. Bakis se détacha une nouvelle fois et Léosthène ne put soutenir le rythme infernal. Sporade s'accrochait, revenait comme une balle de fronde, dépassait à son tour Bakis qui ne cédait point sous l'attaque, mais semblait lié à son adversaire par des fils invisibles.

L'arrivée eut une intensité dramatique. Bakis reprit le dessus, puis Sporade. Ils parurent attachés au même joug comme les chevaux d'un quadrige pendant le temps d'un éclair. Sporade enfin, le corps cassé, se jeta sur la ligne en rupture d'équilibre. Il avait gagné d'un souffle et Bakis dut le retenir comme il allait s'écrouler dans la poussière.

Le stade était devenu une fournaise. Quelle clameur tandis que le vainqueur et le vaincu s'étreignaient ! J'avais sous les yeux une image radieuse de la trêve sacrée : près de cent mille personnes acclamant d'un même cœur deux athlètes qui avaient donné le meilleur d'eux-mêmes à la conquête d'une gloire pacifique.

La suite fut digne d'Homère. Les Étoliens, sautant les barrières du stade, forçant les barrages de police, s'emparaient de Sporade, le couvraient de fleurs et le promenaient en triomphe sur leurs épaules. Nous fîmes de même avec Bakis. Porté à bout de bras par Jason et Ménippe, il eut droit à un tour de piste triomphal.

Quand il eut repris son souffle, je lui demandai :

— Pas d'amertume, Bakis?

Il rejeta en arrière ses longs cheveux que le vent de la course avait plaqués sur son front :

— Je prendrai ma revanche à Delphes. Mais c'était si beau, Philippe ! J'étais à bout de forces dans les dernières foulées, et pourtant la rage de vaincre me portait encore.

— A quoi pensais-tu pendant la course?

— A ma patrie. A mesure que j'approchais de la ligne d'arrivée, je voyais l'île d'Andros s'élever sur la mer. Elle m'appelait comme un fils. C'est un sentiment étrange. Tu l'éprouveras bientôt sur le sable de l'hippodrome.

Au diaulos, Bakis connut moins de bonheur. Comme Sporade, il remporta son éliminatoire, mais je le sentais fatigué. Ses efforts l'avaient marqué si profondément qu'il n'était plus maître de son souffle. Lors de la finale, il prit la tête à son habitude, la conserva jusqu'à la borne indiquant le milieu de la course, puis fut dépassé irrésistiblement dans le virage par trois adversaires qui n'avaient point participé au dromos. Sporade lui-même ne put soutenir le train d'enfer du vainqueur. Il termina, épuisé, derrière Bakis, à la cinquième place.

Je quittai le stade avec mon père après l'arrivée du diaulos. Il était près de midi. Le soleil baignait de flammes la piste blonde couturée de cicatrices par le passage des coureurs. J'avais hâte de retrouver Lysis et mes étalons. Ceux-ci désormais reçoivent de moi seul l'avoine et le foin. Nous sommes unis comme les doigts de la main.

Je les ai menés se baigner dans l'Alphée. L'ombre des peupliers tremblait sur leur robe blanche. Ils jouaient comme des enfants au milieu des eaux vives et ce plaisantin de Milo qui cultive la fleur bleue inondait ses camarades et contemplait en extase les gouttes brillantes, pareilles à des perles, qui emprisonnent des éclats de soleil.

Chloé se tenait près de la rive, un doigt sur les lèvres dans l'attitude du silence. Elle fuyait mon regard et je n'osais troubler sa rêverie. Elle avait noué ses cheveux en grappe et son jeune visage paraissait plus mûr et plus grave. Sa tunique de lin dégageait l'épaule et le bras gauche. Un collier d'argent déroulait ses torsades sur la peau dorée.

La foule, la lutte, les périls de l'hippodrome m'effraient moins qu'une jeune fille blonde, éprise de mystère.

***

Le soir tombe. Sous la direction de Lachès, Jason, Tellis et Ménippe travaillent quelques prises devant leur tente. Protée les regarde, émerveillé. C'est l'heure où le stade commence à se remplir pour les épreuves de l'aube. Orphée, sa cithare sur le dos, s'éloigne à son tour vers l'Altis où il saluera par ses chants la naissance des étoiles devant un public enthousiaste.

Je reviens de l'entraînement. La foule est insatiable. Après une journée interminable sous un soleil de plomb, les jeux du stade ne l'avaient point apaisée. Elle se bousculait sur les pentes du mont Cronos qui dominent l'hippodrome et prenait son repas du soir. L'air sentait l'oignon cru, l'ail et la friture.

Mon père a dirigé l'entraînement. J'ai fait quelques tours au galop et travaillé particulièrement les virages et la reprise en main du quadrige au début des lignes droites. Les cochers d'Alcibiade et de Hiéron m'ont inquiété une fois de plus, sans dommages. Skyros s'est tiré à son honneur d'un affrontement avec le cheval de volée du premier quadrige d'Alcibiade, et Milo, par une feinte subtile, a mis dans le vent un attelage de Hiéron. Je n'ai aucune inquiétude pour Égine et Léros : ils brûlent du même feu dès qu'ils retrouvent la piste.

Je me répétais durant le galop le serment d'Olympie; je me demandais si chacun des cochers que je rencontre, affichant son orgueil comme un diadème, aurait à cœur de le respecter... Je devine dans l'ombre la trame d'une conspiration silencieuse. Il semble qu'Alcibiade et Hiéron qui lancent le plus grand nombre de quadriges sur l'hippodrome, chercheront à décourager leurs adversaires avant de se battre à mort dans les derniers tours pour la couronne d'olivier.

La vitesse de mes étalons les inquiète. Je suis devenu le trouble-fête dans la ronde. C'est le jeu d'Olympie, mais les cochers n'iront-ils pas au-delà des ordres de leurs maîtres?

Je n'en ai pas parlé à mon père, mais son enthousiasme retombe à mesure que le mien s'enflamme.

Souvent, je sens son regard posé sur moi et sur Lysis. Je devine ses pensées. Pourrai-je tenir jusqu'au bout dans cette épreuve qui exige la ruse et la force? Par excès de passion, ne vais-je pas tomber tête baissée dans les pièges qui m'attendent?

Je crois que je connais la réponse, si le destin ne plante pas ses griffes sur la croupe des étalons.

Peut-être dois-je marquer d'une pierre blanche la rencontre du plus jeune des cochers de Hiéron, Antée? Il conduit le deuxième quadrige de son maître. Je l'admire parce qu'il ressemble à Lysis dont il possède la silhouette, les yeux noirs et la gentillesse à fleur d'âme. Nous nous sommes trouvés face à face lorsque nous descendions de notre quadrige. Nous avons parlé de nos chevaux, comme il se doit, de leur race et de leur entraînement.

Quand je lui ai dit que mon père et Lysis avaient assumé seuls la formation de l'attelage, il s'est étonné. Car Hiéron a fait venir de Perse, pays de cavaliers et de chars, un instructeur qui a éduqué ses cochers et dressé les quadriges. Des manœuvres savantes furent répétées mille fois; une tactique fut mise au point pour les différents moments où se joue la course entre les hommes et les chevaux.

Antée ne m'a rien révelé. Il m'a dit simplement avec un hochement de tête : « Tu seras bien seul sur la piste, Philippe. J'espère que les roues de ton char sont à l'épreuve des chocs. » Il s'est éloigné à pas lents. Il a la même démarche que Lysis, ce léger balancement des hommes qui passent leur vie à cheval ou sur un char.

Un adversaire loyal. J'aimerais l'avoir pour ami.

*
**

Troisième jour. Jason vainqueur à la lutte

Mon stylet égratigne la tablette de cire. Ce nom de Jason, je voudrais l'écrire en lettres énormes sur le fronton des temples et le piédestal des statues.

Je sors épuisé du stade. Athènes, ma ville, est reine sous le soleil éclatant d'Olympie. Des milliers de voix proclament sa gloire et bénissent Athéna et Zeus, protecteurs de l'Acropole. La cithare d'Orphée gronde comme une forêt sous le vent pour chanter la victoire.

Jason est près de moi, allongé dans l'herbe rase sous un peuplier qui lui donne son ombre. Les yeux clos, il sommeille. Il semble détaché de la joie qui nous possède, du délire qui s'est emparé d'Olympie. Son corps est marqué par les coups et les prises. Un coup de tête furieux de Cléon lui a ouvert le front; son dos est couvert de cicatrices. Tant de fois il a roulé dans la poussière pour échapper à des étreintes sauvages !

Protée a prodigué ses baumes et Jason, paisible, repose. Sa force prodigieuse est à peine entamée. Je contemple ses épaules, ses bras, ses mains qui se referment parfois comme s'il étreignait encore un adversaire.

Demain, le pancrace !

Quelle journée ! Jason a terrassé huit adversaires avant d'accéder à la finale contre Cléon le Béotien.

Les cinq premiers ne pesèrent pas lourd en face de lui. C'étaient des athlètes de Mycènes et d'Argos, de Chalcidique et de Thessalie, des hommes courageux et puissants, mais frustes dans leur art, igno-

rant les longues patiences et les ruses subt
fiant à leur force, ils fonçaient comme des t...
mais leurs bras se refermaient sur le vide. Une esquive, et ils tombaient dans le piège. Jason les surprenait en déséquilibre et les plaquait au sol où ils gesticulaient vainement, écartelés, avec des soubresauts de guerrier blessé.

Le sixième lui donna plus de mal. C'était un habitant de Cnossos, en Crète, un patron de navire qui commerçait avec l'Égypte. L'homme était sec et musculeux, doué d'une détente soudaine qui paralysait ses adversaires. Il attaqua aussitôt. Jason, immobile, les pieds écartés, accepta l'assaut. La lutte se transforma en une épreuve de force, un affrontement des muscles qui se durcissaient, devenaient roc et chêne.

Puis un rictus défigura le visage de Jason, sa pesée se fit plus lourde, ses mains se refermèrent lentement sur les hanches du Crétois et soudain, il le souleva dans un mouvement irrésistible. Je vis le corps de bronze dessiner un demi-cercle dans l'air et tomber sur le dos dans un nuage de poussière. Quand Jason se releva, l'autre reposait sans mouvement sur le sol.

Le septième, un Grec d'Asie venu de Smyrne où il conduisait des caravanes de chameaux sur la route de la soie, avait une souplesse d'anguille. Tout en feintes et en ruses, il échappait aux prises les plus imparables et coulait comme une eau vive entre les bras de Jason. Pourtant mon cousin choisit d'attaquer. Ce fut long, difficile, contre un adversaire qui avait déjà terrassé le vainqueur des jeux Pythiques, mais Jason avait la patience et l'œil clair.

Quand l'homme épuisé par une voltige continuelle marqua un temps de repos pour reprendre son second souffle, Jason l'étreignit, le plaqua contre sa poitrine, ses bras se refermèrent comme des cordages. Cette fois, l'homme de Smyrne était emprisonné; il secouait la tête avec une violence convulsive; le chignon que portent les Grecs d'Asie se dénouait et ses cheveux flagellaient ses épaules; ses jambes et ses pieds frappaient, tels des serpents, les cuisses de Jason. Enfin sa bouche s'ouvrit comme un four, sa poitrine fit le bruit d'un soufflet de forge; il étouffait avec des râles.

C'est une poupée de son que Jason déposa sur le sol.

Lachès était là, son bâton à la main. Entre les combats, il soignait Jason comme un enfant, raclant la poussière et le sable, massant les muscles endoloris, étendant une nouvelle couche d'huile dorée. Puis ils étudiaient les prochains adversaires, mettaient au point les tactiques.

Jusque-là, je n'ai point parlé de la foule. C'est à peine si je la sentais vivre à mes côtés, tellement j'étais captivé par l'enclos de sable et de soleil où s'affrontaient les lutteurs. Elle se passionnait, elle aussi. Des clans se formaient, qui électrisaient le stade en clamant le nom de leurs favoris, et chacun était crispé dans l'attente de la finale vers laquelle les dieux poussaient, d'athlète en athlète, Jason d'Athènes et Cléon de Béotie.

Le huitième adversaire de mon cousin ressemblait à une eau dormante. C'était un montagnard de Thessalie, bûcheron à ses heures, qui passait tout l'an au bord d'un lac sauvage au pied du mont Olympe. A le voir au repos, on aurait cru un paysan qui coule des jours tranquilles entre ses moutons et ses chèvres; ses gestes étaient mesurés; sa voix, douce. En action, il laissait l'initiative à l'adversaire. Il s'offrait aux prises et pliait comme un jeune fût d'olivier sauvage. Mais soudain, libérant ses forces, il faisait preuve d'une agilité surprenante; ses mains, ses pieds avaient la vitesse de l'éclair. Il lançait en rafales de furieuses attaques qui désarçonnaient l'adversaire.

Par deux fois, j'ai connu un moment d'angoisse pour Jason. Lancé à la vitesse d'un disque de bronze, il avait roulé sur le sable et le Thessalien se précipitait pour l'immobiliser. Jason put se dégager à la dernière seconde en faisant le pont et le Thessalien ne parvint pas à saisir sa proie. Le combat se poursuivit au ras du sol; les deux hommes soudés dans l'effort formaient une masse confuse et hurlante d'où émergeaient des giclées de sueur et de sable.

Une fois de plus, la force de Jason triompha. Il releva son adversaire épuisé. Lui-même chancelait, ivre de fatigue, et j'eus peur pour la suite...

Car il était parvenu à la finale.

Restaient Cléon, le taureau, et Tellis. Leur combat désignerait l'autre finaliste.

Tous les deux s'étaient débarrassés de leurs adversaires. Pour Cléon, ç'avait été un jeu. Il avait un seul moyen : la force; une seule tactique : l'étouffement; ses cris sauvages ponctuaient la chute de ses concurrents qu'il traitait en ennemis. Quand ils gisaient évanouis, il esquissait quelques pas d'une danse triomphale qui évoque celle des ours.

Tellis avait éprouvé beaucoup de difficultés. Son art tout en nuances peinait à s'imposer devant les mastodontes auxquels il rendait vingt ou trente livres. Je le sentais atteint dans sa résistance, anxieux à la pensée d'affronter cette bête énorme de Cléon, enfermée dans sa forêt de poils et de cheveux, qui semblait sortir tout droit d'une caverne.

Pourtant, il se battit avec un courage admirable. Je crois qu'il n'aspirait plus à la victoire, mais qu'il voulait saper les forces du Béotien avant sa rencontre avec Jason. Trois fois, il fut enfermé dans l'étau monstrueux des bras de Cléon. Trois fois, il parvint à se dégager en prenant appui avec ses genoux sur les flancs du Béotien. Ensuite, il fit traîner le combat en longueur en tournant autour d'un adversaire moins agile. La foule, qui protège les faibles, avait pris son parti, décuplant ainsi la fureur de Cléon.

Quand il s'abattit, Jason se précipita pour l'arracher à l'étreinte du Béotien qui s'acharnait sur un corps palpitant.

Pour la finale, les inspecteurs des jeux arrêtèrent les épreuves du pentathle qui se déroulaient à l'autre extrémité du stade. Le carré de sable blond cerné par les arbitres devint le point de mire de cent mille spectateurs qui retenaient leur souffle.

Après la présentation de Jason et du Béotien, une sonnerie de trompettes donna le signal du combat qui devait se dérouler, à la différence des éliminatoires, au meilleur de trois manches.

Ce fut un choc effroyable. D'un côté, la force et la souplesse, l'harmonie du geste et le respect des lois qui commandent la lutte. De l'autre, une puissance de bête sauvage et le goût du sang. Au cours de la première manche, interminable, qui dura le temps que se vident deux sabliers, les adversaires prirent l'avantage tour à tour et j'ai vécu chacune des prises avec une telle intensité que la scène se déroule encore sous mes yeux.

Ils sont face à face, penchés en avant, les bras écartés, les mains ouvertes. Leurs regards s'affrontent, ne se quitteront plus. Les corps oscillent lentement, puis s'immobilisent. Lequel va bondir le premier? C'est Cléon. Son cri précède l'élan, un cri aigu qui me glace. Écartant le rempart des mains de Jason, il cherche le corps à corps, le trouve, ses bras se referment déjà. Mais Jason a bondi en arrière; les mains du Béotien ne font qu'effleurer la poitrine où ses ongles laissent des stries sanglantes.

Vingt fois l'assaut reprend, lancé avec la même fureur, toujours accompagné par un hurlement de bête affamée. Et Jason, par une esquive du torse ou de l'épaule, par la rapidité de son jeu de jambes, échappe au piège. Je devine sa tactique. S'il est impossible de fatiguer ce taureau, dont la résistance est prodigieuse, il peut au moins l'énerver et semer le doute dans ce crâne plus dur que le marbre. Comme il possède une allonge supérieure, il larde Cléon à distance. J'entends le claquement sec du plat de ses mains sur les épaules velues.

Maintenant, Cléon écume; ses pieds grattent le sol à la recherche d'une assise plus profonde. Je sens monter en lui le délire de la violence. Il voit rouge; chacune de ses détentes ressemble à un bond de lynx. En même temps, d'une voix tonnante, il insulte Jason. L'injure lui coule des lèvres comme une eau croupie.

Une sonnerie de trompettes. Jason vient de s'écrouler et repose sur le ventre, immobile. L'un des juges m'a masqué le geste de Cléon. Deux inspecteurs des jeux se précipitent sur le Béotien qu'ils repoussent. Comme il se débat, un policier le fouaille d'un long coup de fouet. Je tremble. Que se passe-t-il? Sur les gradins du stade, le public se déchaîne.

On relève Jason qui porte les mains à sa gorge. Il titube, asphyxié. Les juges se réunissent, discutent. Le héraut s'avance au milieu du stade et, dans un grand silence, annonce : « Les juges donnent à Cléon un avertissement grave pour lutte déloyale. Il a porté une manchette à la gorge de Jason. » Cris, sifflets, hurlements : on dirait une émeute.

Un moment d'attente. Avec l'aide de Lachès qui lui masse la gorge et la naissance des épaules, Jason fait des exercices respiratoires; sa pâleur disparaît. D'un geste de la tête, il indique aux juges qu'il est prêt.

Le combat reprend, acharné, mais Jason a été touché dans ses forces vives; ses gestes sont plus lourds; ses esquives et son jeu de pieds n'ont plus leur grâce ailée. Cléon le serre de près, leurs souffles se confondent.

O Zeus, viens à notre secours !

Le Béotien vient de le saisir par une prise infaillible. La tête bloquée sur la poitrine de Jason, il referme l'étau de ses bras; les muscles saillent sur ses épaules comme de noirs serpents. Il pousse son chant de victoire, trois notes aiguës qui se terminent sur un rugissement.

Le nœud se resserre encore. Les mains de Jason cherchent vainement un appui pour résister à l'étouffement. Lentement, le Béotien l'arrache du sol. Jason s'épuise; il étouffe; des larmes me viennent aux yeux; mon cœur bat plus fort que la rumeur angoissée de la foule quand je vois mon cousin rejeter la tête en arrière et s'abandonner sans réactions...

Une ruse ! Jason a fait le mort en retenant son souffle; il a guetté le moment où le Béotien, en rupture d'équilibre, va le précipiter au sol. Alors la foudre éclate. Ses pieds frappent les genoux de Cléon, se plantent sur les cuisses où ils prennent appui; ses coudes s'enfoncent au creux des épaules du Béotien. Un coup de rein fabuleux, et l'étreinte des bras se desserre; le corps de Jason glisse dans la brèche. Délivré ! Mon cri se perd dans la tempête qui se lève sur le stade.

Jason se redresse devant un adversaire médusé.

Désormais, c'est lui qui mène le jeu. Il ne s'agit pas encore de porter la prise fatale. Les forces du taureau demeurent intactes, mais la bête a perdu confiance; elle fonce en aveugle. Jason l'emprisonne dans un cercle enchanté de feintes et d'esquives, ou l'envoie rouler à dix pas par un croc en jambe.

On ne voit plus la peau du Béotien, mais un enduit de sable et de poussière collé par la sueur. Et Jason, lucide, guette malgré le sang qui coule de son front ouvert par la tête de Cléon et qui souille ses épaules et ses bras.

La décision viendra plus tard, si rapide que j'ai cru d'abord à une illusion de mes yeux. Une fois de plus, le Béotien s'est précipité avec un mugissement qui ressemblait à une plainte. Il ne trouve que le vide. Il bloque son élan dans le sable; son pied glisse; il chancelle. Jason bondit à son tour; je vois l'éclair de ses bras et de ses mains, l'étreinte surhumaine qui descelle Cléon de son piédestal et l'entraîne vers la chute. Il roule sur le sol; ses bras battent l'air, impuissants.

Jason est sur lui, pesant de tout son poids. Quelques spasmes encore, mais les deux épaules touchent le sol. Un dernier hurlement du Béotien et les juges lèvent le bras; le son des trompettes déchire le ciel enflammé.

La seconde manche fut plus brève. Jason avait décidé d'en finir rapidement. Devant cette montagne de chair, il manifesta le triomphe de l'esprit. Enchaînant ses prises à folle vitesse, il étouffa Cléon par son rythme. Jamais les bras immenses qui auraient fait le tour d'un chêne ne purent le saisir. Multipliant ses parades comme à l'entraînement, il bloquait les offensives et amena le Béotien à ce point de rage et de folie où il devenait une proie facile.

Je devinai la fin au sourire de Jason. Le géant vacillait, ses pieds ne trouvaient plus leur assise sur le sol.

Quand l'immense corps de titan fut allongé dans l'arène, ce fut le délire.

La victoire !

J'ai couronné Jason de fleurs cueillies au bord de l'Alphée; j'ai baisé ses mains, ses bras et son front meurtri. Il a fait deux tours de piste sur les épaules de Tellis et d'Athéniens enthousiastes. Périclès lui a promis une réception merveilleuse dans sa ville.

Il était calme, pacifique, indifférent à cette gloire qui le frappait au visage. Il serrait Lachès et Pison contre lui, les désignait à la foule hurlante. Il m'a dit en souriant :

— Seul, je m'ennuierais dans le cortège triomphal. J'espère que tu m'accompagneras, petit homme...

... Mon père m'appelle. Avant de le rejoindre, je dois noter qu'un Spartiate, Eumolpas, a remporté le dolicos avec cent pieds d'avance et que Ménippe est en deuxième position au pentathle. Battu à la course par trois concurrents, il a remporté le lancer du disque d'une manière éclatante et pris la troisième place au saut en longueur avec trente-six pieds. Il franchirait l'Alphée d'un seul coup d'aile...

*
* *

Chloé a la curiosité des femmes, et leurs ruses patientes. Depuis que mon père m'a chargé de tenir ce journal d'Olympie, elle brûle d'en prendre connaissance. Souvent, quand je me réfugie sous ma tente devant les tablettes de cire, elle me surprend à l'improviste, prétextant un rangement ou je ne sais quel détail domestique. Puis elle reste à mes côtés, silencieuse, rectifiant les boucles de sa chevelure ou les plis de sa tunique. Mais son regard a beaucoup d'éloquence.

Je lui ai donné à lire les pages que j'ai consacrées aux exploits de Bakis et de Jason. Elle s'est éloignée de quelques pas et s'est assise sur le timon du char. Penchée sur les tablettes de cire, elle était charmante. Des cheveux blonds moussaient sur son cou, voilant le fil d'or d'un collier. Elle s'enthousiasmait pour les péripéties de la lutte. La crainte et l'espoir se disputaient ses traits.

Sa lecture terminée, elle vint à moi avec une soudaine gravité :

— Tu racontes à merveille. Je te retrouve tout entier, grave et passionné, vivant l'action comme un drame personnel...

Les compliments atteignaient cette part de moi-même trop sensible aux flatteries. Je rougis et bredouillai des mots confus. Milo, qui nous regardait, hocha la tête avec pitié. Il me trouvait moins d'assurance devant une jeune fille que sur le char.

— Philippe, reprit Chloé, t'intéresses-tu seulement à nos aventures et aux athlètes d'Olympie ? Ou bien est-ce qu'il t'arrive de parler de toi ? De tes sentiments, de tes espoirs ?

Je n'osai lui répondre. Une fois encore, Chloé avait plus de courage que moi. Elle avait allégrement franchi le seuil dangereux au-delà duquel je ne maîtrise plus mes pensées... Je lui avouai seulement que le quadrige me tenait trop à cœur pour ne pas occuper une place de choix dans mon récit.

— Tu as peut-être raison, dit-elle. Mais j'aurais aimé que tu songes davantage à l'avenir. Quand je suis seule ici avec ta mère, il m'arrive de rêver. J'imagine un homme politique qui commande l'Attique, un grand orateur qui entraîne les citoyens à l'action par la puissance de sa parole. Il te ressemble. Avec moi, Philippe, tu n'es pas très éloquent...

Je la sentais déçue et inquiète. D'habitude, à ces moments-là, elle s'écarte et je ne la rencontre plus jusqu'au soir. Pourtant, elle vint jusqu'à moi et j'affrontai ses yeux bleus où tremble une poussière dorée.

— Philippe, je suis sûre que tu n'as jamais écrit mon nom.

— Tu me fais de la peine, Chloé.

Qui me dira le cœur des jeunes filles? Cette fois elle s'enfuit, mais j'avais entrevu son visage radieux. Sait-elle que je lui destine la couronne d'olivier sauvage que je poursuis jusque dans mes rêves au long des nuits?

***

Dernier entraînement avant la course. Demain, nos pur-sang se reposent. L'hippodrome sera réservé aux courses de cavaliers et de biges.

Mon père et Lysis m'ont dit : « Sois calme. Les cochers d'Alcibiade et de Hiéron misent sur ta faiblesse et ton inexpérience. Tu viens d'avoir dix-sept ans et ils te prennent pour un enfant. Tu es courageux et ils s'imaginent connaître la limite de tes forces. Tu as le don, les chevaux t'aiment et te suivent, et ils croient qu'Égine est ton maître. Laisse-les dans leurs illusions. S'ils s'acharnent contre toi, ne réponds pas; va ton chemin, ne leur dispute jamais la corde; réprime l'élan de tes chevaux. Le jour de l'épreuve, ils comprendront ta vraie nature. Ta faiblesse d'aujourd'hui deviendra ta force. »

J'ai obéi, mais mon orgueil est blessé. Timothée

lui-même, qui m'estime, et ses cochers Hippias et Bolchos auraient douté de moi si mon père ne les avait mis au courant.

Pour ce dernier entraînement, tous les quadriges étaient là, près de cinquante sur la piste immense qui fait 360 pieds de large et 2 320 de tour. Chaque cocher, voulant en imposer à ses adversaires, lançait son attelage dans un galop furieux, se rabattait à la corde ou débordait par l'extérieur en prenant tous les risques à tel point que deux chars s'écrasèrent contre une borne et qu'un attelage de Hiéron roula dans la poussière. Il fallut abattre un cheval blessé.

Moi j'allais d'un train de sénateur en poussant quelques pointes rapides à la sortie des virages; je n'ai jamais cédé aux provocations des auriges, même quand la mèche de leurs fouets me léchait les bras ou les épaules; je suis resté impassible quand ils me dépassaient sous une volée d'insultes ou de rires. Si l'un d'eux se rabattait devant moi, j'arrêtais calmement l'élan du quadrige et repartais au petit trot; si un autre cherchait l'affrontement avec les chevaux de volée, je détournais ma route...

Mon cœur saignait.

Un regard d'Antée surtout m'a peiné. Il était lourd d'amitié, mais j'ai cru voir une ombre de pitié dans les yeux noirs, et j'ai dû faire un effort terrible de volonté pour ne pas lancer à bride abattue les étalons qui brûlaient de combattre.

Car le quadrige était furieux. Égine tirait sur le mors avec une telle rage qu'il crachait le sang. Léros avait perdu son calme olympien et frémissait chaque fois qu'un attelage nous dépassait. Skyros et Milo étaient surtout sensibles aux remous du public qui, venu pour le spectacle, s'impatientait de ma conduite.

La foule est cruelle. Ses passions tournent comme une voile sous le vent.

Je descendis du char sous les huées. J'étais blême. Pour rejoindre mon père et Lysis, je fendis les rangs d'un groupe de cochers ironiques. L'un d'eux, Spédon, me lança au visage : « Philippe, tu ferais mieux de jouer à la balle et au cerceau. » J'eus envie de le prendre à la gorge. Quand un aurige de Hiéron, Mégabyse, cracha dans ma direction, mes mains se crispèrent sur mon fouet.

— C'est la guerre des nerfs, m'a dit mon père. Je l'ai connue, moi aussi. Tu as été parfait. Il te manquait cette dernière épreuve de volonté pour devenir un homme. Il te fallait cette souffrance, cette blessure de l'orgueil. Rassure-toi, Philippe. Combien qui se moquent de toi, te poursuivront vainement sur la piste !

Lysis, un peu triste, approuvait de la tête. Il va beaucoup mieux : il peut remuer légèrement le bras droit. L'an prochain, c'est lui qui prendra les rênes aux jeux de Némée.

⁂

Quatrième jour.

J'ai vu partir vers le stade Jason et Ménippe qu'accompagnaient Lysis, Pison et nos amis d'Andros. Jason était calme. Il tenait à la main des gantelets aux lanières très souples. J'ai dormi près de lui sous la tente. Aucun rêve n'a troublé son sommeil.

Mon père n'a pas voulu que je suive les épreuves du stade; il m'a même interdit d'assister à la course de biges sur l'hippodrome.

— Chaque jour, dit-il, tu reviens épuisé. Tu te consumes à vivre les exploits de Jason et de Ménippe. Prépare-toi dans la paix et le silence.

Alors j'écoute la rumeur lointaine du stade et de l'hippodrome, les sonneries de trompettes qui annoncent un combat ou le départ d'une course; j'essaie de discerner dans la vague sonore les noms de ceux que j'aime. Quand je ferme les yeux, je crois entendre le sifflement du javelot de Ménippe, les coups furieux de Jason et de Cléon. Marchent-ils encore tous les deux vers une finale pathétique?

Je me repose au milieu des chevaux. Quand les cris de la foule résonnent plus fort, ils me regardent. Désormais, cette musique est douce à leurs oreilles. Milo, plus familier, penche la tête sur la tablette de cire. Quête-t-il un peu d'avoine ou cherche-t-il à deviner les secrets de son aurige? Jadis, au temps des fables, les chevaux parlaient à leur maître. Je me demande si les étalons blancs pressentent l'événement où va se jouer la gloire d'Athènes.

Pour moi, c'est l'heure du doute. Je pèse mes forces et mon courage. Ma science ne sera pas en défaut : mon père, une fois de plus, m'a précisé très longuement la technique et la tactique de la course; il a envisagé toutes les situations auxquelles j'aurai à faire face. Mais une question m'obsède jusqu'à l'angoisse à mesure que passent les heures. Suis-je digne de la victoire? Saurai-je puiser en moi assez de ressources pour libérer cette puissance prodigieuse de l'attelage que je tiendrai entre mes mains sur la piste?

Chloé rôde dans le voisinage. Elle vient de laver dans l'Alphée ma tunique de lin et l'étend sur un jeune olivier sauvage. Je la sens aussi inquiète que moi, et plus désarmée. Parfois, elle se retourne pour un sourire et je lis dans ses pensées. Demain, à la même heure, dans le campement désert, elle sera suspendue à ce cri interminable qui monte de cent mille poitrines. Elle m'a dit : « Je ne douterai jamais de toi, Philippe. Est-ce que tu penseras à moi sur le char ? »

J'ai incliné la tête avec ferveur et nous avons rougi tous les deux.

Voilà Protée qui arrive. Je l'avais envoyé aux nouvelles. Il m'annonce que Jason et Cléon ont déjà terrassé cinq adversaires, et que Ménippe se prépare à lancer le javelot...

Qu'il m'est cruel d'attendre !

*
**

Jason vainqueur au pancrace !

Il est couvert de blessures et de cicatrices; ses lèvres ont éclaté sous les coups; ses paupières sont tellement gonflées qu'il voit à peine et marche comme un aveugle. Mais la victoire illumine son visage, lui donne une grandeur farouche. Athènes a deux couronnes d'olivier. Que de sacrifices fumeront sur l'Acropole !

Épuisé, ruisselant de sueur et de sang, il a refusé l'aide de Lachès et de Pison pour revenir au campement. Il ressemblait aux guerriers de légende blessés sous les murs de Troie. Périclès l'accompagnait. Le chef impassible, l'homme inaccessible aux tempêtes criait sa joie. Derrière eux, des milliers d'Athéniens formaient un cortège enthousiaste. La plupart sont encore là, troupe bavarde et houleuse sous les feux de midi. Chacun veut toucher Jason; mon père a distribué les dernières outres de vin qui nous restaient, vidé les derniers sacs de pois chiches et de farine. Il m'a dit en riant :

— Il ne restera rien pour toi, petit homme. Rien que la gloire et l'honneur.

Jason est allongé en plein air sous un peuplier. Protée couvre ses blessures de baumes et de pommades. La cithare d'Orphée emprisonne dans ses cordes un vol de Victoires ailées, et les notes de la chanson me touchent jusqu'à l'âme : « Je vois sur ton front la couronne d'olivier sauvage... »

Lysis, vibrant encore du combat, m'a raconté :

« Tu connais le pancrace, Philippe. C'est l'épreuve meurtrière entre toutes. Elle tient de la lutte et du pugilat. Tous les coups sont permis. On peut renverser, frapper, tordre les mains et les pieds. Le pire, c'est que le pancrace développe chez les adversaires une telle violence qu'ils échappent au contrôle des juges.

« Jason est resté jusqu'au bout un athlète loyal, fidèle à son serment. Seul, il gardait la mesure, et l'esprit dictait ses attaques. Sauf quelques concurrents qu'il avait rencontrés à la lutte, il affrontait une bande de fauves, des hommes lourds, taillés dans le roc, avec des poitrines qui ressemblent à des proues de navire.

« Et Cléon ! Enragé, celui-là, ruminant son échec de la veille, une lueur criminelle dans ses yeux de taureau. A l'appel des concurrents, il a bondi le premier devant le peuple; il a esquissé quelques pas de cette danse barbare que les paysans de son pays exécutent avant la chasse aux ours. Il paraît qu'elle attire la faveur des dieux. En même temps, il traitait Jason de lâche et lui promettait mille supplices... Les inspecteurs des jeux durent intervenir sans le calmer.

« Jason gardait le sourire au milieu de ce déferlement d'injures. La guerre et l'enseignement des philosophes lui ont forgé une âme qui défie le destin. Pourvu qu'il ait donné le meilleur de lui-même, il était prêt à accepter la victoire ou la défaite. Il allait au combat comme Orphée prélude sur sa cithare, lent et tranquille, cachant à tous les regards la passion et le feu qui l'habitaient, ramassant en lui une force neuve qu'il jetterait bientôt dans la bataille.

« J'avais redouté l'épreuve du pancrace. En vérité, mes craintes furent vaines. La souplesse et l'agilité y jouent un plus grand rôle qu'à la lutte où l'étreinte ultime récompense souvent le plus fort. Au pancrace, au contraire, le fauve s'offre à toi par tout son corps. L'important, c'est d'éviter le coup qui foudroie, la manchette à la gorge qui étouffe, la torsion qui désarticule un membre.

« Sur ce point, tu le sais, Jason a un œil d'aigle. Il devine l'attaque à distance; il la lit dans le regard furieux ou le tressaillement des muscles.

« Ne t'imagine pas pourtant que tout fut facile. Dix concurrents furent emmenés du terrain, inanimés, et les magistrats sont inquiets pour trois d'entre eux qui n'ont pas repris connaissance. Je ne compte pas les épaules démises, les genoux déboîtés; je laisse de côté trois athlètes qui furent déclassés par les juges, condamnés à une amende et chassés du stade à grands coups de fouet.

« C'est le sort qui a menacé Cléon par deux fois. D'abord contre un lutteur de Rhodes dont il avait fracturé le poignet. Il argua d'un coup malheureux. Les juges discutèrent longtemps et lui permirent enfin de poursuivre. Ensuite contre Jason qu'il avait aveuglé. La décision était prise quand Jason supplia les juges de laisser le combat s'achever. Il ne voulait pas d'une victoire au rabais. Tu reconnais là Jason, et son honneur !

« Je ne vais pas te raconter tous les combats. Ce serait trop long et ennuyeux. Il faut la chaleur du stade, les passions de la foule pour leur donner la vie. Sache seulement que deux hommes s'étaient distingués dès le début, l'un par son style, l'autre par sa force brutale. A quoi bon les nommer ?

« Jason parvint à la finale sans trop souffrir en utilisant sa tactique favorite : le combat d'attente, le surpassement des prises en souplesse, puis l'attaque éclair succédant à un coup au foie. Seuls deux adversaires lui offrirent une résistance furieuse. L'un était un Grec d'Eubée, qui avait enthousiasmé la foule — tu te souviens ? — en promenant un bœuf égorgé sur ses épaules devant le temple de Zeus. Après un combat indécis, Jason lui fit lâcher prise par une torsion des pieds. L'autre était un paysan de Crète, si puissant qu'il arrêtait les taureaux dans leur course. Lui aussi, au terme d'une lutte chargée d'angoisse, leva le bras. Il était paralysé par une attaque à la hanche.

« Cléon, de son côté, avait fait un massacre. Il tombait ses adversaires comme au jeu de quilles ; ses hurlements emplissaient le stade. Aucun de ses combats ne se termina sans violence ; il fallait l'arracher aux corps pantelants sur lesquels il s'acharnait.

« Tu devines l'état d'esprit du public lorsque les trompettes annoncèrent la finale. Elle marquait un sommet des jeux. Je me trouvais près de Charmide, ton maître. Si réservé d'habitude, détaché des passions humaines, il éprouvait un soudain intérêt pour ce combat où il reconnaissait les deux visages de l'homme : l'esprit et la bête. Nul doute qu'il ne compose un savant traité sur ce thème à son retour dans notre ville !

« Je ne te décrirai pas les péripéties de cette lutte qui nous a tous marqués si profondément que nous en garderons toujours le souvenir. Cléon avait une seule méthode : saisir, broyer, mordre à la manière des fauves, et frapper des coups terribles accompagnés par tout le poids du corps. Si la cible est atteinte, l'homme s'écroule. C'est la fin.

« Jason, tu le penses bien, n'allait pas s'exposer à ce péril. Il sut à merveille profiter de la lenteur de Cléon. Les coups du Béotien sifflaient dans le vide, et c'était prodigieux de voir Jason immobile, presque condamné, esquiver à la dernière seconde le coup qui visait sa tête, la manchette au cœur ou au ventre, et frapper à son tour à toute volée la tête désarmée qui oscillait sous le choc.

« Au bout d'un instant, Cléon chercha le combat de près. Ses mains ouvertes se rapprochèrent; il marcha sur l'homme avec un lourd dandinement des épaules. Après le taureau, nous contemplions l'ours en action sous son vêtement de poils et de cheveux. Là encore, Jason sut utiliser la force et l'aveuglement de son adversaire pour déjouer les prises mortelles; l'élan même de Cléon lui permettait de se dégager. C'est un art infiniment subtil, fait de ruse, de souplesse, d'une connaissance profonde des muscles et des os. Comment libérer le pied ou le genou que l'on commence à tordre? Comment dégager la tête enfermée dans l'étau d'un bras replié comme un serpent? Comment éviter la mort si l'adversaire te cogne le crâne sur le sol?

« Jason découvrait toujours la parade, et le Béotien se retrouvait au sol comme un sac de farine.

« Il connut pourtant deux moments atroces.

Le premier quand Cléon, l'ayant saisi par-derrière, abattit ses mains comme des griffes sur ses épaules. C'est une prise redoutable. Les doigts cherchent les muscles pour les meurtrir, s'avancent vers le cou où battent les veines... Au bout de peu de temps, l'air manque, la poitrine brûle, l'évanouissement est proche.

« Il fallait voir Jason se débattre et se tordre ! Ses mains sur celles de Cléon, tous les muscles bandés, il retardait le moment où il céderait à l'asphyxie. Il roula sur le sol; le Béotien culbuta sur lui, mais il avait maintenu sa prise. Jason parvint à se relever; il blêmissait; les doigts de Cléon, insensiblement, se rapprochaient de sa gorge.

« Alors, écoute ! Ce fut comme un éclair. Les coudes de Jason frappèrent avec une force inouïe le ventre de Cléon qui desserra son étreinte. Un appel du pied, et Jason faisait un saut périlleux en arrière, emprisonnant un instant entre ses cuisses la tête du Béotien, et d'un coup de talon sur le nez l'expédiait dans la poussière.

« Le second danger fut plus grave encore. Ils se battaient crâne contre crâne, tels des béliers, quand Jason poussa un cri perçant qui fit se dresser le public. Il se rejeta en arrière, tourna sur lui-même comme un ivrogne, et je frémis quand je m'aperçus qu'il ne voyait pas venir Cléon. Je revois le geste désespéré de Lachès, puis l'intervention des juges marquée par une sonnerie de trompettes. Le Béotien avait aveuglé Jason en le frappant aux yeux de ses doigts tendus. Une faute grave contre le serment d'Olympie.

« Tu connais la suite. Jason voulut poursuivre le combat. Il me faisait pitié. Un rictus de douleur lui tordait les lèvres. Cléon lui-même était en piteux état, le corps plus martelé de coups qu'une enclume. Mais tu n'imagines pas la résistance de ces hommes, le degré de souffrance qu'ils peuvent endurer pour l'honneur de l'olivier. Des bêtes s'effondreraient alors qu'ils tiennent encore debout, laissant derrière eux un sillage de sang.

« La fin fut terrible. Jason roula plusieurs fois dans la poussière. Il reçut des coups à assommer un bœuf, subit des prises qui le martyrisaient. Cléon sentait la victoire à sa portée ; il hurlait sa chanson, se frappait la poitrine qui résonnait comme un tambourg. Trop confiant ! Zeus enhardit ceux qu'il veut perdre.

« Jason réussit enfin à éviter le combat de près. Il fuyait en aveugle devant le taureau dans le cercle de sable et de soleil. Il ralentit brusquement. Voilà l'assaut. Une dernière feinte, un croc en jambe qui couche Cléon sur le côté droit. Jason bondit à pieds joints sur l'épaule qu'il écrase, frappe deux fois du talon avec une fureur sacrée ; les muscles se rompent. Cléon roule sur le dos ; Jason s'empare du bras descellé, éveille une telle douleur que le Béotien hurle à tue-tête et fait le signe d'abandon.

« Jason s'écroule auprès de lui quand les trompettes annoncent sa victoire. Les juges relèvent des athlètes épuisés et sanglants. Leur rage s'est apaisée ; ils se salueront en hommes libres avant que la foule ne les sépare, mais les inspecteurs des jeux doivent protéger Cléon auquel les Athéniens veulent faire un mauvais sort.

« Voilà, Philippe. Regarde Jason. Prends exemple sur son courage. Il voit à peine, il souffre la malemort, le moindre mouvement rouvre ses blessures, mais il a juré d'offrir un sacrifice à Zeus dans son temple. Je l'accompagnerai et lirai peut-être dans les flammes l'annonce de ta victoire. »

Je les ai vus partir. Orphée précédait le cortège avec sa cithare. Lachès et Pison tenaient mon cousin par la main. Il allait, puissant et tranquille, sous la voûte sonore des ovations. Je rêvais aux géants qui peuplaient le monde pendant l'enfance de la terre.

Ménippe aussi l'accompagnait. Il est moins chargé de lauriers. Il a connu la défaite à la lutte et termine quatrième du pentathle, mais son javelot a franchi une distance tellement incroyable que les juges l'ont mesurée trois fois avant de rendre leur verdict. Depuis que les jeux existent, jamais un tel vol n'avait traversé le ciel. Aussi bien les magistrats réunis en conseil ont-ils décidé de décerner à Ménippe une couronne spéciale.

Mon père m'a dit :

— Je t'interdis de parler de chevaux et de courses. Ils te feraient perdre la raison. Cet après-midi, tu conduiras ta mère et Chloé à la représentation des *Perses* d'Eschyle qui se déroule hors de l'enceinte sacrée. Les femmes ont le droit d'y assister.

Je garderai donc le silence sur mes étalons. Mais comment ne pas noter qu'un cheval de Hiéron est sorti victorieux de la course des cavaliers, et qu'Alcibiade a remporté un triomphe à la course des biges ? De quoi fouetter leur orgueil !

Je serai bien seul demain sur la piste.

⁂

Le soir tombe. Notre campement est paisible. Mon père a donné des ordres pour que chacun garde le silence. La rumeur d'Olympie me parvient, lointaine et douce, un volcan au repos. Protée veille sur les étalons. Ils se tournent souvent vers ma tente et effleurent la toile d'un coup de langue. Je suis là, mes amis, je ne vous quitte pas.

Chloé a fait une brève apparition. Elle m'a pris la tête entre ses mains, m'a contemplé longuement et je lisais son âme dans le miroir de ses yeux, puis elle m'a embrassé sur le front et s'est enfuie. Ce premier baiser me brûle.

Je songe à ma patrie. Je voudrais, après Jason, lui donner une telle gloire que toutes les races de la Grèce s'inclinent devant elle et aspirent à la paix d'Olympie.

J'ai pleuré aux *Perses* d'Eschyle. Dans le théâtre creusé au flanc du mont Cronos, les acteurs, sous le masque barbare, vivaient une histoire de sang et de larmes dont Athènes, ma ville, sortait meurtrie et invincible. Tous ces Perses brisés par la défaite gémissant sur les guerriers morts et les navires rompus, suppliant leurs dieux de bronze et d'or de punir ces Athéniens qui les harponnaient comme des thons dans la rade de Salamine, tous, ô Zeus, chantaient un hymne à la Grèce, à sa force et à son unité. Je voyais leur roi Xerxès déchirer ses vêtements dans sa rage et sa douleur, courber sa tête orgueilleuse sous les coups du destin.

Ma mère et Chloé répétaient pour elles-mêmes les vers sacrés qu'elles connaissent par cœur. Ma cousine m'avait pris la main et la serrait de toutes ses forces. Si jeunes, nous étions l'espérance de la Grèce.

— Philippe ! Philippe !

Mon père s'inquiète. Il est temps d'oublier le stylet et la tablette de cire. La nuit sera lourde de mes rêves.

X

LA COURSE DES QUADRIGES

Cinquième jour.

Le grand calme. Alors que tous s'agitent et se bousculent autour du char et des chevaux, la paix est tombée en moi. Je suis prêt.

L'aube succède à une nuit anxieuse. Cent fois, je me suis retourné sur ma couche ; j'appelais Égine et Léros dans mes cauchemars. Et maintenant, la joie.

Un dieu me protège.

Je respire, je vis, je me sens libre et puissant. Je porte la tunique de lin dont Chloé a repassé les plis. Le bandeau est léger sur mes cheveux bouclés ; mes mains aspirent à tenir les rênes et à déchaîner la puissance du quadrige.

Le cortège se forme. Mon père et Lysis se tiennent à la tête des chevaux. Derrière le char, Jason, Pison, Lachès, les parents de Chloé et nos amis d'Andros. Plus loin, ma mère et Chloé, toute leur vie concentrée dans leur regard, ressemblent sous leurs voiles blancs à deux statues de marbre.

O Poséidon, dieu des attelages et des chevaux, dieu du cap Sounion, veille sur moi !

⁂

Je suis si las... La course tourne encore dans ma tête; le galop des étalons se mêle aux pulsations de mon sang; mes yeux se ferment sur les tablettes de cire où je vais écrire, pour moi seul, le mot mystérieux qui scelle mon destin.

Pourrai-je tout revivre, les bruits et les odeurs, les chevaux et les hommes, et arracher à chaque instant, jusqu'à la dernière ligne droite, son poids d'émotion et de pathétique?

D'abord la foule. Elle est plus innombrable que les sables de la mer. Pour cette dernière épreuve, les villes et les campagnes se sont vidées; les navires ont jeté sur la côte de pleines cargaisons de voyageurs et d'étrangers; tous les chemins de l'Élide ont connu un déferlement de marcheurs, de cavaliers et de chars de voyage.

Cette foule envahit la pente du mont Cronos par lourdes grappes qui s'installent, se tassent, bourdonnent comme des ruches. Elle roule jusqu'aux abords de la piste où elle est maintenue par le fouet des policiers. Plus loin encore, on devine le grondement du fleuve qui coule vers l'hippodrome avec des remous et des tourbillons. On entend les plaintes des personnes écrasées.

« Plus de cent vingt mille spectateurs », m'a dit mon père.

Puis l'hippodrome. Il est nu dans cette mer humaine. Rien que la piste de sable blond et les deux bornes de granit. C'est la cuve où le vin de la course va fermenter et bouillir, la fournaise où vont brûler les espoirs et les rêves. Je regarde. Mes mains sont sèches. Je n'éprouve qu'une légère crispation à la gorge.

Les quadriges et les cochers sont groupés à l'entrée de l'hippodrome. Les inspecteurs des jeux nous ont alignés pour le défilé. Devant les gradins de marbre, les joueurs de trompette attendent. Le ciel a rosi; le soleil monte derrière les montagnes de l'Arcadie. C'est l'heure où l'on se recueille pour trouver le silence intérieur.

Voilà le premier rayon sur la piste, salué par des fanfares triomphales. Les magistrats d'Élide en robe rouge font leur entrée, suivis des légations et des ambassades. Le regard de Périclès me cherche. Je m'incline. Il tend vers moi ses deux mains ouvertes, comme une prière.

Les gradins de marbre sont occupés. Les propriétaires des quadriges s'installent près de la piste, d'où ils pourront crier des ordres. Alcibiade se tient à l'écart, orgueilleux et froid. Hiéron est entouré par ses gardes du corps. Mon père et Lysis prennent place à côté de Timothée. Leurs gestes sont heurtés, tendus. Mon père, sans fin, caresse sa barbe grise.

Un héraut s'avance, annonce le défilé. Le chef des hellanodices lève la main. Nous partons au pas, quarante-cinq quadriges en file indienne, les cochers debout sur leur char en tunique blanche, rouge ou bleue, des chevaux noirs, des chevaux blancs, des bai-brun, la plus belle cavalerie du monde.

Nous faisons le tour de la piste. Quand un char passe devant les magistrats, le héraut crie le nom de son maître et celui du cocher. La foule exulte ou tempête; chacun réagit selon sa patrie et son humeur. Le nom d'Alcibiade est accueilli avec ferveur; sa victoire à la course de biges fouette les passions. Celui de Hiéron déchaîne des rumeurs diverses. Ses attelages sont magnifiques, ses vêtements étincellent d'or et d'argent, et flattent l'imagination; mais l'homme sue l'orgueil; les gardes du corps qui l'entourent, poignard au côté, lance au poing, évoquent pour des hommes libres de sinistres souvenirs.

Les deux quadriges de Timothée sont bien accueillis; l'homme a su plaire par son calme, et la puissance de ses chevaux noirs impressionne.

J'approche. Bientôt mon tour. On dirait que les étalons le sentent. Si Léros baisse la tête avec mépris devant cet encens populaire, les autres hument le vent chargé d'acclamations et de huées. Milo esquisse son pas de danseur, Skyros caracole, Égine prend l'air noble et grave du pédagogue devant ses élèves.

Me voici face aux magistrats en robe rouge, sous le feu de milliers et de milliers de regards. Mon nom et celui de mon père tombent dans un lourd silence. Mon entraînement de la veille a déplu; les faveurs des Athéniens vont à Alcibiade auréolé par sa victoire à la course de biges. Ma jeunesse est oubliée, et nos malheurs. Mes mains se crispent sur les rênes, mais je reste immobile, très droit. Soudain, Milo a l'un de ces gestes qui détendent l'atmosphère. Par deux fois, il se tourne vers la foule et encense en montrant les dents. Il a sauvé la situation. C'est un brusque délire. Milo, humblement, ferme les yeux en parfait comédien.

Le défilé est terminé. Maintenant, selon un ordre tiré au sort, les inspecteurs des jeux installent les quadriges dans les stalles de départ situées sur une portion de ligne droite qui débouche sur la piste circulaire. Comme il est impossible de nous aligner à la même hauteur, nous formons un vaste triangle dont la pointe est tournée vers l'arène. Des cordes ferment les stalles de départ surveillées par des inspecteurs. Pour ne pas désavantager les concurrents placés en arrière, leurs cordes tomberont les premières

Ils pourront ainsi combler leur décalage au moment de l'envol des quadriges.

Je me trouve à l'extrême pointe de la base du triangle et je déboucherai sur l'extérieur. Mon père m'a dit : « Avant le départ, même si l'émotion te noue la gorge, étudie les cochers et les chevaux. Le destin bascule déjà pendant cette attente angoissée. Les hommes se livrent avec leurs passions; les chevaux trahissent leur impatience ou leurs faiblesses. »

Je regarde. Les cochers tiennent déjà les rênes qu'ils laissent flotter sur la croupe des étalons. Jambes écartées, pieds rivés aux planches, ils sont prêts, enfoncés dans une solitude que va déchirer la trompette. Ils ont tous des années d'expérience; beaucoup portent les cicatrices de luttes anciennes, mais l'émotion demeure la même, et leur masque vole en éclats. Je lis tour à tour l'anxiété, l'orgueil et la violence; je vois des mains qui tremblent, des muscles qui se raidissent...

On ne joue pas impunément avec la gloire et la mort.

Les chevaux vibrent comme leur maître. Bien rares sont les attelages qui restent calmes. Les uns s'ébrouent, d'autres frappent le sol du sabot. En voilà deux qui s'élancent sur la barrière de cordes, et les inspecteurs doivent se jeter à la tête des étalons pour les arrêter. A la pointe du triangle, un cheval rue et frappe la caisse du char dont une planche se détache; un autre se cabre, retombe lourdement et jette la confusion dans le quadrige...

J'attends. Égine, tête basse, les muscles ramassés, est prêt à bondir. Léros est entré déjà dans l'univers de la course. Insensible aux cris, à la poussière, il semble écouter son cœur dont je vois les pulsations au gonflement d'une artère. Skyros et Milo, aériens, contemplent la piste de sable blond. Que lisent-ils dans le poudroiement de soleil?

L'heure approche. Le chef des hellanodices s'est levé sur le gradin de marbre; les joueurs de trompette portent leur instrument à la bouche, les inspecteurs des jeux ont les mains sur les cordes. Je songe à Athènes, à ma patrie; je songe à Chloé. La piste, les bornes tanguent sous mes yeux. Douze tours au galop avant le but !

Le départ !

J'ai tiré sur les rênes et crié : « Égine ! » L'élan du quadrige m'a secoué comme un peuplier sous l'orage. Le char est vivant; il tremble; son mouvement retentit en moi et m'enivre. Trois foulées, et l'attelage atteint sa vitesse. Je dépasse deux quadriges placés sur le côté du triangle. Voici la piste que j'aborde par l'extérieur. Je devine un geste de mon père qui me conseille la prudence, mais la foule a disparu. Je suis au fond du creuset de poussière et de soleil que martèlent les sabots des étalons.

Derrière moi, c'est déjà le malheur. Je ne me retourne pas, mais j'entends des hennissements de chevaux, des hurlements de cochers, le bruit des chars fracassés dans le désordre qui accompagne chaque départ. J'apprendrai par la suite qu'un char de Timarque, un Béotien, jeté trop vite dans la brèche, s'est heurté à celui du Crétois Myalis, que les cochers ont fait une prodigieuse culbute et que les chevaux, leurs traits rompus, ont filé aux quatre vents. C'est triste, tous ces espoirs envolés !

Premier tour. Le galop est lancé, mais je modère l'allure du quadrige. Mon père m'en a donné l'ordre avant le départ. C'est difficile, car Léros fonce à bride abattue, et l'orgueil farouche d'Égine le pousse au premier rang. Ils renâclent sous le mors. Dans le nuage de poussière et de sable, j'étudie la position de mes adversaires. Une vingtaine de quadriges sont devant moi, soutenant une lutte furieuse pour prendre la tête. Les coups de fouet fouaillent les flancs, les mors déchirent les bouches des chevaux. Il s'agit pour les cochers d'imposer leur rythme et de frapper de terreur l'adversaire par leur audace. Il s'agit aussi de prendre du champ pour affronter les attaques à venir.

Un quadrige, puis deux autres me dépassent à toute allure. « Philippe ! » Je me détourne une seconde. C'est Antée; il me sourit. Un attelage de Timothée arrive à ma hauteur. Nous allons roue dans roue. Un autre me suit de si près que la tête des chevaux effleure la caisse du char.

Voici la borne, le virage. Dix quadriges sont déjà passés. Mais qu'arrive-t-il? On dirait qu'un vent de l'abîme me frappe au visage; la peur me tord le ventre; une sueur glacée mouille mes paumes. Est-ce le bout de ma route? Les cochers qui me précèdent ont lancé leur attelage avec une telle violence dans la courbe qu'une affreuse bousculade se produit. Un char heurte la borne et se retourne. L'aurige éjecté roule sous les sabots des chevaux et se ramasse en boule pour échapper à la mort. Deux quadriges se heurtent, se mettent en travers; les chevaux affolés se cabrent; un cocher perd son fouet et s'effondre sur les montants du char.

La piste est bouchée et nous arrivons au galop. Je sens déjà le roulis du virage, le crissement du sable sous les roues qui chassent, ce bruit de mer dans mes oreilles. A ma gauche, le cocher de Timothée, Hippias, trouve une brèche étroite où il s'engouffre. Devant moi, la mêlée confuse de chars et de chevaux dresse une muraille plus effroyable qu'une montagne.

Comment suis-je passé? je me le demande encore. Je crois bien avoir jeté toute ma vie dans l'aventure, et j'en suis sorti le cœur battant, les lèvres sèches. C'est là aussi que j'ai perçu physiquement combien je ne faisais qu'un avec mes étalons. Ils voyaient le péril, ils attendaient de moi le salut, ils étaient prêts à se jeter dans le feu ou dans la mer si je leur en donnais l'ordre. Tout a dépendu, pendant le temps d'un éclair, de ma voix et du jeu des rênes.

Brutalement, j'ai jeté l'attelage sur la droite, et c'est un bloc soudé de chevaux qui a obliqué dans un élan unanime; le char s'est déporté avec une telle violence qu'il a quitté le sol, est retombé sur le talus qui borde la piste où il rebondit plusieurs fois. Une douleur fulgurante m'a frappé au creux des reins comme un coup de couteau. J'ai plié, tangué, mais j'ai tenu; une rêne perdue m'a lacéré le visage, mais je suis passé. J'absorbe le choc du char retombant sur la piste, l'accélération du quadrige à la fin du virage... Dans l'abîme où je suis plongé, une rumeur me rejoint, si lointaine... Est-ce la foule? Est-ce pour moi?

Libre ! La piste s'étend, presque nue. Un vide s'est creusé. Je ferme les yeux une seconde; je me laisse emporter par le galop des étalons. Ils vont tête haute, plus blancs que l'écume. Je rejoins l'attelage d'Hippias qui s'est rabattu à la corde. J'entends derrière moi la voix de Bolchos, le second cocher de Timothée. Mes amis m'accompagnent; je suis heureux. Nous prenons le virage en souplesse. Skyros tourne avec la perfection d'une roue de moulin. Milo ne dévie pas d'un pouce. Égine et Léros tirent à plein poitrail.

Deuxième tour. Il est temps de faire le point. Je

jette un regard circulaire. Six quadriges au moins ont terminé leur aventure; des inspecteurs les rangent au bord de la piste avec l'aide des cochers; d'autres traînent les chars brisés hors de l'arène. Désormais, quatre groupes se partagent l'hippodrome. En tête, détachés, galopent deux attelages, l'un de Hiéron, l'autre d'Alcibiade. Ce ne sont pas les meilleurs et pourtant les cochers les poussent à grands coups de fouet. Suivent à quarante pieds sept quadriges roue dans roue. Là encore, Alcibiade, avec deux chars, et Hiéron, avec trois, tiennent les places d'honneur; leurs auriges mènent la danse et dressent un rempart infranchissable. Je forme le troisième groupe avec les deux chars de Timothée et deux autres qui ont réussi à franchir la mêlée du premier tour. Nous avons une demi-ligne droite de retard. Derrière nous, enfin, très loin, une masse désordonnée de quadriges qui ont dû s'arrêter en catastrophe, contourner l'obstacle et repartir.

J'ai compris la manœuvre qui se dessine, éclatante; le geste de mon père sur le bord de la piste est inutile. Alcibiade et Hiéron, qui ont lancé chacun quatre attelages sur l'hippodrome, utilisent une tactique de force. Leur nombre a favorisé un départ magnifique. Désormais, ils commandent la course. De plus, ils espèrent semer la confusion et la crainte en sacrifiant deux quadriges dont ils vont crever les chevaux en quelques tours. Car c'est nous qu'ils ont mission de rejoindre afin de casser notre allure. En passant devant Alcibiade, je surprends un geste à l'adresse de ses cochers. Il faut déjouer l'attaque possible.

Un clin d'œil à Hippias et j'accélère brutalement. Je prends la corde; le virage arrive sur moi, j'arcboute mon pied droit sur les planches pour résister à l'attraction; le galop de Skyros se raccourcit, devient plus sec et tendu. Milo s'appuie contre Égine et bloque l'attelage qui garde une ligne parfaite. Nous frôlons la borne. Tout va bien.

Je respire profondément, le vent siffle dans mes cheveux, le soleil me frappe au visage; on dirait un œil sanglant dans le nuage de poussière. Nous sortons du virage avec une légèreté d'oiseaux. J'ai repris vingt pieds aux quadriges d'Alcibiade et de Hiéron qui me précèdent.

Je me retourne. Hippias et Bolchos, surpris par la rapidité de la manœuvre, ont décollé légèrement. Mais voici que survient à bride abattue le dernier quadrige d'Alcibiade, conduit par Mégabyse, un esclave perse d'une habileté diabolique. En arrivant à ma hauteur, il fait claquer son fouet et m'insulte. Il rabat ses chevaux, des étalons noirs au poil luisant, aux jambes racées de coureurs de vitesse, sur les miens; l'essieu des chars se touche, des étincelles crépitent. Puis Mégabyse s'écarte, revient, recommence sa manœuvre d'intimidation.

C'est le dernier pion dans la main d'Alcibiade. C'est lui que l'on a chargé de me prendre en chasse. Et son rire aigu me défie.

Pourrai-je garder la tête froide? « Rappelle-toi, m'a dit mon père, les jeux de l'hippodrome sont d'abord la manifestation de la volonté et du courage. La victoire tient aux hommes plus qu'aux chevaux. » Le virage approche; Mégabyse a un geste méprisant. D'une légère pression sur les rênes, il lance ses chevaux à l'extérieur de la piste. Un coup de fouet et leur allure s'accélère. Je devine l'attaque. Au début du virage, il va se rabattre à toute vitesse et me couper la route.

Un jeu d'enfant ! Il me suffirait de crier: « Égine ! » de caresser du fouet la croupe des étalons pour garder la corde et laisser l'esclave à dix pieds. Mais je ne me bats pas avec Mégabyse, je ne vais pas jeter mon orgueil et risquer l'accident dans une lutte singulière. Je vois plus loin; je songe à l'olivier sauvage qui pousse devant ma tente et dont les feuilles emprisonnent le ciel.

La longue courbe, le sable qui vole et me fouette le visage. Quand Mégabyse lance son char vers la corde, je ralentis, il ne rencontre que le vide ; je pousse le quadrige sur la droite. « Égine ! » Le coup de rein est donné. Nous tournons en souplesse. A l'entrée de la ligne droite, j'ai rejoint Mégabyse. Il tourne la tête. Ses lèvres esquissent un rictus. Je lis la surprise dans ses yeux, et j'éclate de rire.

Troisième tour. Un regard rapide sur l'hippodrome me livre la position des concurrents. Les deux quadriges sacrifiés d'Alcibiade et de Hiéron ont pris un tour d'avance; les chevaux sont couverts de sueur et d'écume; ils viennent de rejoindre les derniers attelages où ils sèment le trouble, et poursuivent leur élan. Les cochers jouent du fouet comme des forcenés. Une folie ! Mais ils n'ambitionnent pas la victoire.

A trois cents pieds devant moi, les sept quadriges sont encore groupés. L'un d'eux, conduit par Sporète, son propriétaire, venu de Lamia, en Malide, donne des signes d'essoufflement; le style des chevaux est heurté; le sang gicle sous le mors. Dans mon groupe, nous sommes toujours cinq. Hippias et Bolchos sont revenus et me suivent de près. Les autres, derrière nous, s'égrènent, tels des guerriers blessés.

La ligne droite, le visage apaisé de mon père, le sourire de Lysis, leurs mains jointes à la hauteur du front, ils sont fiers de moi. Puis les traits orgueilleux de Hiéron, l'attitude hautaine d'Alcibiade sur le fond rouge des Hellanodices. Une seconde de distraction quand j'aperçois, loin, la cime des peupliers au pied desquels ma mère et Chloé attendent dans l'angoisse. Et je m'enfonce à nouveau dans la lutte, je me confonds avec le char, les chevaux, le soleil. Mes muscles restent souples; j'épouse les virages avec une griserie qui me donne des ailes.

Quatrième tour. Les positions n'ont pas changé, mais j'ai reperdu une trentaine de pieds sur le groupe d'Alcibiade et de Hiéron. Mégabyse fait des siennes. Profitant de la vitesse et de la vélocité de ses chevaux, il force l'allure, ralentit soudain, tient la moitié de la piste pour casser mon élan. Mes étalons sont furieux. Égine gronde; Skyros troublé dans sa nature de métronome perd son galop merveilleux; Milo se crispe. Seul Léros, avec un calme imperturbable, reste maître de son action.

Je dois attaquer pour trouver le champ libre. Je me lance quand la voix d'Hippias retentit · « Attention, Philippe! » Je n'ai pas le temps de revenir dans la roue de Mégabyse. La lourde cavalerie de Timothée entre en action. Hippias, puis Bolchos me dépassent en trombe. Quelle puissance !

Ils tombent comme la foudre sur un Mégabyse trop confiant qui s'est aventuré une fois de plus au centre de la piste. Hippias plonge à la corde avant le virage. Bolchos fait l'extérieur. Tous les deux, désormais, encadrent l'esclave ébahi. Il a beau accélérer dans la courbe, jouer du fouet et de la voix. Il est pris au piège entre deux quadriges dont les étalons ont une force de taureaux et l'assise d'un temple. Les chevaux de volée se heurtent avec violence. Ceux de l'esclave, déséquilibrés, rebondissent comme des balles sur les chevaux de timon; les chars se heurtent; l'or et l'argent d'Alcibiade roulent dans la poussière. Mégabyse, porté sur une seule roue pendant une trentaine de pieds, pique du nez et tangue d'un montant à l'autre. Quel spectacle! Et quelle leçon !

La situation s'apaise avant le dernier tournant. Mégabyse, vert de rage, parvient à prendre deux pieds d'avance et se dégage. La mèche de son fouet dessine des moulinets dangereux, mais il n'osera pas frapper. Bolchos, un athlète dont la carrure est impressionnante, esquisse un geste menaçant et tout rentre dans l'ordre.

Le tour s'achève sans ennuis. Dans le sillage de mes amis, j'ai rétabli le décalage avec le groupe d'Alcibiade et de Hiéron où Sporète vient de céder brutalement.

Trois cents pieds à combler pouce à pouce, grain de sable après grain de sable sur la piste creusée d'ornières ! En aurai-je la force? Nous sommes bientôt à la mi-course.

Cinquième tour. Nouveau péril. Mon père s'est dressé et me fait le signe d'alerte. Mégabyse se retourne. Je fais de même. Les deux quadriges sacrifiés débouchent du virage après avoir semé la meute des concurrents. Ils sont à vingt pieds. Les chevaux semblent à bout de souffle; leur robe noire est zébrée par les coups de fouet; le sang perle. Mais ils tiennent encore et les auriges les poussent à mort.

Leur tour d'avance ne m'inquiète guère, mais je cours un risque atroce s'ils me dépassent. Unis à Mégabyse, ils me barreront la route et je perdrai un temps précieux à rompre ce rempart vivant de chevaux et de cochers. C'est le moment que choisit Alcibiade pour crier à sa masse de bataille d'accélérer l'allure.

Il faut fuir.

Je guette l'arrivée des quadriges déchaînés qui jettent leurs dernières forces dans l'aventure. Le martèlement des sabots évoque le grondement de la mer. Pour impressionner l'adversaire, j'attends l'ultime seconde où ils croiront la partie gagnée. Quand l'ombre des chevaux et des cochers se profile sur le sable à ma droite, j'effleure du fouet l'encolure d'Égine et de Léros; ma main gauche pèse sur la rêne de Milo.

Tous, d'un seul élan, se déchaînent, prennent un galop furieux qui les rend irrésistibles. Je dépasse Hippias, puis Bolchos. Au virage, j'arrive dans la foulée de Mégabyse. J'accélère encore. Qu'il sente le souffle de mes étalons, qu'il reçoive au visage les giclées de sable qui volent sous les sabots de Skyros ! Je me rapproche de lui, par défi. Mon char effleure le sien. Skyros est collé à son galérien; les phalères d'or tintinnabulent dans le vent de la course. La courbe est parfaite, longue et souple. Je reste très droit, les pieds rapprochés, tellement je suis sûr de mon équilibre. L'esclave écume. Il hurle : « Chien ! » avec un regard qui est un jet de flammes. Je souris. Il crispe une main noueuse sur son fouet.

La borne ! Je crie : « Milo ! » et l'étalon blanc, d'une seule poussée, nous rétablit. Tout est facile, trop facile.

A la sortie du virage, l'esclave essaie de prendre du champ. Je cingle Skyros qui bouscule le galérien de l'esclave; j'appelle Égine et Léros. Pour eux, c'est la fête. Ils aiment la lutte; leurs flancs se creusent, leur souffle se précipite. Le galop s'amplifie, devient forcené. En dix foulées, ils coiffent Mégabyse dont la plainte rauque monte derrière mon dos.

Je soutiens l'allure. Au milieu de la ligne droite, je me retourne. L'esclave est à trente pieds ; il frappe avec fureur ses chevaux qui s'essoufflent. Bolchos le suit à distance, puis Hippias qui peine à soutenir le rythme et perd du terrain. Quant aux deux quadriges de manœuvre, ils ont perdu la partie. Celui d'Alcibiade s'est mis au trot et des concurrents le dépassent ; celui de Hiéron vient de s'écrouler au bord de la piste. Je vois un cheval, le ventre à l'air, qui se tord.

Je déborde Sporète, épuisé. Restent les six concurrents de tête toujours groupés. Je leur ai repris cent pieds. Tour à tour, un quadrige d'Alcibiade ou de Hiéron mène un train rapide. Au milieu d'eux navigue l'attelage de Cimon, de Milet. Il a des étalons blancs, lui aussi. Il est perdu dans cette meute qui l'enserre et l'étouffe. Comme moi, il se heurte à l'accord des deux princes de l'hippodrome, à l'orgueil d'Athènes et de Sicile. Mais la lutte n'est pas terminée. J'atteins la mi-course. L'épreuve de vérité va commencer plus loin, sous le feu qui tombe du ciel.

J'ai un goût de cendres dans la bouche.

Sixième et septième tours. J'apaise les chevaux qui ont donné le meilleur d'eux-mêmes au cours du sprint étourdissant. Ils ne semblent pas éprouvés ; leur galop garde la même allégresse et Milo prend un plaisir d'enfant à cette longue chevauchée, mais je redoute la fougue d'Égine et cette volonté de vaincre qui le jette sur chaque quadrige qui nous précède, à s'en faire éclater le cœur. Je me contente de maintenir la distance avec le groupe de tête. Je surveille

Antée. J'admire sa souplesse, la merveilleuse agilité de ses chevaux. C'est avec lui que je voudrais aborder la dernière ligne droite.

Je surveille également Mégabyse dont je crains un retour offensif. Pour l'instant, il reste calme. Ses chevaux ont besoin de souffler et Bolchos le tient en point de mire, prêt à bondir.

Sur la piste, la fatigue et l'usure commencent à frapper. A part le groupe de tête, les auriges sont égaillés ou plongés en des combats singuliers qui épuisent leurs forces vives. Je double quadrige après quadrige; certains cochers vont leur train et me laissent passer à ma guise. D'autres, blessés dans leur orgueil, soutiennent une lutte vaine qui me contraint à demander aux étalons un effort brutal.

Quelques-uns, enfin, sont plus dangereux. Changeant de ligne au moment où je m'engage, ils m'obligent à affronter des risques graves. Heureusement que Skyros et Milo ont pris goût à ces rencontres soudaines ! Ils creusent leur route à grands coups de poitrail et Milo encense dès qu'il a mis un adversaire dans le vent.

Une fois de plus, je constate qu'Alcibiade redoute mon attelage entre tous. Son quadrige sacrifié, qui court au petit trot, retrouve des forces neuves à la seconde précise où je vais le doubler. Pendant tout un virage et une grande portion de ligne droite, je soutiens une lutte indécise avec un cocher, Spédon, dont le fouet claque à mes oreilles, dont le char semble attiré vers le mien par un mystérieux aimant.

Les inspecteurs des jeux contemplent la manœuvre; un joueur de trompette se tient prêt à signaler la faute. Mais Spédon, l'aurige, connaît le règlement d'Olympie. Il sape le moral de l'homme plus qu'il ne brise l'élan des chevaux. C'est le jeu cruel. Je l'ai choisi.

Ensuite, je connais un moment de calme. Mais c'est étrange. Quel dieu m'abandonne? L'état de grâce qui m'avait soutenu jusque-là retombe. Est-ce la poussière qui m'étouffe? Le coup aux reins, oublié dans le tourbillon de la course, qui me paralyse? Une fatigue atroce me pénètre et m'englue. Mes muscles ont le poids du plomb; mes mains sont molles sur les rênes et le fouet; mes pieds glissent sur les planches sans trouver leur assise. Ma tête est lourde et brumeuse. Dans un lent vertige, l'hippodrome, le mont Cronos, les bouquets de pins de l'Altis basculent sous mes yeux.

Et j'ai peur. Une sueur glacée mouille mes bras et mes épaules. Mon cœur bat plus fort que le galop des étalons dont le mouvement de marée, le dodelinement de la tête marqué par un jet d'écume et de sang, m'attirent irrésistiblement.

Je suis à deux doigts de la chute.

C'est alors, pour la première fois, que j'entends la foule, que je distingue ce mur ininterrompu de visages passionnés, d'yeux farouches, de bouches ouvertes sur un cri fabuleux qui déchire la voûte du ciel. La foule brûle comme un volcan; elle m'écrase; je me sens nu dans le creuset de sable et de soleil qu'entoure un peuple innombrable. La couronne d'olivier s'éloigne, se dissout dans l'ombre...

Mon père, lui aussi, voilà vingt ans, a connu ce moment d'angoisse où l'on perd au cœur de l'action sa force et son courage. Il m'a dit qu'il avait l'impression de rouler dans une nuit épaisse et qu'il se répétait les vers de Pindare pour reprendre espoir :

« Chose d'un jour ! Tel est l'homme, le rêve d'une [ombre.

Pourtant, quand le don éclatant des dieux le touche,
Une vive splendeur le pare... »

A mon tour, je prie les dieux et l'orgueil renaît de ses cendres. Je songe à ma patrie, à mon père, à Chloé; je rassemble sur le char secoué de cahots tous ceux que j'aime. Je songe à Lysis blessé dont je porte l'honneur et l'espoir. Je vois le visage tuméfié de Jason illuminé par la victoire. Un sang plus vif bat dans mes veines.

J'ai vaincu la peur et la mort.

Je souris à Lysis, à mon père dont les traits crispés se détendent. J'affronte le regard ironique d'Alcibiade et de Hiéron qui me blesse au plus vif de l'âme. Mais j'y trouve une nouvelle raison de combattre.

Huitième tour. Premier objectif : rejoindre le groupe de tête qu'Antée mène à une allure infernale. C'est le soc qui creuse le sillon où les autres se précipitent. Cimon, de Milet, tient encore. J'ai cent pieds de retard.

Je n'utilise pas le fouet, mais les rênes redeviennent vivantes entre mes mains, plus souples que des reptiles. Elles tissent entre les étalons et moi ce fil mystérieux qui nous unit pour le meilleur et pour le pire. A travers elles, je sens l'effort d'Égine et de Léros, l'élan de Milo et de Skyros, l'approche d'un péril ou la griserie de la vitesse; ils connaissent ma domination ou ma faiblesse. Je vis pour eux; ils vivent pour moi. O Zeus !

Un délire sacré me possède. Je parle à mes chevaux comme s'ils pouvaient me comprendre. Je crie leur nom à pleine voix. Je leur cite des vers d'Homère et de Pindare chantant la gloire des quadriges; je leur raconte l'histoire de l'olivier sauvage apporté à Olympie par Héraclès; j'évoque Poséidon sortant de la mer sur un attelage couvert de sel et d'écume. Je dis les prairies du cap Sounion, la douceur des soirs au bord de la fontaine.

Et leur galop a des ailes; nous allons dans le sillage d'un dieu.

J'ai pris l'extérieur. Je remonte sans fin des quadriges. Plus que cinquante pieds, quarante. Les bornes ne sont plus des montagnes de pierre, mais des colonnes au grain plus pur qu'une statue de Phidias.

Je sens le souffle de la victoire.

Neuvième tour. Un coup d'œil sur la mêlée. Mégabyse me suit à distance, mais il peine. Bolchos est plus loin encore, mais il reste dans le même tour; ses chevaux sont frais. Peu capables d'accélérer l'allure, ils maintiennent un rythme régulier et puissant. Hippias a près d'un tour de retard. J'arrive sur lui et le déborde. Il agite son fouet en signe d'amitié. Quant à Spédon il joue l'ennemi dans la place. Une fois de plus, il a ralenti. C'est moi qu'il attend afin d'user mes forces et celles des chevaux.

En tête, la situation s'est modifiée. Le groupe a éclaté. Devinant le péril, Antée prend du champ; il marche au fouet. Dans sa roue, conduit par Nicias, un attelage d'Alcibiade qui semble en pleine forme. A trois longueurs, deux chars de Hiéron et un d'Alcibiade qui vont plus lourdement; les chevaux de timon lèvent exagérément la tête, comme s'ils étouffaient. Les cochers regardent souvent en arrière, surveillant mon approche. Cimon craque à son tour. A chaque foulée, il perd du terrain.

Je navigue toujours à l'extérieur pour diminuer le risque d'abordage. J'ai conscience de demander à mes étalons, à Milo surtout qui galope en bordure ıte, un effort d'une intensité effroyable. Dans ırages, la roue droite heurte parfois le talus et ils doivent absorber le choc qui se répercute douloureusement de l'encolure à la croupe. Ils plient une seconde, puis repartent. Je guette les signes qui me révéleraient une fatigue soudaine, mais leur souffle est égal, les muscles jouent librement sur la robe blanche constellée de sueur.

Encore Spédon. Il naviguait à la corde. Le voilà qui déboîte, se place dans mon axe en cravachant ses chevaux. Je plonge. Un coup de fouet, le premier, sur la croupe d'Égine et de Léros qui arrachent positivement le char du sol. Spédon est effacé. Maintenant, c'est le tour de Cimon, un adversaire loyal, que je déborde dans un mouvement irrésistible qui nous jette sur les battues des attelages d'Alcibiade et de Hiéron. Je suis sixième. Que la route est longue !

Un moment de répit dans le virage. La foule s'est dressée; elle vit si intensément la course qu'elle est fascinée. Des milliers et des milliers d'hommes immobiles sont penchés sur le gouffre de l'hippodrome. Eux qui hurlaient avec de longs spasmes, ils oublient d'applaudir. J'entends seulement mon nom répété par des voix aiguës si lointaines qu'elles me semblent venir du bout du monde.

Dixième tour. C'est l'heure du destin. A peine un péril s'éloigne-t-il qu'un autre orage se lève. La course n'est que rebondissements imprévus. L'homme est toujours en chasse après l'homme.

La première ligne droite est paisible, mais mon père me fait le signe d'alerte, et j'ai vu le geste d'Alcibiade et celui de Hiéron à leurs cochers. Ils sont trois, qui tiennent toute la largeur de la piste, Sestos,

Drumon et Callis, dont j'ai subi déjà l'orgueil et le mépris.

Tout commence avant le virage. Je note un ralentissement insensible. Nous tournons et la vitesse diminue encore tandis que, là-bas, Antée et le cocher d'Alcibiade, Nicias, forcent l'allure et s'éloignent. Je suis pris au piège. Les roues des chars, qui fracasseraient les jambes de mes étalons, m'apparaissent comme l'image du malheur. A la sortie du virage, j'ai perdu cent pieds sur Antée.

Une autre ligne droite. Je cherche désespérément la faille où jeter Égine et Léros, mais le mur devant moi n'offre aucune ouverture. J'ai le visage cravaché par une pluie de sable. Nous roulons dans un nuage épais qui me brûle les yeux et m'étouffe.

Je vais de gauche à droite. Je lance vainement les étalons une fois, deux fois. Égine furieux frappe avec violence la caisse du char de Sestos qui doit se retenir aux montants. Mais je reste cloué par l'ennemi.

Un galop derrière moi. Mégabyse est revenu et m'insulte. La mèche de son fouet m'effleure la poitrine. Un autre galop : c'est Bolchos et je reprends confiance. Il ne ralentit pas; ses chevaux gardent le même rythme puissant et lourd. Comme Mégabyse déboîte pour lui couper la route, Bolchos ne dévie pas d'un pouce. Il fouaille ses étalons qui se ramassent, entrent dans la mêlée comme une seule bête fabuleuse. Le choc est terrible.

Un galérien de l'esclave perd l'équilibre et s'abat sur les chevaux de timon. Des harnais craquent, une rêne vole, le char de Mégabyse tangue; on dirait un bateau démâté par grosse mer. L'esclave a un geste désespéré pour se retenir; il bat l'air de ses bras impuissants, penche, penche vers le sol. Un dernier roulis du char, et il culbute, tête en avant, avec un hurlement de bête sauvage.

Un cri de Bolchos, et nous attaquons tous les deux. La peur s'est emparée des cochers d'Alcibiade et de Hiéron; les muscles se contractent sur leurs épaules; leurs coups de fouet deviennent frénétiques. Bolchos, emporté par son élan furieux, s'en prend à Callis, à l'extérieur, dont les chevaux souffrent. Moi, je tente un passage entre Sestos et Drumon qui résistent. Le peuple a retrouvé sa voix. Nous roulons dans une fournaise de bruit et de soleil.

Callis craque. Enfoncés comme des coins, les étalons de Bolchos font voler le rempart en éclats. Le cocher de Hiéron perd sa route, se déporte sur le talus où il manque de faucher une rangée de spectateurs imprudents. Dans le désordre, je trouve une faille entre Drumon, à la corde, et Sestos. Mes étalons, lentement, creusent le passage. J'ai peur pour Skyros et Milo qui effleurent le cercle éblouissant des roues cerclées de fer. Pouce à pouce, ils avancent, Milo se débat comme un démon contre le galérien de Sestos. Une dernière accélération d'Égine et de Léros, et nous roulons à quatre sur la même ligne à l'entrée du virage. Les essieux se touchent, nos fouets s'emmêlent. La moindre erreur entraînerait la catastrophe.

C'est le moment de fuir. Mais quand je demande à mes étalons l'élan libérateur, ils ne répondent plus aux rênes ni à ma voix. Leur galop devient heurté. Léros lève la tête, asphyxié. Égine procède par coups de rein furieux qui cassent le rythme de son compagnon. Skyros a perdu sa prodigieuse régularité. Épuisés par une succession d'efforts dramatiques, ils cherchent vainement leur souffle. Seul Milo, le poète, garde l'aisance, la grâce ailée du génie.

La poussière est si épaisse que j'ai peine à distinguer Bolchos à l'extérieur. Mon père me dira plus tard que nous formions une masse confuse et houleuse où la foule ne reconnaissait plus les chevaux et les auriges.

La borne ! Pourquoi me suis-je rappelé à ce moment la parole d'Antée : « J'espère, Philippe, que les roues de ton char sont à l'épreuve des chocs. » Sestos et Drumon ont-ils violé délibérément leur serment et cherché à m'abattre ? Je ne lis pas dans les âmes, mais je garde des signes dans ma chair : ces deux cicatrices profondes à l'épaule, cette blessure au bras droit... Les fouets me visaient. Et les chars.

J'ai subi le premier choc au plus fort du virage. Le char de Drumon à ma gauche a chassé et frappé le mien avec une violence inouïe qui m'a presque éjecté. Celui de Sestos a fait de même, chose plus surprenante, car l'attraction aurait dû le projeter à l'extérieur sur Bolchos. Il s'agit d'un attentat délibéré, car j'ai surpris le geste de l'aurige rabattant ses chevaux sur la gauche.

Mon char gémit ; un montant s'est rompu et des morceaux de planches me volent au visage ; j'entends un craquement du côté de la roue gauche. J'écume de rage ; le fouet me brûle les doigts. Mais je ne répondrai pas. Le serment d'Olympie reste présent à mon souvenir.

Tout recommence vingt pieds plus loin. Drumon, le cocher de Hiéron, cherche le combat de près, sacrifiant ses chances à celles d'Antée. Trois fois de suite, il jette ses chevaux sur les miens ; les chars se heurtent ; le craquement de la roue gauche s'amplifie et me perce le cœur.

Je dois mon salut à Bolchos. Comme Sestos va refermer la pince où je serai mis en cage, le cocher de Timothée lève son fouet et l'abat deux fois avec une violence forcenée sur la nuque de l'aurige qui plie les jambes, s'effondre et se relève à grand-peine, titubant, la bouche tordue par un rictus de douleur.

A la sortie du virage, nous ne sommes plus que trois, Drumon, Bolchos et moi qui occupe le centre de la piste. La roue de mon char gémit. Je tremble. On dirait une plainte humaine.

Onzième tour. Antée, le premier cocher de Hiéron, a près d'un demi-tour d'avance, mais ses chevaux sont essoufflés et Hippias travaille en ma faveur. Il se met dans sa ligne et le contraint à ralentir. Bénirai-je assez Timothée, notre ami de Thessalie? Nicias, le premier cocher d'Alcibiade, me précède de deux cents pieds. J'ai désormais le champ libre, mais je dois échapper à Drumon qui me talonne et m'annonce ma défaite d'une voix chargée de haine.

Bolchos me montre le chemin. Il s'est détaché légèrement. Mais comment redonner leur rythme à mes étalons épuisés, usés par les chocs et les incidents de la course?

Mon père m'a dit : « Si le corps leur refuse des forces, il faut les demander à leur orgueil et à leur cœur. Ils t'écouteront, si tu en es digne. » Je les appelle; je leur demande pardon. J'ai mal à chaque coup de fouet, mais je frappe à tour de bras; je laisse sur les encolures et les croupes de longues traînées sanglantes.

Ils ont d'abord un réflexe de violence et je crains qu'Égine ne se cabre. Milo tourne la tête à demi et je lis un reproche dans son œil embrumé de fatigue. Enfin, ils puisent au fond d'eux-mêmes une réserve de vie et de courage. Milo se redresse; leur galop se précipite; leurs sabots égrènent sur le sable, dans un synchronisme parfait, les notes de cette chanson de la course qui est pour moi la plus belle du monde. Le quadrige a retrouvé son unité. Irrésistiblement, je dépasse Drumon et rejoins Bolchos.

Ce n'est pas moi que mon père et Lysis contemplent avec terreur, ni les chevaux, mais la roue gauche du char qui tangue. Les chocs ont faussé l'essieu, mis à mal les chevilles de bois qui maintiennent la roue dans son axe. Tiendra-t-elle jusqu'au bout? Je lis cette question dans le regard tendu d'Alcibiade et de Hiéron.

O Poséidon, veille sur mon char !

Je roule un instant avec Bolchos. Nous sommes sur la piste de Nicias qui perd du terrain. Je songe à l'orgueil blessé d'Alcibiade. Quand nous sommes à vingt pieds, Bolchos me fait signe de partir. J'accélère. Les chevaux répondent. On dirait qu'ils ont la victoire au cœur. Je brûle Nicias. En plongeant à la corde, j'efface Spédon, toujours aux aguets, et Mégabyse qui rumine une vaine vengeance.

Me voilà seul avec Antée, mon ami, qui a cent cinquante pieds d'avance. Un quadrige de Sicile, un quadrige d'Athènes...

Et ma roue gauche qui grince à m'en donner le vertige !

Douzième tour. Le dernier bond dans cette lutte inhumaine qui brise les hommes et les chevaux. J'ai les tempes battantes, la poitrine en feu. Mes bras sont rompus; je porte un temple sur mes épaules. Que dire des étalons? Comme je les aime ! Crachant le sang, étouffés, ruisselant d'écume, ils arrachent chaque battue comme s'ils gravissaient une montagne, mais ils forcent encore l'allure. Nous volons, et je hurle pour couvrir le bruit de la roue, le seul que j'entende au monde.

longue ligne droite. Antée qui se rapproche. Mon père, Lysis, leur regard de flamme et d'angoisse. Les robes rouges des hellanodices qui ressemblent à des torches. Puis, dans un brouillard de sang, un olivier qui grandit, grandit, jette ses branches autour du soleil.

Au virage, je suis à deux longueurs d'Antée; à la borne, je le suis de si près que je vois les gouttes de sueur ruisseler sur ses épaules. Je déboîte pour l'attaquer et la roue siffle plus fort sur l'essieu.

A la sortie de la courbe, j'arrive à sa hauteur. Il me regarde; je le regarde. Nous sommes amis. Nous esquissons un rictus et chacun s'enferme dans un univers de tumulte et de fureur.

« Égine! Léros ! » Ils foncent comme s'ils avaient la mort aux trousses. Pendant deux cents pieds, je galope, roue dans roue, avec Antée. Tour à tour, nous essayons désespérément d'arracher au destin les quelques pouces de la victoire, mais le destin flotte encore, indécis, entre les étalons blancs et les étalons noirs.

C'est Égine qui donne l'impulsion irrésistible; il imprime à ses compagnons un rythme infernal, prend un pied, deux pieds. Antée jette toute son âme dans la bataille, mais je le déborde à l'entrée du dernier virage.

Plus que deux cents pieds. Les inspecteurs des jeux sont groupés devant la ligne d'arrivée; je vois luire les trompettes triomphales. C'est Athènes, ma patrie, qui m'attend dans un mirage de sable et de lumière et me tend l'olivier.

Le malheur éclate à cent pieds de la ligne. La cheville de bois vient de lâcher; la roue désaxée se met de travers, heurte la caisse du char, puis glisse sur l'essieu, est à l'extrême bord de la chute. Le char vacille et roule comme une bête affolée; les chevaux s'effraient et bronchent. Je suis projeté comme une balle de fronde d'un montant à l'autre.

Et Antée qui revient en trombe !

A cinquante pieds, la roue lâche et fuit en tourbillonnant. Le char tombe sur l'essieu tordu qui creuse un sillon de charrue. Je me suis rattrapé par miracle, mais j'ai perdu les rênes; mes pieds traînent sur le sol. « Égine ! Égine ! » Mes étalons s'arc-boutent. Le galop d'Antée, derrière moi, fait un bruit de tempête. O Zeus !

La ligne d'arrivée sous un tourbillon de flammes. C'est le soleil d'Olympie! Les chevaux plongent avec une intelligence humaine, ravissent la victoire à l'extrême limite de la souffrance. Trois pieds plus loin, Antée me débordait en rafale.

Quelqu'un s'est jeté à la tête des étalons pour les arrêter. J'ai roulé sur le sable; je me suis redressé pour voir Bolchos arriver en troisième position. Ensuite, je ne sais plus. C'est la nuit. Un grand vide.

La fatigue m'a fermé les yeux sur mes tablettes de cire. Mon père et Jason m'ont conduit sous la tente et allongé sur ma couche. Ils croient que je dors encore. J'hésite à sortir, à affronter tous ces visages pathétiques illuminés par le bonheur. L'air vibre de chansons, et de rires; les voix graves de mon père et de Jason se mêlent aux notes de cristal de Chloé; les pieds nus de Lysis et de nos amis d'Andros frappent le sol en cadence; ils marquent le rythme d'une vieille chanson des îles dont les trilles argentins s'envolent de la cithare d'Orphée. Tout est joie. C'est la paix merveilleuse après les heures d'épreuve.

C'est le prodige de l'olivier sauvage dont un dieu a lauré mon front.

Plus loin, Olympie est en fête. Je l'entends qui

gronde, hurle, déchaîne sur l'Altis les éclats d'un délire sauvage. Mais je ne cède pas à l'orgueil. Si j'ai conduit le char, si j'ai souffert pour mériter l'honneur d'être homme, d'autres sont plus dignes que moi de la couronne d'olivier : mon père qui a préparé le quadrige avec amour pendant des mois, lui a donné sa résistance et sa force; Lysis qui l'a forgé dans le creuset de l'entraînement; Protès qui l'a soigné comme un enfant. Et les étalons épuisés qui ont tout donné, leur génie et leur cœur.

Ils sont près de moi, de l'autre côté du rempart fragile de la tente, allongés dans la prairie sous les peupliers. L'écume a séché sur leur robe blanche, mais leur bouche blessée par le mors reste sanglante. Ils s'ébrouent, parfois, et j'entends leur souffle rauque. Se rappellent-ils? Je les revois à leur dernier galop, tirant le char soudain plus lourd qu'un navire dans un effort désespéré, se jetant sur la ligne et la victoire...

C'est Lysis qui m'a raconté... Mon père s'était précipité et m'avait pris dans ses bras. Jason et nos amis d'Andros, les inspecteurs des jeux dressaient autour de moi et des chevaux un mur de poitrines. La foule dévalait la colline et rompait les barrages des policiers.

Sur l'hippodrome où retombait la poussière, tous les peuples de la Grèce se trouvaient rassemblés dans une cohue indescriptible où l'on distinguait les robes rutilantes des hellanodices et les costumes éblouissants des ambassades venues d'Égypte, des colonnes d'Hercule et du Pont-Euxin. Les Athéniens surtout manifestaient leur enthousiasme. Après le triomphe de Jason et le succès d'Alcibiade à la course de biges, ma victoire donnait à l'Attique meurtrie par les combats, ravagée par les torches des incendies, une gloire incomparable. Les noms de ma ville, de ma race, de mes dieux étaient sur toutes les lèvres.

Le Sénat de Sparte, les magistrats de Corinthe et de Messénie, qui deux mois plus tôt lançaient leurs troupes à l'assaut de nos murs, furent les premiers à féliciter mon père.

Périclès les suivait, plus grave encore que d'habitude. L'émotion lui nouait la gorge. L'orateur admirable qui plie les foules à sa volonté ne trouvait plus ses mots. Il a étreint mon père et Lysis. Ses yeux étaient pleins de larmes.

D'innombrables délégations d'Athènes nous entouraient. Timothée était là, avec Bolchos et Hippias. Des cochers d'Alcibiade et de Hiéron venaient à leur tour, Antée les conduisait; ils acceptaient ma victoire. Puis Alcibiade fendit la foule. En apparence, il avait gardé son orgueil, mais la défaite de ses quadriges le blessait au plus profond de l'âme. Il eut quelques mots aimables et s'éloigna.

Sur les épaules de Jason, auquel les inspecteurs des jeux ouvraient un passage, je fis deux fois le tour de l'hippodrome. C'est alors que je pris conscience de la réalité en même temps que de ma fatigue. Ces cris, cet enthousiasme, ces mains tendues m'épuisaient. J'avais hâte de goûter dans le silence le suc de la victoire; je brûlais de rencontrer le regard de ma mère et de Chloé.

Nous mîmes des heures à quitter l'hippodrome. Je marchais à la tête des chevaux avec mon père et Lysis. On nous jetait des brassées de fleurs; les bénédictions et les prières montaient comme un encens. Un chœur d'Athéniens nous escortait en chantant les vers d'une olympique de Pindare.

Sur ma route, je rencontrai Charmide et des amis d'Athènes avec lesquels j'ai connu l'école, la palestre et l'enseignement sous les portiques. Charmide m'a dit : « O Philippe, souviens-toi que ta gloire serait un mensonge si tu n'avais d'abord remporté la victoire sur toi-même. »

Charmide a raison. J'ai vieilli de dix ans pendant la course.

En approchant du campement, je poussai un cri de joie quand j'aperçus à travers les oliviers les tuniques blanches de ma mère et de Chloé. Je courus à perdre haleine; les rires de mon père et de Lysis sonnaient derrière moi. J'embrassai ma mère dont le tendre visage portait les signes de l'angoisse et de la joie. Je dis à Chloé, pâle et blonde, les yeux fleuris d'étoiles, que je lui offrais ma victoire.

... La voici. Elle soulève un pan de la tente et s'approche. Ses doigts jouent avec mes cheveux, s'attardent sur mon front où reposera demain la couronne d'olivier sauvage.

— Philippe, murmure-t-elle, as-tu pensé à moi pendant la course?

J'incline la tête. Si jeune encore, je songe à une autre course où je marcherais la vie entière avec celle que j'aime.

⁂

Sixième jour.

Pour la dernière fois, nous sommes dans l'enceinte de l'Altis, face aux hellanodices en robe rouge, aux légations des villes et aux ambassades qui se détachent sur les colonnes du temple de Zeus et la statue monumentale de Phidias.

Les jeux sont terminés. Avant la dispersion, c'est l'heure sacrée des sacrifices aux dieux et de la remise solennelle des récompenses.

Autour de nous, la foule. Elle est aussi dense, m plus calme. Elle a tellement vibré, tellement prodig son souffle et ses forces qu'elle éprouve la même fatigue que les athlètes. Mais elle est lourde de joie et d'espoir. C'est la paix qu'elle va emporter sur tous les chemins de la Grèce et des îles.

Les inspecteurs des jeux ont rangé devant les magistrats les vainqueurs du stade et de l'hippodrome. Chacun a mis ses plus riches vêtements; il est accompagné de son père, de ses frères et de son entraîneur. C'est la famille entière qui reçoit la récompense.

J'occupe le premier rang avec mon père et Lysis, car la course de quadriges est la plus belle d'Olympie. Nous portons un péplos immaculé tissé avec la laine de nos brebis. Ma mère et Chloé ont prodigué les parfums sur les boucles de ma chevelure, serré le bandeau autour de ma tête. Je tiens une palme à la main, et je tremble. J'avais moins d'émotion sur le char.

Les dieux sont parmi nous, près de l'autel où montera bientôt la fumée du sacrifice.

Une sonnerie de trompettes retentit au moment où passe, sur la droite, un vol de colombes. Les remous de la foule s'apaisent. Tombe un silence de désert. Seules les feuilles des platanes bruissent dans le vent du Sud. Le héraut s'avance, proclame :

— Philippe, fils de Nicias l'Olympionique, Athénien, victorieux à la course des quadriges.

Le peuple retrouve sa voix innombrable, et c'est un raz de marée sur l'Altis. Mon père, lentement, la tête haute, marche vers une table incrustée d'or et d'ivoire derrière laquelle se tient le chef des hellanodices. Je le suis; j'ai voulu que Lysis se range à ma hauteur. Nous allons au même pas.

Nous nous arrêtons devant la table. Le chef des

hellanodices prend une des couronnes d'olivier sauvage et la tend à mon père qui la reçoit sur ses mains ouvertes. Puis il l'élève lentement jusqu'à ses lèvres et l'embrasse. Une vague d'émotion, de souvenirs le submerge soudain; il frissonne. Ensuite, il la dépose sur ma tête. Que c'est lourd une couronne d'olivier sauvage ! C'est Athènes, c'est ma patrie et mes dieux que je porte devant la Grèce sous le soleil d'Olympie.

Le même cérémonial se déroule pour les autres vainqueurs. Je vois passer Alcibiade, dont le quadrige a remporté la course de biges, le Spartiate, Eumalfras, qui a remporté le dolicos, les vainqueurs des courses de vitesse et du pentathle, puis Ménippe. C'est Jason, enfin, immense et grave, au visage déformé par les coups. Pison reçoit les deux couronnes de son fils. Lachès est là, le bâton fourchu à la main, dans sa longue tunique rouge d'entraîneur.

Suit le sacrifice offert par les vainqueurs à Zeus qui règne sur l'Altis. On amène les victimes — un taureau, un bélier, un verrat —, devant l'autel où brûle un grand feu. Les prêtres, en robe blanche, portent une couronne de feuillage. Avec l'eau lustrale contenue dans un vase, ils aspergent les victimes et l'assistance qui lève des mains suppliantes vers le ciel. Sur l'autel, nous jetons des grains d'orge et quelques poils coupés sur la tête des bêtes.

Après les prières aux divinités du ciel, de la terre et des enfers, chaque victime est poussée vers l'autel et immolée. L'ombre des dieux passe sur l'Altis.

Les bêtes sont dépecées, les cuisses, la graisse, les viscères sont jetés dans le feu... A ce moment, j'éprouve avec une intensité extraordinaire le sentiment que les jeux Olympiques sont avant tout une cérémonie religieuse destinée à rassembler les Grecs dans l'unité de leur langue et de leurs dieux. La guerre est impie. Ma couronne d'olivier sauvage chante la paix.

A la fin du sacrifice, les vainqueurs s'étreignent, toutes les races se mêlent et se confondent dans l'enceinte sacrée. Je suis bouleversé par cette communion unanime. On se donne rendez-vous pour les prochaines années à Delphes, à Némée, dans l'Isthme.

O Zeus, veille sur l'amitié des peuples ! Écarte la folie et la démesure du cœur des hommes !

Reste une dernière cérémonie, l'énorme banquet qui rassemble au Prytanée les vainqueurs et leurs familles, les magistrats de l'Élide, les légations et les ambassades. J'ai passé là des heures brûlantes et joyeuses. Périclès se trouvait au côté d'Archidamos, le roi de Sparte, ils levaient leur coupe en l'honneur de leur ville. La haine et l'orgueil ont-ils été brûlés à tout jamais dans la flamme des sacrifices ?

XI

LE RETOUR

Après deux jours voués au repos, nous partons demain pour Athènes.

La plaine au bord de l'Alphée qui abritait les quadriges est presque déserte. Alcibiade et Hiéron se sont éloignés avec leurs cochers et leurs attelages. Seul Timothée est présent, toujours fidèle; il nous accompagnera jusqu'à Corinthe, puis prendra la route de Thessalie. Quand il vient au campement de mon père avec Hippias et Bolchos, nous parlons courses et chevaux; nous faisons des projets pour Delphes et Némée. Nos étalons se rapprochent, écoutent. Et Milo, la tête dans les nuages, rêve à de longs galops.

Je les ai attelés ce matin. Lysis et moi sommes montés sur le char. Je conduisais lentement. Nous avons fait quelques stades dans la prairie. Lysis, un bras passé sur mes épaules, retrouvait avec bonheur le mouvement de houle du quadrige.

Ensuite j'ai emmené Chloé qui en brûlait d'envie. Quand j'ai mis les étalons au trot, elle avait le regard émerveillé d'un enfant. Elle était douce et chaude à mon côté; ses cheveux blonds me caressaient le visage.

J'ai passé presque tout le jour en sa compagnie. Maintenant qu'Olympie s'est dépeuplée, les femmes peuvent pénétrer dans l'enceinte sacrée de l'Altis. Nous avons fait le tour des temples ; je lui ai montré l'endroit où j'ai prêté serment devant la statue de Zeus, où j'ai reçu la couronne d'olivier sauvage. Elle était grave ; sa main tremblait dans la mienne. Nous avons adressé aux dieux une prière silencieuse et Chloé a posé sur l'autel des sacrifices un bouquet de fleurs des champs.

Nous avons gagné le stade et je lui ai raconté les exploits de Jason et de Bakis. On remarquait encore des traces de sang sur le sable foulé par les lutteurs. Les yeux clos, elle revivait les combats avec une telle intensité que je la voyais pâlir.

Elle avait hâte de rejoindre l'hippodrome. Nous avons fait lentement le tour de la piste. Je retrouvais, vivantes en moi, toutes les émotions de la course. Le sol était labouré par les sabots des chevaux et les roues des chars. Ici, je luttais avec Mégabyse ; là je débordais Spédon toujours à l'affût. Plus loin, je me heurtais au rempart dressé par les cochers d'Alcibiade et de Hiéron. Et c'était le dernier virage, le char qui perdait son assise, la dernière ligne droite, la roue qui s'échappait, l'essieu qui mordait le sable...

J'ai crié : « Égine ! Égine ! » comme si j'avais Antée à mes trousses et Chloé m'a serré contre elle pour m'arracher à mon rêve. Elle m'a dit :

— Philippe, tu ne sauras jamais combien j'ai souffert pendant l'épreuve. J'avais peur. J'étais si proche de l'hippodrome, et si loin, condamnée avec ta mère à suivre la course d'après les cris et l'agitation de la foule. Vingt fois, quand la clameur montait plus haute, j'ai redouté l'accident. Je courais alors jusqu'à l'extrême limite du territoire interdit aux femmes et je contemplais avec angoisse le nuage de poussière qui flottait au-dessus de l'hippodrome. O Philippe, j'aime ta vie plus que ta victoire. Je te blesse?

Je secouai la tête. Sur la piste déserte, j'éprouvais un bonheur plus pur qu'à l'arrivée des quadriges.

Nous revînmes en silence. Comme nous approchions du campement, je dis à mi-voix.

— Des heures brûlantes nous attendent encore à Athènes, mais elles m'effraient moins que le départ de ce bateau qui cinglera vers l'île d'Hydra au soir du triomphe. J'aurai beaucoup de peine à te quitter, Chloé...

Tout était dit. Les hommes de ma race se méfient des mots et ne prodiguent pas les sentiments à l'aventure, mais Chloé savait que je lui avais donné mon cœur et ma vie. Elle se serra plus fort contre moi et nous rejoignîmes le campement dans une gloire de soleil et des fanfares de cigales.

*
**

Argos, Mycènes, Corinthe...

La route est facile. Comme le fleuve humain qui peuplait Olympie s'est écoulé depuis près d'une semaine, nous marchons en paix. Mais nous devons payer le tribut de la gloire quand nous traversons les bourgs et campons aux portes des villes.

Dans les campagnes, un guetteur nous attend et signale notre approche par de longues sonneries de trompettes. Les paysans quittent leurs champs et dressent en hâte un arc de triomphe de feuillage. Nous passons lentement. Avec Hippias et Bolchos, je me tiens à la tête des étalons blancs et des chevaux noirs. Derrière nous, Jason, Tellis, Ménippe et Bakis marchent sur une même ligne. Les vœux et les prières nous accompagnent. A la sortie du bourg, le chef du village remet à mon père un couffin de galettes d'orge, des pots de miel et une claie remplie de fromages. Des volées d'enfants nous suivent longtemps, se disputent l'honneur de toucher la robe des chevaux ou les muscles de Jason et Tellis.

L'accueil des villes est plus chaud encore. Dès que notre arrivée est signalée, une délégation des magistrats se précipite aux portes et nous invite tous au Prytanée où nous prenons le repas du soir. Le lendemain, à l'aube, nous sommes conviés à un sacrifice solennel aux dieux de la cité. La population tout entière, hommes libres et esclaves, se presse. On se croirait à Olympie sous les pins de l'Altis.

Quand s'éteignent les flammes des sacrifices, on nous supplie d'exhiber nos couronnes sur le stade ou l'hippodrome. Pour la gloire de notre patrie, nous acceptons toujours et affrontons les athlètes et les quadriges de la ville. Jason et Tellis expédient en douceur une douzaine de lutteurs. Bakis prend des départs de gazelle, puis ralentit pour éviter à ses adversaires l'humiliation d'une défaite trop lourde. Le javelot de Ménippe tend son vol d'oie sauvage sur le stade et la foule angoissée se demande s'il retombera jamais.

Avec Hippias et Bolchos, je donne un spectacle de haute école. Galopant en file indienne, puis roue dans roue, débordant à la corde ou à l'extérieur, frôlant les bornes, débouchant à la sortie des virages dans un nuage de sable et de poussière, nous comblons d'aise un public qui ne demande qu'à s'enthousiasmer.

Et nous travaillons pour la paix des peuples, dans l'esprit de la trêve sacrée !

Les dieux me pardonnent ! Ce matin, à Corinthe

Chloé était si triste qu'avec l'assentiment des magistrats, je l'ai conduite dans une maison proche de l'hippodrome. Du haut de la terrasse, elle a suivi avec les femmes nos exercices de voltige. Quand je l'ai retrouvée, sa joie m'a bouleversé. Elle en a oublié pour quelques heures la présence de la mer que nous longeons désormais, et dont la respiration, jour et nuit, me rappelle que les adieux sont proches.

*
* *

Le voyage s'achève. Timothée nous a quittés. Depuis la frontière de l'Attique, une escorte de jeunes cavaliers nous accompagne. Nous allons au rythme d'une lente procession sur la terre brûlée. Pour faire honneur aux paysans meurtris par la guerre, nous avons attelé le quadrige. Jason se tient sur le char à mon côté. Nous portons notre couronne d'olivier.

Athènes scintille, là-bas, sous les feux du couchant. L'Acropole s'endort dans la pourpre du ciel. La statue d'or et d'ivoire d'Athéna flambe comme un brasier.

Un dernier campement sous la tente et ce sera, dès l'aube, au son des flûtes, la montée vers les dieux à travers la ville.

*
* *

Charmide, mon maître, m'a dit : « Philippe, tu possèdes la sagesse et la raison. » Son regard avait une étrange douceur quand il a ajouté : « Comme Jason, tu as surmonté l'épreuve du triomphe. Tu as résisté à l'orgueil et aux fumées de la gloire. »

Nul éloge ne pouvait me toucher davantage. Il est vrai que, depuis les jeux, je connais le délire de la foule. Mais l'accueil d'Athènes fut si brûlant, si passionné qu'il plaçait les vainqueurs d'Olympie au rang des dieux.

La ville n'avait pas dormi de la nuit. Au fil des heures, les cris et les chants me rejoignaient par rafales sous ma tente. Si je quittais ma couche, j'apercevais dans tous les quartiers les feux lointains des courses aux flambeaux. Sur la route voisine passait un cortège interminable. L'Attique entière refluait sur Athènes.

Nous nous sommes levés bien avant l'aube. La mer frangée de lune murmurait sur le rivage. Nous avons mis des tuniques de lin plus blanches que la robe des étalons. Le quadrige attelé, nous sommes partis à la lueur des torches. Orphée précédait le cortège; sa cithare chantait plus haut que la mer; les notes s'envolaient vers les étoiles. O Zeus, une armée déjà nous accompagnait.

L'aube se levait quand une délégation de sénateurs nous accueillit à deux stades de la ville. Tandis qu'ils prononçaient des paroles de bienvenue, je contemplais la foule immense pressée sur les remparts, noyant la plaine jusqu'aux Longs Murs, et le cortège inouï que rangeaient des magistrats devant la Porte Sacrée où s'achève la voie de Corinthe et d'Éleusis.

A notre arrivée, il y eut une telle bousculade que les archers scythes durent faire reculer la foule à coups de fouet. Mais elle revenait toujours, telle la vague sur la grève, et nous enfermait dans un tourbillon de poussière et de tumulte. Seule la présence de Périclès, qui venait nous saluer, et l'intervention des prytanes ramenèrent un semblant d'ordre, et nous pûmes prendre place dans le cortège, tandis que ma mère, Chloé et la servante regagnaient en hâte notre maison sur la pente de l'Acropole.

Au premier soleil, la procession s'est ébranlée sur la Voie Sacrée qui gagne l'agora et l'Acropole par le quartier du Céramique. En tête marchaient les prytanes, les magistrats, les sénateurs. Suivaient Périclès, chef politique et militaire, puis les stratèges, les hipparques et les amiraux, les représentants des villes et des îles alliées.

Venaient ensuite les chefs religieux et des prêtres qui poussaient le troupeau de victimes des prochains sacrifices. Derrière eux, par une faveur spéciale de l'assemblée du peuple reconnaissante de l'appui qu'ils nous ont apporté, avançaient nos amis d'Andros.

Et c'était notre tour. D'abord Jason et son père. A vingt pieds, mon père et Lysis, le quadrige dont je tenais les rênes sur le char. Puis Alcibiade et son bige.

Fermaient la marche les délégations des confréries et des quartiers de la ville, des détachements de l'armée, portant le bouclier rond, et de la marine, la rame sur l'épaule.

Notre cortège s'étendait sur près de cinq stades. Tout au long, sur les flancs, caracolaient les cavaliers en manteau flottant pour maintenir l'ordre. Pendant la nuit, des affranchis et des esclaves avaient jonché les rues et les places de feuilles de chêne. Nous avancions entre deux haies grouillantes de spectateurs qui hurlaient notre nom, l'associaient à la grandeur d'Athènes et à la bienveillance des dieux immortels.

Je ne me suis jamais retourné pour voir Alcibiade, mais j'imagine combien son orgueil a dû souffrir. Jason, auréolé par sa double victoire, et moi-même qui surprenais par ma jeunesse, déchaînions un tel enthousiasme que la foule n'avait plus de voix à son passage.

Je craignais pour mes chevaux, mais ils avaient goûté déjà les fureurs de l'encens populaire. Ils furent dignes dans la tempête d'acclamations et la ruée des spectateurs qu'ils fendaient parfois du poitrail. Égine, la tête haut levée, les naseaux écumants, allait comme un roi. Léros était grave à son habitude, supportant la ferveur de la foule comme l'épine de la gloire. Skyros gardait son pas infaillible. Quant à Milo, il prenait un plaisir exquis à cette cohue. Rien ne lui échappait. Il saluait la foule à sa façon et remerciait les enfants d'un coup de langue. Une volée de rires montait dans son sillage.

Après avoir traversé le quartier du Céramique, nous avons fait lentement le tour de l'agora en honorant les autels des dieux. Le cortège s'est arrêté près du Portique Méridional, là où commence le chemin en lacets qui monte à l'Acropole. En levant les yeux, j'aperçus ma mère et Chloé sur la terrasse de notre maison. Blonde et blanche, un collier d'or scintillant à son cou, Chloé me faisait le geste de l'amitié et mon cœur a battu très fort.

Devant le Portique Méridional, les magistrats et les chefs religieux du cortège se sont écartés; on a fait avancer les vainqueurs au pied d'une tribune sur laquelle se tenait Périclès. Je ne rapporterai pas son discours. Il appartient à l'Histoire. Nul homme n'a jamais chanté la gloire de la patrie, les vertus de la paix, l'honneur des jeux qui réconcilient les peuples, avec une intensité aussi déchirante. Il fit l'éloge des vainqueurs et de leur race, annonça les récompenses que la ville leur réserve : exemption d'impôts pour la vie, repas gratuit au Prytanée, place d'honneur lors des fêtes et des assemblées. Dans sa péroraison, il voua la ville à la protection des dieux tutélaires, Zeus et Athéna, qui aiment les justes.

Son discours avait jeté sur l'agora une vague de silence et de recueillement. Nous étions prêts pour la dernière étape. Le cortège s'est reformé, a accueilli deux théories de jeunes gens et de jeunes filles qui chantaient une olympique de Pindare.

Cette montée vers l'Acropole, je ne l'oublierai jamais. Il y eut d'abord, comme je passais au pied de notre maison, le visage émerveillé de Chloé, ses yeux pleins de larmes, ses lèvres murmurant un secret qui s'est envolé parmi les ovations populaires. Puis la ville tout entière à mes pieds, vibrante de soleil et d'enthousiasme. L'entrée, enfin, au royaume des dieux, la marche lente vers la statue d'Athéna aux yeux couleur de mer, devant le Parthénon plein de présences obscures, de signes mystérieux. J'ai senti sur mon front le souffle des Immortels.

Je ne dirai rien des innombrables victimes qui furent sacrifiées et dont les chairs, après le prélèvement des viscères consumés dans les flammes, furent distribuées au peuple. Les yeux clos, j'offrais ma victoire aux dieux, ma vie à la patrie. J'interrogeais le destin sur mon avenir. Je voyais des luttes et des peines, des assemblées et des magistratures.

Et Chloé, au bout de la route, comme une étoile...

...J'écris ces lignes dans ma maison. Je reviens avec mon père et Lysis du banquet solennel offert par la ville aux vainqueurs. Je suis las, heureux et triste. Mes oreilles vibrent encore de tant de clameurs et d'ovations. La gloire me laisse un goût de cendres sur les lèvres.

Car Chloé, dans le gynécée, fait ses préparatifs

'épart. Elle m'évite pour me cacher sa peine. Dans quelques heures, nous la conduirons avec son père et son frère au Pirée où les attend un navire.
Je vais perdre la moitié de moi-même.

***

J'ignorais la foule qui m'avait reconnu et venait toucher mes vêtements. Sur le quai du port de Zéa, au Pirée, je fixais intensément cette voile blanche à l'horizon, plus légère qu'une colombe. Mon père m'a serré contre lui et m'a entraîné doucement.

— Philippe, il faut partir. D'autres cérémonies nous attendent pour fêter ta victoire. Tu reverras Chloé, je te le promets. Nous l'aimons. J'en ai parlé à son père. Comment refuserait-il sa fille à un vainqueur d'Olympie ? Mais il faut devenir un homme...

Il souriait dans sa barbe grise et l'espoir a gonflé mon cœur.

Je n'ai pas été lâche pour les adieux. Comme tous les hommes de ma race, je n'ai cédé ni aux larmes ni aux plaintes. Et Chloé s'est montrée digne de moi. Elle était très pâle, avec un voile de brume dans ses yeux bleus. Mais nous gardions notre émotion à fleur d'âme.

Nous avons suivi ensemble la route des Longs Murs qui mène au Pirée. Chloé rappelait des souvenirs d'Olympie ou de notre maison du cap Sounion. Ou bien, pour éterniser l'heure présente, elle devisait de choses sans importance comme si la route n'allait jamais finir.

C'est moi qui ai parlé de l'avenir. J'ai évoqué les études que je vais poursuivre avec Charmide et les professeurs d'éloquence, le manteau noir des éphèbes que je recevrai à dix-huit ans et qui fera de moi un citoyen, mes deux années de service militaire dans les garnisons de l'Attique, la vie publique que j'aborderai avec mon père et Lysis, les navires de commerce que nous lancerons au péril de la mer...

En arrivant sur le quai, près du navire qui déployait sa voile blanche, j'ai dit :

— Ma vie a, désormais, une lumière. Elle t'appartient.

Elle a incliné la tête sans répondre. Le vent des îles soufflait dans ses cheveux blonds. Sa main tremblait dans la mienne comme un oiseau blessé.

Je l'ai embrassée. J'ai salué son père et son frère. Le navire a pris le large. Nous restions sur le quai, immobiles, le bras levé. Chloé se tenait à la poupe, son regard attaché à mon regard par des liens plus forts que l'absence ou la mort.

L'étrave creusait un sillage d'écume blanche. On eût dit que le navire s'éloignait porté par nos étalons. Je retrouvais l'image d'Olympie sur les chemins de la mer.

TABLE DES MATIÈRES

Des romans qui ont des choses à dire sur la grande aventure de la vie.

C'est moi qui fais la cuisine
Judie Angell
Quand on est un vrai cordon-bleu, quel job trouver pour les vacances ? Faire la cuisine pour les autres ! C'est ainsi que Charlotte, quinze ans, se lance avec succès dans le métier de traiteur.

Le voyage de Mémé
Gil Ben Aych
La famille de Simon quitte Paris pour s'installer en banlieue. Le problème, c'est Mémé qui arrive d'Algérie. Pour déménager, elle ne veut prendre ni voiture, ni taxi, ni bus, ni métro, ni rien. Elle veut marcher, c'est tout.

Anibal
Anne Bragance
Quand ses parents lui annoncent qu'ils vont adopter un petit Péruvien, Edgar croit qu'ils blaguent. Mais Anibal débarque avec sa bouille désarmante, ses crises d'asthme, et peut à peu Edgar craque. Ce petit frère, il se met à l'aimer autant que les fleurs dont il a la passion. À la fin de l'été, Edgar doit partir en pension. Être séparé d'Anibal ? Impossible. C'est la fugue.

Le cri du loup
Melvin Burgess
Ben a commis une grave erreur en révélant à un chasseur qu'il existait encore des loups dans le sud de l'Angleterre. Car ce chasseur est un fanatique, constamment à la recherche de proies inhabituelles. Très vite, l'homme n'a plus qu'une idée en tête : exterminer les loups jusqu'au dernier.

L'île des Chevaux
Eilis Dillon

On raconte que, sur l'île des Chevaux, des fantômes sortis de la mer ont fait périr tous ceux qui s'y sont aventurés. Malgré les avertissements, Pat et Danny débarquent sur l'île abandonnée…

Y a qu'à les écrabouiller !
Heiderose & Andreas Fischer-Nagel

Le « trèfle à quatre feuilles » est le surnom des inséparables Lina et Lara, et de leurs cousins Lutz et Lucas. Une nuit, les enfants sauvent six bébés hérissons…

Ana Laura Tango
Joachim Friedrich

Ana Laura est sûre d'avoir reconnu son père dans un taxi. Mais celui-ci est mort il y a tout juste deux ans. Serait-elle devenue folle ? Ana Laura n'a plus qu'une idée en tête : découvrir qui est cet homme.

Toufdepoil
La folle cavale de Toufdepoil
Claude Gutman

Sa maman partie, Bastien a dû apprendre à vivre seul avec son papa et Toufdepoil, son chien, son meilleur ami. Mais soudain tout est remis en question. Belle-Doche s'installe à la maison et déclare la guerre à Toufdepoil.

Pistolet-souvenir
Claude Gutman

Avec sa petite taille, ses vieux vêtements et ses piètres résultats scolaires, Petit-Pierre est devenu la brebis galeuse et le souffre-douleur de la 6ᵉ D. Mais le jour où il débarque dans la classe, le visage tuméfié, plus personne ne rit. Julien décide de l'aider.

Penalty
Michael Hardcastle

Frédéric, jeune gardien de but, fait des débuts prometteurs en 1re division. Mais un jour, tout bascule…

Les oiseaux de nuit
Tormod Haugen

Entre Sara qui raconte n'importe quoi, Julie et Tora qui le traitent de trouillard, Roger qui joue les gros bras et Papa qui déprime, Joakim est en permanence sur le qui-vive.

La bille magique
Minfong Ho

Dix ans après, Dara se souvient. Elle a douze ans. Avec sa famille, elle fuit son village natal au Cambodge, ravagé par la guerre. Réfugiée dans un camp à la frontière thaïlandaise, elle se lie d'amitié avec Jantu, une fille de son âge, et la vie reprend ses droits. Mais les combats se rapprochent. Il faut repartir.

La longue route d'une Zingarina
Sandra Jayat

Stellina, quinze ans, ne peut accepter le mariage arrangé que lui impose la coutume tzigane. Choisissant la liberté, elle quitte sa tribu, un matin à l'aube.

Rasmus et le vagabond
Astrid Lindgren

Rasmus est malheureux à l'orphelinat, lui qui ne rêve que de liberté. Par un beau jour d'été, il décide de se sauver pour aller découvrir le monde et se chercher des parents.

La cavale irlandaise
Walter Macken

Pour échapper à la brutalité de leur tuteur, deux enfants traversent l'Irlande dans l'espoir de rejoindre leur grand-mère.

Tony et le goéland
Sue Mayfield

Il y a des hauts et des bas dans la vie de Tony. Parmi les événements heureux : le but qu'il a marqué au foot, le goéland blessé qu'il a recueilli et surtout Claire qui pourrait bien être amoureuse de lui. Du côté des choses tristes, il y a la longue maladie de sa mère.

Adieu, mes douze ans
Betty Miles

Annie et Pamela s'entendent parfaitement. Elles pensent que douze ans est un âge merveilleux. Mais bientôt elles perçoivent des petits changements dans la vie, autour d'elles.

Sans nom ni blason
Jacqueline Mirande

Nous sommes au Moyen Âge. Enfant trouvé dix-huit ans plus tôt, Guillaume est serf du comte Bérard. Mais ce Bérard est une brute. Guillaume se révolte et s'enfuit à la recherche de sa véritable identité.

Le nuage
Gudrun Pausewang

Une sirène d'alarme interrompt soudainement le cours de français auquel assiste Janna-Berta, une lycéenne allemande de quinze ans. Le réacteur d'une centrale nucléaire de la région a explosé.

Cabot-Caboche
Daniel Pennac
Courageux, Le Chien ! Pas joli joli, mais un sacré cabot ! Comme il se bagarre pour vivre ! Ce qu'il cherche ? Une maîtresse. Une vraie, qui l'aime pour de bon. Pomme lui plaît beaucoup, au Chien. Un grand rire, des cheveux comme un soleil... Hélas, elle est tellement capricieuse ! Une vraie caboche, cette Pomme. Comment Le Chien va-t-il l'apprivoiser ?

L'œil du loup
Daniel Pennac
Dans un zoo, un enfant et un vieux loup borgne se fixent, œil dans l'œil. Toute la vie du loup défile au fond de son œil : une vie sauvage en Alaska, une espèce menacée par les hommes. L'œil de l'enfant raconte la vie d'un petit Africain qui a parcouru toute l'Afrique pour survivre, et qui possède un don précieux : celui de conter des histoires qui font rire et rêver...

À mort les baleines
Nina Rauprich
Pour Manuel, fils, petit-fils et frère de baleinier, tuer les baleines, c'est naturel. Il n'y en a presque plus aujourd'hui et une étrangère déclare qu'il faut arrêter de les massacrer.

L'esclave du tapis
George Selden
Orphelin, Tim s'installe chez tante Lucie, qui se déclare allergique à son chien. Pour le garder, Tim s'en remet à la magie et convoque un Génie, enfermé dans une tapisserie.

Marée noire sous la neige
Wolfgang Wegner, Evamaria Steinke
En Alaska, un pétrolier vient de heurter des récifs. En quelques heures, le pétrole transforme un des derniers paradis naturels du monde en un gigantesque cimetière marin.

Nous, on les aime !
Dieuwke Winsemius
Sander n'en croit pas ses yeux : des chauves-souris ont élu domicile dans sa chambre !

Le secret
Jacqueline Woodson
Marie a douze ans. Elle est noire. Sa famille vit dans l'aisance. Lena, elle aussi, a douze ans. Elle est blanche. Et pauvre. Au collège tout le monde la rejette. Sauf Marie. Une amitié profonde, faite de moments de bonheur, de complicité, de confidences. Mais les choses insoutenables que Lena finit par raconter à Marie sont-elles vraiment possibles ? A-t-on le droit de les tenir secrètes ?

De grands auteurs et des classiques de la littérature.

Dans chaque volume, un supplément ENTRACTE réalisé par des enseignants, pour enrichir la lecture.

Les quatre filles du Docteur March
Louisa M. Alcott

Les aventures du capitaine Corcoran
Alfred Assollant

La nuit des temps
René Barjavel

La planète des singes
Le pont de la rivière Kwaï
Pierre Boulle

Petite Princesse
Frances Hodgson Burnett

Les chasseurs de loups
Les chasseurs d'or
James Oliver Curwood

Les trois petits mousquetaires
Émile Desbeaux

La vallée de la peur
Arthur Conan Doyle

Pompéi (Anthologie)
A. Dumas, T. Gautier, G. de Nerval

Histoire d'un conscrit de 1813
Erckmann-Chatrian

Moonfleet
John Meade Falkner

Le meilleur des mondes
Aldous Huxley

Fortune carrée
Joseph Kessel

Le livre de la jungle
Le second livre de la jungle
Rudyard Kipling

L'enfant noir
Camara Laye

Belliou la Fumée
Michaël chien de cirque
Jack London

La vallée des mammouths
Michel Peyramaure

Les patins d'argent
Pierre Jules Stahl

Contes et légendes inachevés
Premier Âge
Deuxième Âge
Troisième Âge
J. R. R. Tolkien

Des contes et légendes de tous les pays et de tous les temps.

Dans chaque volume, un supplément ENTRACTE réalisé par des enseignants, pour entrer dans la légende par le jeu.

Contes et légendes des chevaliers de la Table Ronde
Laurence Camiglieri

Légendes de la Vieille-Amérique
William Camus

Contes et récits tirés de *L'Iliade* et de *L'Odyssée*
Contes et récits tirés de *L'Énéide*
G. Chandon

Contes et récits de l'histoire de Carthage
Récits tirés de l'histoire de Rome
Récits tirés de l'histoire de Byzance
Jean Defrasne

Récits tirés de l'histoire grecque
Marguerite Desmurger

Contes et légendes de l'Égypte ancienne
Marguerite Divin

Contes et légendes des pays d'Orient
Charles Dumas

Contes et légendes mythologiques
Émile Genest

Contes et légendes des Antilles
Thérèse Georgel

Contes et légendes de Babylone et de Perse
Contes et légendes du temps d'Alexandre
Pierre Grimal

Le Premier Livre des Merveilles
Le Second Livre des Merveilles
Nathaniel Hawthorne

Contes et légendes du Moyen Âge français
Marcelle et Georges Huisman

Contes et légendes de la Bible
1. Du jardin d'Éden à la Terre promise
2. Juges, rois et prophètes
Michèle Kahn

Contes berbères de Kabylie
Mouloud Mammeri

Contes et légendes de la naissance de Rome
Laura Orvieto

Histoires merveilleuses des cinq continents
1. Au temps où les bêtes parlaient
2. Sur les routes, l'aventure
3. Amours et jalousies
Ré et Philippe Soupault

Légendes et récits de la Gaule et des Gaulois
Maguelonne Toussaint-Samat

La science-fiction, c'est le grand jeu de l'imaginaire.

Les rescapés du futur
Carol Matas

Comment Rébecca aurait-elle pu imaginer qu'en voulant sauver son ami Thomas, elle se retrouverait avec lui et d'autres enfants projetée en 2040 ? L'incroyable est pourtant arrivé... Les enfants sont prisonniers d'un monde souterrain, épargné par la guerre nucléaire qui a anéanti la Terre des années auparavant. Que vont-ils faire ?

Les naufragés du temps
Carol Matas

Rébecca suit deux mystérieux adolescents dans un parc et se retrouve projetée dans le futur, en 2060. Le monde est dirigé par une multinationale, Zanu, qui garantit la paix et la prospérité, mais prive les hommes de toute liberté individuelle. Avec Tara, sa nouvelle amie, Rébecca entre dans la résistance...

La prisonnière du lendemain
Carol Matas

Rébecca est de retour de l'an 2060. Mais la machine de transfert temporel a été mal programmée : elle est revenue sur terre huit jours avant d'être partie. Du coup, elle existe en deux exemplaires. Que faire de ce double d'elle-même ? Et comment profiter de ce décalage pour changer le cours des choses ?

STAR TREK

Les aventures de Worf, jeune cadet de Starfleet Académie

Starfleet Académie 1 - La première aventure de Worf
Starfleet Académie 2 - Baptême du feu
Starfleet Académie 3 - Mission de survie
Peter David

Starfleet Académie 4 - La prise de l'étendard
John Vornholt

STAR WARS

La Saga du prince Ken

1. **Le gant de Dark Vador**
2. **La cité perdue des Jedi**
3. **La vengeance de Zorba le Hutt**
4. **Le Prophète Suprême du Côté Obscur**
5. **La Reine de l'Empire**
6. **Le destin du Prince Jedi**

Paul & Hollace Davids

Les Jeunes Chevaliers Jedi

1. **Les enfants de la force**
2. **Les cadets de l'ombre**
3. **Génération perdue**

Kevin J. Anderson & Rebecca Moesta

Les ombres de l'empire
Christopher Golden

LES AVENTURIERS DU MONDE MAGIQUE

Les aventures de Simon Tregarth

1. **L'arche du temps**
2. **La vallée dans l'ombre**
3. **L'année de la licorne**
4. **Les montagnes de l'oubli**
5. **Kemoc le Prodigieux**

Andre Norton

Du polar au fantastique en passant par le suspense…
Cœurs sensibles s'abstenir !

Le voleur d'éternité
Clive Barker

C'est une maison extraordinaire où chaque jour est une fête. Tout y est magnifique, mais il ne faut pas chercher à s'en évader car, alors, le rêve se transforme en un terrifiant cauchemar. (Grand Prix de l'Imaginaire 1994.)

La solitude du buveur de sang
Annette Curtis Klause

Jamais Zoé ne s'est sentie aussi seule et désemparée. Sa mère agonise à l'hôpital et l'amie à qui elle pourrait se confier vient de déménager. Un soir, elle rencontre l'étrange Simon…

La fiancée de Frankenstein
Carl Dreadstone

Reprenant ses expériences, le baron Frankenstein donne une compagne à sa créature.

L'appel des loups
Bebe Faas Rice

Leur pays, c'est l'hiver. Le froid, la peur et les légendes. Et aussi les loups qui, dit-on, reviennent tous les treize ans dans le village. La dernière fois, Thérèse n'était pas encore née. Aujourd'hui, dans le blizzard, elle entend leurs hurlements.

Hypnose
Charles Grant

Qu'arrive-t-il aux adolescents d'Ashford ? Ils se transforment à tour de rôle en de redoutables délinquants. Pour Anne, une seule explication : quelqu'un les a hypnotisés !

Les yeux du dragon
Stephen King

Un jeune prince noble et vertueux est aux prises avec un magicien diabolique qui veut s'emparer du pouvoir... Des trous percés dans les yeux d'un dragon permettent de surprendre un crime odieux...

Les enfants de Frankenstein. Livre 1. La création
Les enfants de Frankenstein. Livre 2. La revanche
Les enfants de Frankenstein. Livre 3. La malédiction
Richard Pierce

À la mort de Josh, le garçon qu'elle aime, Sara voit s'effondrer ses rêves. Pour elle tout est fini. À moins qu'elle n'ose tenter l'inconcevable : défier les lois de la nature en essayant de ressusciter son ami.

La falaise maudite
Christopher Pike

Sharon est accusée d'avoir tué sa meilleure amie. Certes, on n'a pas retrouvé le corps. Certes, les trois témoins n'ont rien vu. Ils n'ont fait qu'entendre une dispute, suivie d'un cri. Le cri de quelqu'un qu'on vient de pousser du haut d'une falaise... Sharon est innocente, mais personne ne la croit. (Grand Prix de l'Imaginaire 1995.)

Souvenez-vous de moi
Christopher Pike

La police croyait à un accident. Mais pour Shari, il ne pouvait s'agir que d'un meurtre. Elle était bien placée pour le savoir, c'était elle la victime !

Messages de l'au-delà
S.P. Somtow

Ben et J.J. étaient aussi proches que deux frères peuvent l'être. Jusqu'au suicide de Ben. J.J. se refuse à croire à la mort de son frère. Pour lui, il a dû partir vivre ailleurs et bientôt il lui fera signe.

La baby-sitter
R.L. Stine

Jenny n'aurait jamais dû accepter de garder le petit Donny, surtout dans cette grande maison isolée qui semble sortie tout droit d'un film d'épouvante.

CINÉMA

Du grand écran au format de poche, pour retrouver vos héros préférés. Avec en plus une surprise : des photos du film en couleurs !

Le secret de Roan Inish
Rosalie Fry

Men in Black
J.J. Gardner

Le monde perdu : Jurassic Park II
Gail Herman

L'envolée sauvage
Patricia Hermes

Alaska
Frank Lauria

Le bossu
Philippe Morgaut, d'après le roman de Paul Féval

Casper
Lisa Rojany

Jumanji, l'aventure
XXX

Achevé d'imprimer en décembre 1997
par Maury-Eurolivres S.A.
45300 Manchecourt

Dépôt légal : janvier 1998.

KET 12, avenue d'Italie • 75627 PARIS Cedex 13
esse Tél. : 01.44.16.05.00